D1719546

Gecko Keck

Sajana

und das Licht

Kieselsteiner Verlag

© Kieselsteiner Verlag

Zuckerleweg 9
70374 Stuttgart
www.geckokeck.de
info@kieselsteiner.de
www.gecko-keck-shop.de

Illustrationen, Text und Layout: Gecko Keck
Lektorat: Leila Wörner, Sylvia Bußmann

Erstauflage 2014
ISBN: 978-3-9810346-9-1

Inhalt

Für alle Vergessenen,

für alle Verlorenen,

für alle Verlassenen.

Das Trollgericht

E s war schon eine ganze Zeit her, seit ich das letzte Mal an *Sajana,* das geheimnisvolle Elfenland, und seine magischen Wesen gedacht hatte. Die Erinnerung an meine Begegnung mit der Mondelfe verblasste langsam, als ob ein Zauber die Gedanken daran auslöschte. Nur noch selten, in den Augenblicken kurz vor dem Einschlafen, kam mir das kleine Fabelwesen in den Sinn. Dann erschienen Bilder der blau schimmernden Mondelfe, des fetten Meistertrolls und seines einfältigen alten Elfenfreundes mit den weißen Haaren vor meinem inneren Auge.

Lange hatte mir die Erinnerung an die Trolle Angst bereitet und die Nächte waren voller Albträume und böser Ahnungen gewesen. Doch seit einigen Wochen konnte ich wieder ruhig schlafen.

Es geschah im Dezember. Der Winter hatte den ersten Schnee geschickt. Der Himmel war wolkenfrei und der Tag zeigte sich in seiner ganzen winterlichen Pracht. Ich lief den schmalen Kopfsteinpflaster-Weg hinter meinem Haus hoch, bis ich zu der Stelle kam, wo man die schönste Aussicht über die Landschaft hatte. Der weiche Schnee bedeckte sanft die flachen Hügel und aus den Schornsteinen der wenigen Häuser stieg feiner Rauch auf. Ich schloss die Augen für einen Moment, atmete die frische Luft ein und genoss den Augenblick.

Doch als ich die Augen wieder öffnen wollte, gelang es mir nicht mehr. Ich schwankte und hatte das Gefühl, das Gleichgewicht zu verlieren. Angst überkam mich, denn in meinen Gedanken zog Nebel auf, als ob sich der feine Rauch aus den Schornsteinen verdichten und meine Sinne in Watte hüllen würde. Die Kälte des Schnees kroch langsam an meinen Beinen hoch und fing an, den Körper zu befallen.

Aus der Ferne hörte ich ein Lachen – ein böses Lachen, das ich schon irgendwann einmal gehört hatte. Ich versuchte, mich von diesem Albtraum fortzureißen und meine Augen krampfhaft wieder zu öffnen, doch sie blieben geschlossen.

Die Kälte erfasste inzwischen meinen ganzen Körper und ich spürte, wie ich erstarrte. Plötzlich wusste ich, woher ich diesen Nebel kannte. Es konnte nur der dichte undurchdringliche *Nebel Sajanas* sein. Große Teile des Landes waren einst darin versunken gewesen, in den Jahren, als dunkle Mächte dort geherrscht hatten. *Elfenprinzessin Aela* und ihre Freunde *Falomon, Fee* sowie ihre Schwester *Sinia* hatten sich auf den Weg gemacht, um sich selbst, ihre Schwester *Sarah* und das ganze Elfenland zu retten. Wie durch Zauberei waren mir damals ihre Taten und Worte in den Sinn gekommen und ich hatte die Geschichte niedergeschrieben. Doch wie kam der Nebel aus dem fernen Elfenland zu mir nach Hause?

Ganz langsam verzog sich der Dunst, jedoch hatte mich die Kälte in eine völlige Starre versetzt – eine Starre, die nicht nur von Eis und Schnee herrührte, sondern durch eine ferne Bedrohung ausgelöst wurde, die ich nicht fassen konnte.

Der Nebel verschwand ganz und ich erkannte, dass ich mich in einer großen Halle befand. Die Seitenwände waren mit hohen schlichten Steinsäulen gesäumt und in den vier Ecken des Raumes brannte loderndes Feuer, dessen Flammen sich immer wieder zu wild tanzenden Feuergestalten formten. Am Kopfende der Halle befand sich ein riesiger Tisch, groß wie ein Monument und kahl wie ein gewaltiger schmuckloser Grabstein.

Und plötzlich sah ich sie! Den fetten Meistertroll. Den langen Weißhaarigen. Und die anderen grässlichen schleichenden Trolle.

Der fette Troll sprang mit einem Satz auf den Tisch. Sein Bauch wabbelte

Der
Meistertroll

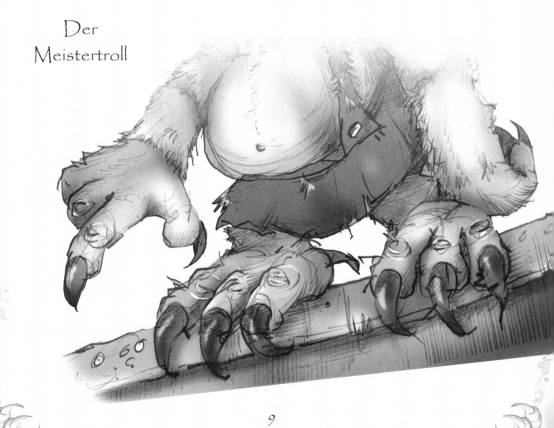

dabei und es schien so, als ob sich seine borstigen Haare wie das Fell eines wilden Tiers aufstellten. Ich hatte Angst.

„Hua, hua, hua", lachte der Meistertroll und der lange weißhaarige Elf mit den zerschlissenen Flügeln lachte ebenfalls.
„Schau ihn dir an, das elende Würstchen!", rief der Meister mit boshafter Stimme. „Er dachte bestimmt, dass er uns besiegt und den Fluch der Zauberin Ilaria für immer verbannt hätte!"
„Ja, *Ur... borstiger*, mein Meister, gnhi, gnhi, gnhi", bestätigte der Lange mit einem knarzenden, bis ins Mark dringenden Lachen. „Viele von uns mussten dran glauben. Das Feuer der Königsdrachen hat sie vernichtet", fuhr er mit finsterer Stimme fort und sein Lachen verstummte bei diesen Worten. „Aber wir sind entkommen und nun steht er hier vor unserem Gericht."
„Ja, hua, hua, hua, hier steht er wie zu Eis erstarrt und wartet, dass sein Urteil gesprochen wird", freute sich der Urborstige.
Urborstiger... Urborstiger... den Namen kannte ich, aber irgendwie hatte er sich gewandelt. Hieß er nicht *Urkrau...*?
„Wage es nicht, auch nur daran zu denken!", herrschte mich der Wabbeltroll an. „Dein Urteil ist bereits gefällt und wir sind hier, um es zu vollstrecken. Der alte Moorkönig soll dich holen. Für immer sollst du versinken und mit dir die gesamte Elfen- und Königsdrachenbrut!"

Ich fühlte, wie plötzlich Wärme an meine Füße drang. Das Eis begann zu schmelzen und ein heißer stinkender Sumpf umfloss meine Beine. Ich wollte nach meiner Familie rufen, aber meine Zunge war schwer wie Blei. Ich wand mich hin und her, jedoch gab das Eis meinen Körper nicht frei. Mit den Beinen sank ich tiefer und tiefer in den Morast. Das Feuer in den Ecken loderte nun höher, der Meistertroll hielt sich den dicken

Bauch vor Lachen und der dürre Körper des Langen mit den weißen Haaren bog sich vor Vergnügen.

„Der Moorkönig holt ihn zu sich!", frohlockte er. „Nie wieder wird er das Tageslicht erblicken!"

Da hörte ich ein feines Summen – ein liebliches Geräusch, ähnlich einer einfachen Melodie. Aus dem Summen formten sich leise Worte, welche sich zu kaum verständlichen Sätzen zusammenfügten:

„Ssss... ssssei unbesssorgt... ssssss... Jassssmira, die Herrrrrin der sssss... Sssseeeeelfen hat mich gessschickt", hörte ich es leise sprechen. Ich sank dabei immer tiefer ein.

„Ich binnn eine unsssssichtbare *Sssseeeenland-Biiiiiene* und kommme, um dich zzzzu retten. Nur du kannnssssst auch unssss retten, denn wir ssssind verloooren. Denke rassssch an etwasss Ssschönesss, das Sssschönste, wassss dir in den Sssssinnn kommt. Esss wird den bössssen Zzzauber der Trolle brechen."

Das Summen wurde leiser. Mein Körper versank. Die Trolle lachten und tanzten wild auf dem Tisch.

An etwas Schönes denken… unmöglich in dieser aussichtslosen Lage! Die Angst lähmte mich. Das Eis war inzwischen dem heißen stinkenden Sumpf gewichen und ich war mir sicher, nur noch wenige Augenblicke zu leben. Gedanken schossen mir wie Blitze durch den Kopf: Meine Familie, mein Haus, mein Garten, die Bücher und Geschichten, die Kinder...

Da formte sich in meinen Gedanken ein Bild. Ich sah meine beiden kleinen Töchter, Pia und Daphne, wie sie in ihren Kinderbettchen lagen. Jede von ihnen hatte ihren Teddybär im Arm und sie schliefen friedlich. Ich hörte ihr leises Atmen und sah, wie sich die Bettdecken kaum spürbar über ihren kleinen Körpern hoben und senkten. Draußen dämmerte

es und am Himmel verblasste langsam das zarte Glühen der untergehenden Sonne.
Einen schöneren Moment konnte ich mir nicht vorstellen und es drängte mich, die beiden auf die Wangen zu küssen.
Plötzlich spürte ich, wie der heiße Sumpf an meinen Füßen zu versickern
begann. Ich konnte mich wieder bewegen!

Ich riss meine Augen auf...
… und blinzelte in die Wintersonne.

Von den finsteren Gestalten in der Halle war nichts mehr zu sehen. Ein
eiskalter Windhauch strich an mir vorbei und trug die Angst von mir fort.
Doch die Erinnerung an den Meistertroll und seinen weißhaarigen Helfer blieb und ich spürte, dass Sajana keinen Frieden gefunden hatte.
Dunkler denn je waren die Ahnungen, die mich befielen, und ich lief
schnell nach Hause.

Kapitel 1

Das Seegrasdreihorn

Es war Abend. Norah hastete durch die Gänge ihres Zinnenpalastes. Ein Fenster schlug zu und das Glas der Scheibe zersprang. Norah begann noch schneller zu laufen, denn sie hatte das Gefühl, verfolgt zu werden. Sie blickte sich unsicher und voll innerer Unruhe um. Aber da war nichts. Oder doch? Für einen Moment meinte die junge Königin der Bergelfen einen mächtigen, aber dennoch kaum wahrnehmbaren Schatten hinter sich erkannt zu haben. Die Ahnung von etwas Großem, Finsterem, das ihr auf Schritt und Tritt folgte, überkam sie. Kälte umfing ihren Körper. Doch es war nicht die natürliche Kälte des Nordens, sondern eine tiefe, alles durchdringende Kälte – eine Kälte, die die Seele erstarren ließ.

Norah war aus der Palast-Bibliothek geflüchtet. Lange hatte sie in den alten Büchern gelesen, um mehr über sich, ihre verstorbene Mutter Uriana und die Geschichte Sajanas zu erfahren. Trotz des Friedens mit den Sommerelfen und der neu gewonnenen innigen Freundschaft zu Prinzessin Aela und ihren Freunden brannten noch viele Fragen auf ihrer Seele. Vor allem über die Zeit, in der einst der Pakt mit den Drachen geschlossen worden war, dachte sie viel nach. Es musste eine Erklärung dafür geben, weshalb sich die Fürsten des Nordens gegen die Drachen gewandt hatten und somit der Pakt gebrochen wurde. Norahs Mutter Uriana hatte es immer vermieden, mit ihrer Tochter darüber zu sprechen. Es war das Bemühen der alten Fürstin des Nordens gewesen, alle Geschichten der Vergangenheit von Norah fernzuhalten.

Bei ihren Nachforschungen an diesem Tag war die Königin am späten Nachmittag auf ein Buch gestoßen, welches einen schwarzen ledrigen Einband hatte. Es stand in einem der obersten Regale, in der hintersten Ecke des großen Lesesaals der Bibliothek, so dass man es kaum bemerkte. Eigentlich war es Zufall, dass Norahs Blick auf das Buch gefallen war, und sie hatte es gedankenverloren aus dem Regal genommen. Von außen wirkte es schlicht und hatte nicht einmal einen Namen. Doch im Inneren eröffnete es seinen Zauber. Bilder aus längst vergessenen Zeiten wurden lebendig und drangen direkt ins Herz. Es waren Bilder, wie man sie in Sajana eigentlich nur von Märchen kannte: Putzige Elfentrolle waren darauf zu sehen, die mit munteren kleinen Hausdrachen spielten. Großgewachsene Elfenkinder gesellten sich dazu, brachten ihre Fabelwesen mit und alles schien sich im Spielereigen zu verlieren.

Was für eine niedliche Bildergeschichte, dachte Norah und fühlte, wie das Buch sie fröhlich machte, auch wenn kein Text darin zu lesen war. Überhaupt hatte das Buch weder auf den Seiten im Inneren noch auf dem dunklen Einband auch nur ein einziges Schriftzeichen.

Seltsam, dachte Norah weiter. *Weshalb ist der Einband so trist und dunkel? Das passt nicht zu den schönen Bildern.*

Sie blätterte weiter und schlug die Seiten genau in der Mitte des Buches auf. Sie lächelte dabei in froher Erwartung dessen, was nun in dem zauberhaften Märchenland passieren würde. Aber dann erschrak sie!

Denn mit einem Mal wusste sie, weshalb der Bucheinband so dunkel und schlicht war. Die beiden Seiten waren schwarz wie der tiefste Abgrund und unheimlich wie die Schatten der Finsternis. Die Märchenlandschaften und lustigen Wesen waren allesamt verschwunden, als ob die Dunkelheit sie verschluckt hätte.

Plötzlich überkam Norah ein Gefühl der Angst, denn die schwarze Bedrohung schien sie direkt aus den Seiten heraus anzuspringen. Sie schlug das Buch zu. Ihre rechte Hand zuckte zurück, als ob sie sich verbrannt hätte, und das Buch fiel zu Boden. Sofort bildete sich ein dunkler feuchter Fleck, der sich rasch ausbreitete. Die Seiten flatterten wild. Die Königin sah, wie aus dem Fleck im nächsten Augenblick eine schwarze stinkende Brühe wurde, in die das Buch sofort versank. Gleichzeitig stieg feiner weißer Rauch auf.

Das versinkende Buch

Die Königin sprang auf und lief zur Tür. Sie flüchtete aus der Bibliothek und hastete durch den Palast, im ständigen Gefühl, verfolgt zu werden. *Vielleicht ist noch jemand unten bei den Ställen*, dachte sie, entschied sich jedoch, besser zu ihrem Gemach zurückzugehen.

Tagsüber waren viele Bergelfen im Palast. Es herrschte seit der Rückkehr der Königin eine fröhliche Stimmung, nicht zuletzt, da sich alles zum Guten gewandelt hatte. Der Nebel war lichter und das Sonnenlicht wärmer geworden. Norah wuchs langsam in ihre Rolle als Königin des Nordens hinein und versuchte ihr Volk mit Liebe und Verstand zu führen.
Seit ihre Mutter gestorben war und ihre Tante Uvira sowie ihr Onkel und Heerführer Torak sie verraten hatten, gab es niemanden mehr, der nachts bei ihr im großen Zinnenpalast verweilte, und oft fühlte sich die Königin einsam. Dann vermisste sie Aela, Sarah, Sinia und vor allem *Grimm, den Wolfselfen*. In diesen Stunden wurde ihr Herz schwer und sie dachte mit Trauer an die vielen verlorenen Jahre, in denen das Machtstreben ihrer Mutter die Tage bestimmt hatte.

Norah riss die Tür zu ihrem Schlafgemach auf. Noch immer fühlte sie sich verfolgt und schlug die Tür gleich wieder hinter sich zu. Sie blickte sich unsicher um. Hier schien alles ruhig zu sein. Norah ließ sich aufs Bett fallen und vergrub ihr Gesicht in einem Samtkissen. Aber die Unruhe wollte nicht von ihr weichen. Sie erhob sich wieder und lief zu den beiden Flügelfenstern ihres Gemachs, um Atem zu schöpfen.
Draußen schien ebenfalls alles ruhig zu sein. Die Nacht war sternenklar und es wehte ein leichter kühler Wind. Norah fröstelte ein wenig, aber sie genoss den Anblick des Sternenhimmels, denn viel zu lange war der Norden in Nebel und Finsternis versunken gewesen. Erinnerungen stiegen in ihr auf – an Grimm, an ihre Reise zur Mondsichel und an ihren

Aufenthalt bei den Wächterelfen *Menefeja* und *Tuoron*. Wenn sie an die Ahnenhallen unter ihrem Zinnenpalast dachte, überkam sie ein ungutes Gefühl. Seit ihrer Rückkehr hatte sie die Gedanken daran verdrängt, doch manchmal kamen ihr die Bilder ihrer Begegnung mit den Wächterelfen und der prächtige Schmuck in dieser einen Ahnenhalle wieder in den Sinn. Sie fühlte, dass diese Hallen etwas mit ihrem Schicksal und dem des ganzen Elfenlandes zu tun hatten.

Norah spürte, wie leichter Wind durch ihr dunkles Haar wehte, als sich ein schwarzer transparenter Schatten vor die Sterne schob. Wieder flammte Angst in ihr auf, denn sie war sich sicher, dass es derselbe Schatten war, den sie schon im Palast gesehen hatte. Sie schlug die beiden Fenster zu und verriegelte die Tür zu ihrem Schlafgemach. Dann setzte sie sich auf das Bett und wartete mit großer innerer Unruhe darauf, was geschehen würde.

Zur selben Zeit herrschte im Sommerland Sajanas eine ausgelassene Stimmung. Prinzessin Aela, ihre Schwestern Sarah und Sinia sowie ihre Freunde Fee und Falomon saßen im *Haus Sonnenschein* beisammen und erzählten sich lachend und scherzend, was sie seit ihrer Rückkehr erlebt hatten.

Groß war die Freude bei allen Sommerelfen gewesen, als sie nach Hause zurückgekehrt waren. Es hatte ein wundervolles Fest zu Ehren der wiedergefundenen Sarah gegeben und Elfen aus dem ganzen Süden des Landes waren gekommen und hatten edle Speisen und Getränke mitgebracht. Feuer in allen Farben war entzündet worden und die besten Musiker des Landes hatten zum Tanz gespielt. Drei Tage und Nächte

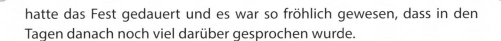

hatte das Fest gedauert und es war so fröhlich gewesen, dass in den Tagen danach noch viel darüber gesprochen wurde.

„Stellt euch vor, am zweiten Abend des Festes haben mich fünf junge Elfenmänner zum Tanz gebeten!", sprudelte es aus Fee heraus. „Am Ende schmerzten mir die Beine, so viel habe ich getanzt!"

Fee kicherte bei dem Gedanken daran. Auch Aela, Sarah und Sinia lachten, denn sie hatten Ähnliches erlebt. Nur Falomon schaute Fee schräg von der Seite an und konnte eine leichte Eifersucht nicht verbergen. Fee bemerkte es und gab dem Elfen einen zarten Kuss auf die Wange.

„Ach, Falomon, sei nicht so", meinte sie vergnügt und nahm seine Hand. „Du hast dich an dem Abend sicher auch amüsiert. Ich meine mich zu erinnern, wie drei junge Elfenmädchen um dich herumstanden. Sie hingen förmlich an deinen Lippen, um deinen Abenteuern zu lauschen."

Falomon wurde etwas rot, denn es stimmte, was Fee beobachtet hatte. Aela lächelte und seufzte.

„Das Wichtigste ist doch, dass Sarah wieder bei uns ist und zwischen den Sommerelfen und Bergelfen Frieden herrscht", meinte sie und die anderen pflichteten ihr bei. Allein der Gedanke an die finsteren Trolle und an die böse *Elfenzauberin Ilaria* genügte, um die schöne Zeit seit der Rückkehr noch mehr zu genießen.

Falomon spürte, dass es ihn nach Hause an die große Flussmündung weit im Süden Sajanas zog. Er war nun schon lange Zeit unterwegs, hatte viele Abenteuer erlebt und fühlte, wie sein Heimweh stärker wurde. Immer wieder dachte er daran, Fee zu fragen, ob sie vielleicht mit ihm kommen würde, aber dann verließ ihn wieder der Mut. Möglicherweise war die Zeit noch nicht reif dafür. Er mochte Fee sehr, aber manchmal kam sie ihm wie ein kleines Elfenmädchen vor, verspielt und mit allerlei Flausen im Kopf. Aber gerade das gefiel ihm wiederum an ihr und der

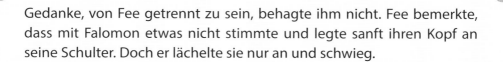

Gedanke, von Fee getrennt zu sein, behagte ihm nicht. Fee bemerkte, dass mit Falomon etwas nicht stimmte und legte sanft ihren Kopf an seine Schulter. Doch er lächelte sie nur an und schwieg.

Als sich die Freunde am späten Abend trennten, lief Aela fröhlich und mit einem Lied auf den Lippen nach Hause. Plötzlich spürte sie einen leichten Schlag unterhalb des rechten Knies. Irgendetwas war gegen ihr Bein gestoßen. Sie blickte hinab und sah, wie ein großes flauschiges Knäuel vor ihren Füßen zum Liegen kam.

„Nanu, was ist denn das?", wunderte sie sich, denn so etwas hatte sie noch nie gesehen. Das Knäuel zitterte, rollte hin und her und über die Füße der Prinzessin. Plötzlich stießen drei kleine Hörner aus den weichen langen Fasern hervor und unter jedem Horn öffnete sich ein Auge. Die Prinzessin wich zurück.

„Wer bist du denn?", rief sie erschrocken und wollte schon davonlaufen. Aber ihre Beine verfingen sich zwischen den Fasern des seltsamen Etwas und sie stolperte.

Das Knäuel starrte sie aus seinen Glubschaugen an. Als Aela wieder auf die Beine gekommen war, riss es mit einem Mal sein Maul auf. Die Mundöffnung war dabei so groß, dass sie fast das gesamte Wesen umspannte. Doch statt lauten Gebrülls, was Aela vermutet hätte, hörte die Prinzessin nur ein hohes dünnes Wimmern, welches so gar nicht zu der äußeren Erscheinung des sonderbaren Wesens passte.

„Oh, entschuldige bitte!", fing es an zu fiepsen. „Ich wollte dich nicht erschrecken." Die Stimme blieb dünn und hoch, während das Wesen sein Maul noch weiter aufriss. „Ich bin ein *Seegrasdreihorn*."

Aela hatte Mühe, sich zu sammeln und ihre Worte wiederzufinden.

„Ein... ein Seegrasdreihorn?", stammelte sie verwundert. „Davon habe ich noch nie gehört!" Das Wesen machte trotz der drei Hörner und des

Das Seegrasdreihorn

gewaltigen Mauls keinen gefährlichen Eindruck und sie gewann langsam die Fassung wieder.

„Aber woher kommst du und was machst du hier?", wollte sie wissen.

Das Dreihorn rollte weiter unruhig hin und her.

„Du kannst mich nicht kennen, Prinzessin", sagte es dann. „Ich komme aus den tiefsten Tiefen unweit des Seenlandes. Dort bin ich zuhause.

Elfen besuchen uns dort nie." Das Wesen riss sein Maul ganz weit auf, so dass man die Augen kaum noch sah. Die Stimme wurde dabei immer dünner, als es weitersprach:

„*Leandra, die Blumenelfe*, und *Jasmira, die Herrin des Wasserschlosses*, haben mich zu dir geschickt. Sie kämpfen gemeinsam im Seenland gegen den Untergang. Eile ist geboten, deshalb haben sie mich gesandt. Denn nichts ist schneller als ein Seegrasdreihorn im Wind."

Aela war tief betroffen, als sie das hörte.

„Aber wir haben gemeinsam mit den Königsdrachen *Panthar* und *Farona* die dunklen Mächte besiegt!", rief sie voller Sorge. „Der Nebel Sajanas ist verschwunden und zwischen den Sommerelfen und Bergelfen herrscht Frieden."

„Ja, ihr habt diesen Kampf gewonnen", bestätigte das Dreihorn und Aela hatte Mühe, noch etwas zu verstehen, so hoch und dünn war die Stimme geworden. „Aber die finsteren Mächte sind nicht ausgelöscht. Sie brüten weiter tief unten in der Erde, an Orten, die keiner kennt. Mächtige Wesen, viel mächtiger, als ihr es euch vorstellen könnt, sind wieder erwacht und das Wasser des Seenlandes droht zu versiegen."

Aela blickte betroffen zu Boden. Tief in ihrem Innersten hatte sie gespürt, dass die bösen Mächte nicht für immer aus dem Elfenreich verschwunden waren. Die schöne Zeit nach der Rückkehr ins Sommerland hatte sie nur vergessen lassen, dass sie weder etwas über das Schicksal der Elfenzauberin Ilaria wusste noch, ob ihr Sieg am *Berg der Wahrheit* das Seenland für immer gerettet hatte. Jetzt war es bittere Gewissheit, dass dem nicht so war. Für einen Moment glaubte sie zu erkennen, wie die Erde unter ihren Füßen schwarz wurde und nachgab. Doch im Bruchteil eines Augenblicks war dieser Eindruck wieder verschwunden.

„Ich kann nicht bleiben", wisperte das Dreihorn und die Stimme fing an

zu versagen. „Ich ersticke hier an der Luft." Das Wesen bestand fast nur noch aus einem großen gähnenden Maul. „Der nächste Fluss, der nächste See... ich muss rasch zurück ins Wasser und untertauchen, sonst werde ich sterben."

Ein wenig Wind kam auf und im nächsten Augenblick war das Seegrasdreihorn verschwunden.

Kapitel 2
Der Tintenfleck

Aela war ratlos und verzweifelt. Am Morgen hatte der Tag mit strahlendem Sonnenschein begonnen und bis in die Abendstunden war sie mit ihren Freunden zusammengesessen und hatte gefeiert und gelacht. Nun lag sie auf dem Bett ihres Baumhauses und verbarg ihr Gesicht in den Händen.

Sie konnte Leandra und Jasmira im Seenland nicht im Stich lassen, denn sie wusste, dass mit dem Seenland auch Sajana untergehen würde. So hatte es Jasmira einst bei ihrem Besuch berichtet und Aela hatte begriffen, wie das Seenland und die wahre Welt Sajanas schicksalhaft miteinander verbunden waren.

Aber auf keinen Fall wollte sie Sarah, Sinia, Fee und Falomon erneut in ein gefährliches Abenteuer stürzen, wo ihre Schwestern und Freunde gerade erst dem Untergang entkommen und nach Hause zurückgekehrt waren. Was sollte sie nur tun?

Wie von einer großen Last zu Boden gedrückt, erhob sie sich mühsam und lief zu ihrem Schreibtisch. Es war ein wunderschönes und kunstvoll gearbeitetes Möbelstück, versehen mit Blumenornamenten und aus dem Holz einer *Trichtertanne* geschnitzt. Sie hatte den Tisch als Kind

von ihrem Vater bekommen und oft, wenn Aela dort saß,
musste sie an Baromon denken, der aus Gram über das
Verschwinden Sarahs vor langer Zeit gestorben war.
Die Prinzessin nahm ein Blatt aus feinstem *Pergamon*
zur Hand und tauchte die Feder behutsam in die Tinte. Die schön geschwungene Feder und das Tintenglas waren ein Geschenk Norahs. Die Königin der
Bergelfen hatte es Aela nach der Rückkehr zum
Zinnenpalast durch einen Boten schicken lassen. Es war ein Zeichen ihrer Freundschaft und
mit dem Wunsch verbunden, möglichst bald
einen Brief von Aela zu erhalten. Man sagte
der Tinte des Nordens eine geheimnisvolle Kraft nach, da sie aus den schwarzen
Adern eines ganz bestimmten Vulkan-
gesteins gewonnen wurde. Den Vulkan
nannten die Bergelfen ehrfürchtig *den
Tiefen Berg* und er war der nördlichste
seiner Art. Sein Name rührte daher,
dass er bei seinen wenigen Ausbrü-
chen Gestein ans Tageslicht beför-
derte, welches aus den ältesten
Erdschichten des Elfenreiches
stammte. Nur daraus konnte die
Tinte gewonnen werden.

Aela beugte sich über das
Pergamon und fing an zu
schreiben:

Aelas
Feder

Meine lieben Schwestern, meine lieben Freunde,

es fällt mir schwer, die richtigen Worte zu finden. Glücklich waren die Tage seit unserer Rückkehr ins Sommerland und ich wünschte, diese Zeit würde nie vergehen. Doch die dunklen Mächte, welche unser Land bedrohen, sind nicht für immer besiegt, sondern wachsen weiter im Finsteren. Jasmira und Leandra haben mich gerufen, um ihnen beizustehen und im Kampf gegen den Untergang des Seenlandes zu helfen. Ich werde ihrem Ruf folgen, auch wenn mir das Herz dabei zerspringt. Bitte...

Aela strich sich mit der linken Hand die Haare aus dem Gesicht, denn irgendetwas hatte sie an der Stirn gekitzelt. Dabei streifte der mit Silbergarn bestickte Ärmelsaum ihres Gewands das kleine Tintenglas, so dass es zu Boden fiel. Aela erschrak, fuhr hoch und schnitt sich dabei versehentlich mit der spitzen Schreibfeder in ihre linke Hand. Etwas Blut tropfte zu Boden, genau an die Stelle, wo die Tinte aus dem herabgestürzten Glas geflossen war und sich ein großer schwarzer Fleck am Boden gebildet hatte. Aela nahm eines der weißen Tücher, welche sie immer auf dem Tisch liegen hatte, und presste es gegen die kleine Schnittwunde. Dann stand sie auf und lief zu dem Porzellan-Becken nahe der Eingangstür ihres Baumhauses. Darin sammelte sie immer den frischen Morgentau. Aela begann, vorsichtig die schwarze Tinte aus der Wunde zu tupfen. Dabei bemerkte sie nicht, was hinter ihrem Rücken geschah.

Die Blutstropfen der Prinzessin lösten in der schwarzen Tinte am Boden

etwas Merkwürdiges aus. Wie kleine rote Perlen hatten sie zunächst auf der Oberfläche der Tinte gelegen und waren nur ganz langsam in die schwarze Flüssigkeit gesickert, fast so, als würden sich die Blutstropfen dagegen wehren. Doch dann mussten sich Blut und Tinte miteinander verbinden und es bildete sich ein rötlich brauner Glanz an der Oberfläche. In winzig kleinen Wellen, ausgehend von dem Punkt, auf den das Blut getropft war, schwappte die Tinte zu den Rändern des Flecks. Dieser wuchs dabei zunächst langsam, breitete sich dann aber immer schneller aus. Bald kroch die Schwärze an den Tischbeinen hoch und vom Boden aufs Bett. Pflanzen wurden erfasst und die Wände überströmt.

Aela bemerkte zunächst nichts davon, denn alles geschah völlig geräuschlos, und die Prinzessin war darauf bedacht, den Schnitt an ihrer linken Hand zu säubern. Als sie einen schwarzen Schatten unter ihren Füßen bemerkte, war es schon zu spät. Fast alles hatte die Tinte bereits erfasst und der Raum glich inzwischen eher einer dunklen Höhle als dem Gemach einer Elfenprinzessin. Sie versuchte zu schreien, aber die Schwärze erstickte jeden Laut. Sie wollte rasch die Tür ins Freie öffnen, doch auch diese war dem unaufhaltsamen Fluss der Tinte zum Opfer gefallen.

Jetzt ging alles sehr schnell. Die Tinte erfasste im nächsten Augenblick Aela und überströmte ihr Gewand, ihren Körper und ihr Gesicht. Der Raum versank in Dunkelheit. Kein noch so fahles Licht von Mond und Sternen drang mehr hinein. Es fühlte sich an, als ob die Schwärze alles in sich auflöste. Kein Körper war mehr zu spüren und keine Form zu erkennen. Aela erinnerte sich mit Schrecken an ihr Abenteuer mit Yuro und Leandra, als sie sich auf der Flucht vor den Trollen durch die Kraft der weißen Wölfe in Licht verwandelt hatten. Genauso fühlte es sich in diesem Moment an, nur dass die Prinzessin nicht zum Himmel und zur

Sonne Sajanas gezogen wurde, sondern sich in völliger Finsternis verlor. Nein, Aela spürte keine Verzweiflung, keine Angst und keinen Schmerz, denn für Gefühle war an diesem *Ort des Nichts* kein Platz. Hier herrschte einfach völlige Leere und Bedeutungslosigkeit.

So muss das Ende aller Tage aussehen,

bildete sich noch ein Gedanke.

Hier ist alles vorbei und zugleich auch alles am Anfang.

Die Gedanken hatten keinen Körper, keine Stimme. Es waren nur noch Worte, die sinnlos in der heimatlosen Schwärze hingen.

Norah

schwebte ein weiteres Wort durch die dunkle Unendlichkeit.

die Tinte...

Die Königin der Bergelfen hatte in ihrem Zinnenpalast regungslos auf ihrem Bett verharrt und gehofft, dass sich das Gefühl der Bedrohung und die Angst vor der unbekannten Gefahr wieder legen würden. Aber die Unruhe blieb und Norahs magische Zeichen an den Schultern brannten. An diesem Abend hatte sie beschlossen, nie wieder nachts allein im Palast zu verweilen. Einige ihrer besten Freunde wollte sie bei sich haben, damit sie zu später Stunde in guter Gesellschaft war und die Nächte sorglos verbringen konnte.

Die Wolken, welche die Sterne verdeckt hatten, waren verschwunden, aber das Brennen der Zeichen an ihren Schultern verhieß nichts Gutes. Seit die Königin im Krater des Drachenherzens durch die Flammen gegangen war, hatte sie gehofft, dass das Brennen für immer verschwunden sei. Doch an diesem Abend kehrte es zurück und erfüllte Norah mit Angst und Schmerz.

Sie erhob sich und ging erneut zum Fenster. Draußen war alles ruhig. Die Sterne standen wieder klar am Himmel und der leichte Wind hatte sich gelegt. Eigentlich gab es keinen Grund zur Sorge und dennoch fand Norah keine Ruhe. Das Buch, der Schatten und die Wolke kamen ihr in den Sinn.

Ob ich das Buch holen soll?, dachte die Königin. *Nein, auf keinen Fall!,* verwarf sie den Gedanken wieder. *Bis zum Morgen werde ich in meinem Gemach bleiben und erst dann wieder in die Bibliothek gehen, wenn meine Freunde da sind.*

Norah wollte sich abwenden und endgültig zu Bett gehen, als sie ein ganz leises Summen hörte.

„Nanu, woher kommt dieses Geräusch?", sprach sie verwundert zu sich selbst. „Vielleicht ist ein kleines Tier ins Zimmer gehuscht, als ich die Fenster geöffnet hatte."

Die Königin blickte sich irritiert um, denn nirgendwo war zu erkennen, woher das Geräusch kam. Dennoch war es da und deutlich zu hören. Da meinte Norah in dem Summen einzelne Worte zu verstehen – Worte, die sich aus dem wundersamen Geräusch heraus bildeten.

„Sssss... sssss... Nooorahh, Königinnn dessss Nordenssss. Ich bin eine unsssichtbare Seeeenland-Biiiiene."

Die Königin versuchte, irgendetwas zu erspähen, aber da war nichts.

„Aelaaa, die Prinzesssin desss Ssssommerlandessss isssst in Gefahhhr! Folge mir rassssch..."

Norah erschrak fürchterlich. Ihre Freundin war in Gefahr? Hatte sie die leise summende Stimme richtig verstanden? Oder war die unsichtbare Seenland-Biene nur ein seltsamer Zauber?

„Ich sehe dich nicht!", rief sie laut. „Zeige dich mir!"

„Du kannsssst mich nicht sssehen", fuhr die Stimme fort. „Ich wurde aussss dem Sssseeenland gessssschickt, unssssichtbar und desssshalb an allen Gefahren vorbei. Folge mir rassssch!"

Norah wusste nicht, was sie tun sollte. Vertrauen zu haben war schwer, wenn man nicht einmal ahnte, woher die Stimme kam. Aber wenn Aela tatsächlich in Gefahr war? Grimm, der Wolfself, kam ihr in den Sinn. Auch ihm hatte sie zunächst misstraut, bevor er sich als wahrer Freund erwiesen hatte. Norah zögerte und das Summen schien leiser zu werden. Dann rief sie rasch:

„Nun gut, ich würde gerne mitkommen! Aber wie soll das gehen? Ich kann dich weder sehen noch irgendeinen Weg erkennen, der mich zu Aela führt."

Das Summen hörte sich für einen Moment wie ein leises zirpendes Lachen an.

„Ich weeerde dich zzzu ihr bringen", fuhr die Stimme dann fort. „Erinnere dich einfach an dasss Ssschönsssste, wasss dir in deinem ganzen Leben widerfahren issst."

Norah verstand nicht. Was hatte diese Aufforderung damit zu tun, wie sie so schnell wie möglich zu Aela kommen konnte? Dennoch dachte sie für einen Moment darüber nach.

Seit ihrer Rückkehr gab es viele glückliche Augenblicke. Frieden und Ruhe waren in den Norden zurückgekehrt und oft hörte man das Lachen kleiner Elfenkinder. Auch die schöne Landschaft in ihrer Heimat machte Norah glücklich, ebenso wie ihre neuen Freunde im Süden oder die Erinnerung an Grimm, den Wolfselfen. Aus den Zeiten, als das böse

Norah im Arm ihrer Mutter

Machtstreben ihrer Mutter das Land beherrscht hatte, gab es keine
wirklich schönen Erinnerungen. Vielleicht gerade deswegen fiel Norah
eine Stunde mit Uriana ein, als sie selbst noch ein Elfenmädchen gewesen war. Ihre Mutter hatte sie damals das erste Mal zum Reiten mitgenommen. Sie war vor ihr auf einem großen dunkelbraunen Hengst
gesessen und Uriana hatte sie mit dem linken Arm ganz fest an sich
gedrückt, während sie mit der rechten Hand fest die Zügel des Pferdes

gehalten hatte. Gemeinsam waren sie durch die Täler des Nordens geritten. Norah schloss die Augen und glaubte für einen Moment denselben Wind wie damals in den Haaren zu spüren. Voller Wehmut dachte sie daran zurück. Ganz am Anfang ihres Lebens, noch ahnungslos von dem Bösen, was kommen sollte, und geborgen in den vertrauten Armen ihrer Mutter, waren sie dahingeritten. Das war mit Sicherheit der schönste Moment in ihrem bisherigen Leben gewesen.

Mit diesem Gedanken schien sich das feine Summen der Seenland-Biene mit dem Klopfen ihres Herzens zu verbinden. Norah fühlte sich mit einem Mal leicht und klein, als ob es sie fast nicht gäbe. Wo war ihr Körper, wo ihr Gewand? Sie öffnete die Augen und blickte durch den Raum. Alles konnte sie erkennen, nur sich selbst nicht mehr.

Wasss issst nur mit mir gessschehen?, dachte sie verwundert. Doch im selben Moment begriff sie: *Ich bin esss. Ich bin nun einsss mit der unsssichtbaren Sssseeeenland-Biene. Der ssschöne Gedanke, er hat mich zzzu ihr geführt.*

Sie kannte das Gefühl, draußen in der freien Natur zu fliegen. Hier, in ihrem eigenen Gemach, wäre es nie möglich gewesen. Vereint mit der Biene schwirrte sie jedoch durchs Zimmer, an den Möbeln vorbei, zur steinernen Decke hinauf und wieder hinab.

Ich haaaabe meinen Körper verloooren, aber esss fühlt sssich toll an, ssso leicht und frei zzzu sssein!, dachte Norah. Sie spürte plötzlich, wie sich auch die Gedanken der Seenland-Biene mit den ihren vereinten.

Rasssch, esss issst keine Zeit zzzu verlieren!, dachten sie beide gemeinsam. *Wir müsssen losss.*

Die unsichtbare Biene flog direkt auf die verschlossenen Flügelfenster zu und einfach durch das Glas hindurch. Da Norahs Gedanken sich mit denen der Biene vereint hatten, wusste sie, dass ihren Flug nichts mehr aufhalten konnte.

Kapitel 3

Im Reich der Seelen

Es gibt Dinge, die kann man nicht beschreiben, da sie in ihrer Art so unvorstellbar sind, dass einem die Worte dazu fehlen. Genau so erging es Norah, wenn sie später versuchte, von ihrem Flug mit der Seenland-Biene zu berichten.

Der Flug war ähnlich schnell und atemberaubend wie seinerzeit mit Grimm auf dem Weg zum Drachenherz, jedoch viel leichter und unbeschwerter und das, obwohl Berge und Täler in rasender Geschwindigkeit vorbeirauschten. Aber eines war vom ersten Moment an anders: Wo etwas im Weg war, flog die unsichtbare Norah-Biene einfach hindurch – weder Bäume und Gestrüpp noch Felsen und Mauern stellten ein Hindernis dar. Nichts konnte sie aufhalten, nichts ihren Flug vom Ziel abbringen.

Bald lag der Palast weit zurück. Der Wind und die Kälte konnten dem körperlosen Wesen nichts anhaben und waren keine Gefahr. Schon wenig später sah man am Horizont den *Tiefen Berg*.

Normalerweise waren es vom Zinnenpalast aus mehrere Tagesritte, bis man den mächtigen Vulkan erreichte. Jetzt war es für die Norah-Biene

Fantasiedarstellung einer
Seenland-Biene

ganz selbstverständlich, dass sie den Vulkan bereits nach einem kurzen Flug erblickte. Die Krateröffnung lag unter ihnen und sie umkreiste das schwarze gähnende Loch mehrmals. Dann stürzte sich die Norah-Biene hinein in den Vulkan und hinab ins Dunkel. Flammen züngelten an ihr vorbei und durch sie hindurch. Im Sturzflug ging es immer tiefer.

Keine Elfe hatte es bis zu diesem Tag gewagt, in den Krater zu fliegen, denn kein Schutzzauber genügte, um der unbeschreiblichen Hitze des Vulkans zu widerstehen. Auch für Norah, die Königin des Nordens, die durch das Feuer der Flammenfrösche gegangen war, wäre es ein Ding der Unmöglichkeit gewesen, in den Krater zu fliegen. Als unsichtbare

Biene gelang ihr dies leicht, denn die Flammen fanden keinen Körper, den sie hätten verbrennen können.

Weit unten, am Boden des Vulkans, tobten wilde Lavamassen. Die Glut brannte rot und immer wieder brachen große Gesteinsbrocken von den Kraterwänden und stürzten in die Lava.
Der Flug führte die Norah-Biene mitten hinein in dieses Feuerinferno. Wie ein wildes Rauschen aus winzigen roten und violetten Glut-Teilchen zog es an ihr vorbei und durch sie hindurch. Je tiefer sie dabei in die Lava und in den Berg hineinflog, umso dunkler und geheimnisvoller wurde dieses Glühen. Bald mischten sich erste schwarze Felsbrocken zwischen die Lava und verdrängten das Feuer mehr und mehr. Das schwarze Gestein wurde immer mächtiger und massiver. Kurz darauf waren es nur noch feine glühende Adern, welche sich durch die Felsschichten zogen, und die unsichtbare Biene machte sich einen Spaß daraus, genau diesen Adern zu folgen. Durch kleine Feuerröhren wurde sie geschossen, bis auch die feinen Feueradern irgendwann verschwanden und sich völlige Finsternis breitmachte.
Wäre Norah nicht selbst Teil der Biene gewesen, dann hätte sie geglaubt, der Flug sei zu Ende, denn in dieser undurchdringlichen Dunkelheit verlor man jedes Gefühl für Raum und Zeit. Sie fühlte sich wie ein winziges Insekt, das in einem gewaltigen Meer aus schwarzer Tinte zu versinken drohte.

Da spürte Norah ein seltsames Kribbeln, vergleichbar mit jenem Gefühl, das man hat, wenn man am Morgen aufwacht und langsam wieder zu Bewusstsein kommt. Nur konnte sie weder Arme noch Beine bewegen, denn da war kein Körper mehr. Dafür lösten sich ihre Gedanken langsam von den Gedanken der Seenland-Biene.

An diesem Ort, sofern man es überhaupt einen Ort nennen konnte, gab es weder Licht noch Leben noch irgendetwas anderes. Einzig das leise Summen der Seenland-Biene war zu hören.

Wo... wo bin ich hier?, dachte Norah. *Ist das ein Traum oder Wirklichkeit? Dieses seltsame Kribbeln... aber ich bin nicht da. Ich spüre meinen Körper nicht. Nur meine Gedanken sind da.*

Die Seenland-Biene schien die Gedanken zu lesen und die Königin spürte, wie sie erwidert wurden.

Ich lassse dich hier allein zzzzurück, kamen die lautlosen Worte der Seenland-Biene bei Norah an. *Wir sssind am Zzzziel.*

Aber wir sind NIRGENDWO!, dachte die Königin. *Hier ist nichts. Ich kann unmöglich an diesem Ort bleiben! Nimm mich wieder fort von hier.*

Norah lauschte, aber die Gedanken der Seenland-Biene blieben stumm.

Die Königin fühlte, wie die Dunkelheit sie zu verschlucken drohte. Noch waren da ihr Verstand und das leichte Kribbeln, aber bald würde auch das vergehen. Alles musste sich an diesem Ort in nichts auflösen, denn wo nichts war, konnte auch nichts existieren. Für einen Moment kamen der Königin ihre Elfenfreunde aus dem Sommerland in den Sinn und noch einmal formte sich ein Wort in ihren Gedanken.

Aela

Das Wort stand im leeren Raum. Es war der letzte Gedanke, den Norah noch fassen konnte, und wie ein Echo, jedoch mit ihrem eigenen Namen, kam es wieder zurück:

Norah

Der Hauch neuen Lebens strömte mit diesem Wort durch die Gedanken der Königin, denn sie spürte sofort, dass es Aela war, deren Geist ihr den Namen gesendet hatte. Dann war in diesem Nichts doch etwas. Und wenn es nur dieses eine Wort war!

Aela, bist du es?

dachte Norah aufs Neue und fühlte, wie ihr Geist wieder stärker wurde.

Ja, Norah, ich bin hier. Aber hier ist nur das Ende.
Bald ist alles vorbei.

Nein, Aela.

erwiderten Norahs Gedanken.

Ich wurde geschickt, um dir zu helfen. Aber wenn ich nur wüsste wie?
Ich wollte, ich könnte uns fortreißen aus dieser finsteren Leere.

Wie sie das dachte, verirrte sich etwas Licht in die undurchdringliche Dunkelheit. Ein feines Flimmern stand plötzlich im Nichts. Norah bemerkte mit Erstaunen, dass sie durch das wenige Licht ihren Körper wieder ein wenig spürte. Es war nur eine Ahnung, aber es fühlte sich wie feiner Nebel an, der sich langsam zu einer Wolke verdichtete und daraus einen Körper formte. Aela spürte dasselbe und auch sie kehrte langsam aus dem Nichts zurück.

Das Flimmern wurde immer heller. Bald glaubte Norah, ihre Arme und ihren Kopf zu fühlen, obwohl alles noch sehr unwirklich war. Sie erblickte nun Aela, die in kurzer Entfernung neben ihr schwebte.

Bald wurde das Strahlen stärker und verdrängte mehr und mehr die Dunkelheit. Doch ebenso wie die Finsternis war auch das Licht ohne Bezug zu einem Raum. Norah und Aela konnten nichts in der gleißenden Helligkeit erkennen – keine Landschaft, keine Gegenstände, kein Lebewesen, nur sich selbst, wie sie nebeneinander schwebten.

Norah spürte, wie sie plötzlich ihre Arme wieder heben konnte, und streckte die linke Hand aus, um nach Aela zu greifen. Die Prinzessin versuchte ebenfalls, Norahs linke Hand mit ihrer rechten zu fassen.

„Aela, noch ein ganz kleines Stück, dann haben wir uns!", rief Norah und wunderte sich, da sie mit einem Mal wieder sprechen konnte, obwohl unsichtbare Lichtfäden sie in der gleißenden Helligkeit festhielten. Sie reckten weiter die Arme aus, um sich bei den Händen zu fassen.

Norahs und Aelas Hände

Dann berührten sich ihre Fingerspitzen.

Ein gewaltiges Licht blitzte so hell, dass Norah und Aela das Gefühl hatten zu erblinden. Schnell schlossen sie die Augen, ohne dabei die Berührung ihrer Finger zu lösen.

Als sie die Augen einige Zeit später wieder öffnen konnten, gewöhnten sich die beiden nur langsam an die unbeschreibliche Helligkeit, welche sie nun umgab.
„Schau nur", flüsterte Aela voller Furcht und blinzelte. „Da vorne scheint sich etwas zu bewegen. Es sieht so aus, als ob dort vier Gestalten schwebten."
„Du hast Recht", bestätigte Norah ebenfalls beunruhigt. „Es könnten Elfen sein, aber es sind wohl auch andere Wesen dabei."
Die Gestalten kamen näher. Norah und Aela sahen, dass es sich tatsächlich um zwei Elfen handelte, welche von jeweils einem Tier begleitet wurden. Beide Elfen waren nicht gut zu erkennen, denn die Prinzessin und die Königin konnten nur vage die Umrisse ihrer Körper sehen. Im Inneren der Umrisse war bei der einen Gestalt ein dunkler Schatten und bei der anderen gleißendes Licht.
„Was sind das für merkwürdige Erscheinungen?", fragte Aela Norah. „Sie scheinen nur aus Licht und Schatten zu bestehen und dennoch kommt mir die helle Gestalt ein wenig vertraut vor." Die Prinzessin spürte, wie ihre Angst wich.
„Bei mir ist es genau umgekehrt", meinte die Königin. „Die dunkle Schattengestalt gehört zu mir wie mein eigenes Leben. So fühlt es sich für mich in diesem Augenblick an."
Die beiden unwirklichen Elfen kamen näher. Nun erkannten die Prinzessin und die Königin, dass es sich bei den Tieren um Einhörner handel-

te, auch wenn von ihnen zunächst ebenfalls nur die lichtdurchfluteten Konturen zu sehen waren.

„Vater!", schrie Aela und ihr Herz schlug höher, denn sie meinte die Lichtgestalt erkannt zu haben.

„Mutter!", schrie Norah. „Bist du es?" Sie sah in der Schattenfigur Uriana. Die Prinzessin und die Königin zitterten und bebten unter dem Eindruck. Sie hielten sich jetzt fester bei den Händen.

„Wo sind wir hier?", rief Aela erneut. „Oh, Vater, wenn du es bist, dann hilf uns, von hier fortzukommen!"

Tränen liefen ihr über die Wangen.

Dann waren Stimmen zu hören. Es waren die Worte der beiden Elfengestalten, die gleichzeitig zu ihnen sprachen:

„Norah, Aela, ihr seid hier *im Reich der dunklen und der hellen Seelen*", sprachen sie und der Klang war seltsam hohl und eintönig. „Was euch umgibt, sind die unzähligen dunklen und hellen Seelen verstorbener Wesen Sajanas. Es ist der Zauber des Seenlandes, der uns für einen Moment Gestalt und Stimme verleiht."

Aela und Norah waren verstummt. Ihre Körper zitterten.

„Die schwarze Tinte aus den Tiefen des Vulkans und das Buch ohne Namen haben euch geführt und an diesem Ort vereint. Das Seegrasdreihorn und die Seenland-Biene waren die Boten, die euch geschickt wurden. Die dunklen Seelen, sie beherrschen dieses Reich. Sie wurden noch mächtiger, als das Feuer der Königsdrachen über die Trolle und Zwergdrachen hinwegbrannte. Längst ist das Wasser des Freudenflusses versiegt und es bleibt nur noch wenig Zeit. Nehmt die beiden Einhörner, denn ohne sie ist es unmöglich, dorthin zu gelangen, wohin der Weg euch führt."

Nicht alles, was die beiden geheimnisvollen Gestalten sagten, verstanden Norah und Aela. Manches blieb im Ungewissen oder würde sich

vielleicht erst später weisen. Was der Prinzessin jedoch große Sorge bereitete, war die Nachricht über das Versiegen des Freudenflusses. Eben an diesem Freudenfluss hatte Aela *Leandra, die Blumenelfe,* und *Yuro, den Wolfsreiter,* kennen gelernt. Von dort aus hatte sie sich mit den beiden auf die Reise ins Seenland gemacht, um das Schicksal Sajanas zu wenden. Wenn der Freudenfluss versiegt war, so konnte dies den Untergang des Elfenreiches bedeuten.

Aela und Norah sahen, wie die Einhörner auf sie zukamen – mehr im Licht schwebend, als dass sie gingen. Eines davon schwebte zu Aela, das andere zu Norah. Nun, da sie direkt neben der Königin und der Prinzessin waren, erkannten die Elfen in den Lichtwesen die tatsächliche Gestalt der Einhörner. Die Gesichter der Fabelwesen glichen jenen von Norahs und Aelas Pferden, so dass die Prinzessin und die Königin gleich Vertrauen gewannen. Was sie unterschied, war das kräftige lange Horn auf ihrer Stirn.
Aela und Norah ließen ihre Hände los und mit einem Mal wurde es wieder finster. Die beiden Seelengestalten waren im selben Augenblick verschwunden, während die Einhörner in ihrer ganzen Pracht neben der Prinzessin und der Königin schwebten.
Norah griff nach dem Körper ihres Einhorns. In dem Moment, als sie es berührte, bemerkte sie, wie sie plötzlich frei kam. Schnell packte sie nach der Mähne und schwang sich auf den Rücken. Auch Aela saß bereits auf dem ihren und gab Norah ein Zeichen.
Wie auf Kommando preschten die beiden Einhörner mit den Elfenmädchen los und die beiden Freundinnen mussten sich festklammern, um nicht abgeworfen zu werden.

Erst war alles finster. Dann zogen grelle Lichter und dunkle Schatten in

raschem Wechsel an ihnen vorbei. Plötzlich hörten die beiden Freundinnen ein lautes Krachen, als ob eine Mauer einstürzen würde. Die Finsternis des Seelenreiches brach in sich zusammen.

Der Sternenhimmel wurde sichtbar und im schwachen Licht der Monde auch Bäume, Wiesen und Felder.

Kapitel 4

Sternenglanz

Die Einhörner standen friedlich unter einer Riesenblattei-
che und schliefen. Norah und Aela betrachteten sie voller Bewunderung. Nur anhand des besonderen Glanzes ihres Fells konnte man erahnen, dass es sich nicht um gewöhnliche Einhörner handelte,
sondern um Wesen aus dem Reich der Seelen. Mit traumwandlerischer
Sicherheit hatten die Einhörner Norah und Aela aus der Finsternis zurück in die wahre Welt Sajanas geführt.

Die beiden Elfen hatten sich ebenfalls einen Platz in der Nähe der Eiche
gesucht und saßen im weichen Gras.

„Ich glaube, ich kenne diesen Ort", meinte Aela, die immer noch unter
dem Eindruck des Erlebten stand, und blickte sich um.

„Hier war ich bereits, als ich von der *Insel der Stille* zum Freudenfluss
geritten bin und von einem schwarzen Zwergdrachen verfolgt wurde."
Mit Schaudern dachte sie an das wüste kleine Biest, dessen Feuer sie fast
verbrannt hätte.

„Wir haben nichts bei uns, womit wir längere Zeit in der Wildnis überleben könnten", stellte Norah besorgt fest, „nicht einmal eine Decke. Wenigstens gibt es hier genügend Beeren und Kräuter, so dass wir nicht

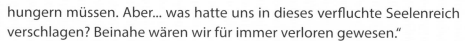

hungern müssen. Aber... was hatte uns in dieses verfluchte Seelenreich verschlagen? Beinahe wären wir für immer verloren gewesen."

„Das ist wahr", bestätigte Aela. „Es muss einen Grund geben, weshalb wir uns dort getroffen haben. Es kann kein Zufall gewesen sein. Bei mir war es die dunkle Magie der schwarzen Tinte, die mir ein Bote als Geschenk von dir überbracht hatte und die mir fast zum Verhängnis geworden wäre." Dann erzählte Aela Norah, was sich ereignet hatte und wie sie durch die alles verschlingende Schwärze der Vulkantinte ins Reich der Seelen gekommen war.

„Seltsam", meinte die Königin nachdenklich. „Ich habe nie von einem solch merkwürdigen Zauber der Vulkantinte gehört. Ich fühle mich schuldig, dass ich dich in diese Gefahr gebracht habe. Es muss irgendetwas mit der Wunde und den Blutstropfen zu tun haben."

Aela legte liebevoll den Arm um Norahs Schultern und versicherte ihr, dass sie keinerlei Schuld an dem hätte, was mit ihr geschehen sei.

„Es müssen höhere Mächte im Spiel gewesen sein, die uns zusammengeführt haben. Denk nur an das Seegrasdreihorn und die Elfengestalten im Reich der Seelen", beschwichtigte sie ihre Freundin.

Dann erzählte auch Norah ihre Geschichte von dem Buch ohne Titel, der dunklen Wolke und der Seenland-Biene.

Sie war gerade an der Stelle angekommen, wo der Bienenflug sie in die Tiefen des Vulkans geführt hatte, als die beiden Elfen plötzlich ein leises Räuspern vernahmen. Sie wandten sich überrascht um und blickten direkt in ein kleines blaues Gesicht.

„Ähem... meine Elfendamen", sprach die Gestalt zu ihnen. „Ihr sitzt hier gemütlich beisammen und wartet darauf, dass euer Land untergeht, hihihi?" Diese zwitschernde Stimme und das lustige Lachen erkannte Aela sofort!

Sternenglanz

„Sternenhimmel!", rief sie voller Freude. „Meine Freundin, die Mondelfe! Wie schön, dich wiederzusehen." Auch Norah freute sich und beide wollten die Mondelfe umarmen. Doch diese wich zurück und machte ein böses Gesicht.
„SternenHIMMEL? Das bin ich nicht", meinte sie nur. „Ich weiß, wenn ihr erlaubt, nicht, wen ihr damit meint."

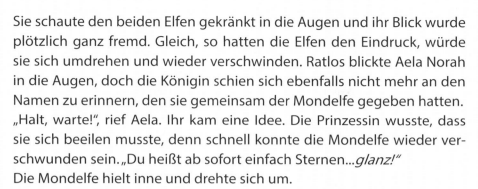

Sie schaute den beiden Elfen gekränkt in die Augen und ihr Blick wurde plötzlich ganz fremd. Gleich, so hatten die Elfen den Eindruck, würde sie sich umdrehen und wieder verschwinden. Ratlos blickte Aela Norah in die Augen, doch die Königin schien sich ebenfalls nicht mehr an den Namen zu erinnern, den sie gemeinsam der Mondelfe gegeben hatten.

„Halt, warte!", rief Aela. Ihr kam eine Idee. Die Prinzessin wusste, dass sie sich beeilen musste, denn schnell konnte die Mondelfe wieder verschwunden sein. „Du heißt ab sofort einfach Sternen...*glanz!"*

Die Mondelfe hielt inne und drehte sich um.

„*Sternenglanz*... hihihi... das gefällt mir. Das ist wunderschön!" Plötzlich war der fremde Blick aus ihrem kleinen Gesicht wieder verschwunden. Aela zwinkerte Norah zu und die Königin atmete erleichtert auf. Aela wollte die Mondelfe etwas fragen, aber diese gebot ihr mit einem Handzeichen zu schweigen.

„Erst rede ich... hihihi... Sternenglanz, die Mondelfe. Dann ist es an euch, etwas zu sagen."

Norah und Aela schauten der kleinen Elfe belustigt zu, ließen sich jedoch nichts anmerken. Sternenglanz wurde sehr ernst und knetete nervös ihre Finger.

„Das Seenland und Sajana, ihr wisst es vielleicht schon... es ist keine Zeit mehr, sonst ist alles vorbei! Keine Zeit mehr für Pausen. Der Freudenfluss, das klare Wasser, es ist versiegt und die Tränen werden zu einem wilden Strom. Sie reißen alles mit... bald das ganze Elfenland!"

Die Mondelfe schien wirklich aufgebracht. So nervös hatten sie Aela und Norah noch nie erlebt.

„Aber, was können wir tun?", fragte Norah ratlos. „Wir waren voller Hoffnung, dass unser Sieg am Berg der Wahrheit Sajana gerettet hat. Jetzt sind wir hier und haben nichts bei uns außer den Kleidern, die wir am Leib tragen."

„Kleider! Was sind schon Kleider!", rief die Mondelfe aufgebracht. „Wenn wir nicht rasch handeln, braucht niemand mehr Kleider."

Sie reckte ihre zarten Ärmchen nach oben und gestikulierte wild. „Es ist alles viel schlimmer... Schleichende Trolle und schwarze Zwergdrachenbrut, sie wurden besiegt. Aber die Zauberin hat immer noch Macht und tief im Dunkeln regiert ER. Ewigkeiten herrschte Ruhe, aber nun ist er zurück."

„Wer ist wieder zurück?", fragte Norah, denn sie verstand nichts von dem, was Sternenglanz in ihrer Aufregung von sich gab. Doch die Mondelfe schüttelte nur entschlossen den Kopf.

„Es spielt keine Rolle, ihr müsst los, sofort, ganz schnell... Wie? Ihr sitzt ruhig auf der Wiese herum? Versteht ihr nicht?" Sie beugte sich vor und zupfte an Norahs und Aelas Kleidern, um sie dazu zu bewegen, endlich aufzustehen. Aela spürte, dass es der Mondelfe sehr ernst war, und erhob sich rasch, um sie nicht weiter zu verärgern.

„Aber, wo sollen wir hin?", fragte sie ratlos. „Ich kenne diese Gegend, aber wenn der Freudenfluss versiegt ist, dann ist der Weg ins Seenland für immer versperrt."

„Ihr habt eure beiden Einhörner, verehrte Prinzessin und verehrte Königin!" Sternenglanz wurde nun wirklich ungeduldig. „Vertraut den Fabelwesen, denn sie kennen die Welten Sajanas wie ihren eigenen Schweif. Der Weg führt den Tränenbach stromaufwärts. Es geht immer dem reißenden Wasser entgegen, dorthin, wo die Quelle entspringt. Reitet, worauf wartet ihr... hihi... oder soll ich euch etwa auf die Rücken der Einhörner heben... hihi?"

Das Lachen war dünn und die Mondelfe so nervös, dass Norah und Aela begriffen, wie ernst die Lage sein musste. Als ob die beiden Einhörner gehört hätten, was gesprochen wurde, kamen sie herbeigelaufen. Aela und Norah schwangen sich auf die Rücken der Fabeltiere. Dann wollten sie sich von Sternenglanz verabschieden, aber die Mondelfe war bereits verschwunden.

„Diese Mondelfe ist flinker als ein junges Fohlen", murmelte Aela vor sich hin und schüttelte verwundert den Kopf. Doch bevor sie noch etwas sagen konnte, bäumten sich die Einhörner auf und die Freundinnen ritten in rasendem Galopp auf ihnen davon.

Norah umklammerte wie beim ersten Ritt den Hals ihres Einhorns, um nicht abgeworfen zu werden. Sie sah, wie die Bäume links und rechts an ihr vorbeihuschten. Mit unglaublichem Geschick wichen die Einhörner jedem Hindernis aus oder sprangen darüber, so dass man meinen konnte, ihre Hufe würden den Boden nicht berühren. Sie galoppierten die sanften Hügel hinauf und wieder hinab. Nichts schien sie aufhalten zu können, trotz des schwachen fahlen Lichts einer Sternennacht.

Aela versuchte, die Landschaft wiederzuerkennen, durch die sie vor einiger Zeit auf dem Weg zum Freudenfluss geflogen und geritten war. Aber alles zog so rasch an ihr vorbei, dass dies unmöglich war.

Die Einhörner galoppierten nebeneinander, immer im gleichen Rhythmus, als wären sie Zwillinge. Einerseits waren es für Aela und Norah fremde geheimnisvolle Wesen, andererseits hatten die beiden Elfen Vertrauen in die Fabeltiere, da irgendetwas die Elfen und die Einhörner miteinander verband und sie zu einer Einheit verschmelzen ließ.

Sie waren bereits lange geritten und am Himmel zeigte sich die erste Morgenröte. Feiner Nebel lag über der Landschaft, der sich bald in der Morgensonne auflösen würde.

Weit kann es nicht mehr sein, dachte Aela, denn die Landschaft erinnerte sie an die Gegend am Freundenfluss und am Tränenbach.

„Schau! Da vorne!", schrie Norah plötzlich. „Der Horizont, er bebt und zittert!"

Aela blickte zum Horizont und sah, was ihre Freundin meinte. Ähnlich den tosenden Wogen eines aufgewühlten Meeres war alles unruhig und schwankend. Das ganze Land bebte und die Prinzessin bekam Angst. Doch anstatt den Schritt zu verlangsamen, galoppierten die Einhörner noch schneller, geradeso, als würde sie die brechende Landschaft magisch anziehen.

Die Gefahr kam immer näher. Der Boden unter den Hufen wurde feucht und schwer, aber den Fabeltieren schien dies nichts auszumachen.

„Es ist Wasser!", schrie Norah und spürte, wie ebenfalls Angst in ihr aufstieg. „Es sind Flutwellen am Horizont!"

Die Königin erkannte erste Baumstämme, die im tosenden Wasser herumgewirbelt wurden. Aela begann zu begreifen, was sie da sahen und worauf sie zuritten.

„Norah, es ist der Tränenbach!", rief sie voller Entsetzen. „Er ist zu einem reißenden Strom geworden. Nichts hält ihn mehr auf!"

Der Boden wurde immer tiefer und jedes gewöhnliche Pferd wäre im Morast steckengeblieben oder gar versunken. Nicht so die Einhörner. Ihre Beine waren flink und ihre Körper so leicht, dass niemand sie aufhalten konnte. Ohne die Anzeichen von Müdigkeit und Furcht galoppierten sie auf den reißenden Strom zu, der einstmals der Tränenbach gewesen war. Im Näherkommen erkannte Aela die ganze Gewalt des Flusses. Große Landstriche hatte er mit sich gerissen. Nicht einmal Felsen und Bäume konnten sich der Macht seines aufgewühlten Wassers erwehren. Grau und wild wälzte sich der Strom durch die untergehende Landschaft.

„Bleibt stehen! Haltet ein!", rief Aela, denn sie wusste, dass der Tränenbach jedes Leben vernichten konnte. Aber die Einhörner preschten unbeirrt voran.

Der Boden war inzwischen zu einem schwarzen Morast geworden.

Norah vergrub ihre Nase in der duftenden Mähne ihres Einhorns, um den Gestank des Sumpfes nicht ertragen zu müssen. Bald würden sie den reißenden Strom erreichen. Und was dann? Bei aller Angst vertraute sie dennoch weiter den Einhörnern, obwohl diese immer schneller ins Verderben galoppierten. Der Boden begann zu fließen. Das ganze Land wurde aufgeweicht und fortgespült.

Nun lag der Strom der Tränen direkt vor ihnen! Noch wenige Augenblicke, dann würden sie das reißende Wasser erreichen. Die Einhörner stockten für einen Moment und setzten dann zu einem mächtigen Sprung an. Aela und Norah waren sich sicher, dass die tosenden Wellen des Flusses sie jetzt verschlingen würden, aber was dann geschah, ließ ihren Atem stocken. Noch in der Luft fingen die Einhörner erneut an zu galoppieren. Ihre Beine wirbelten. Und als sie auf die Wasseroberfläche kamen, konnte die Flut sie nicht fortreißen, denn die Einhörner waren zu schnell für das wilde Wasser. Wie durch einen Zauber setzten die Fabelwesen ihren Galopp fort und der Ritt stromaufwärts ging weiter. Das zauberhafte Land, welches an diesem Ort einmal zum Freudenfluss gehört hatte, ging zur selben Zeit in dem grauen Strom unter.

Kapitel 5

Im Wasser des Brunnens

Als Sarah am nächsten Morgen im Sommerland erwachte, war sie bester Laune. Die Stunden mit ihren Schwestern und Freunden am gestrigen Abend waren so schön gewesen! Immer wieder kam ihr dabei ins Bewusstsein, wie sehr sich ihr Leben zum Guten gewandelt hatte. Die warme Sonne und die blühenden Wiesen im Sommerland taten ihr gut und die vielen Jahre der Ungewissheit im Norden erschienen ihr wie aus einem anderen Leben.

Sie dachte oft an Norah, wie es ihr ergangen war und wie sich das Leben im Zinnenpalast verändert haben musste. Irgendwann, so war sich Sarah sicher, würde sie an den Ort ihrer Vergangenheit zurückkehren.

Sarah zog sich ein leichtes Kleid an und flog aus ihrem Baumhaus hinaus ins Freie. Dabei sang sie ein Lied und blinzelte in die Sonne. Noch war die Luft angenehm frisch und der Tau glitzerte auf den vielen Blättern der lieblichen Wiesenpflanzen. Alles war still, denn außer Sarah war so früh noch niemand wach.

Die Elfe flog einen sanft ansteigenden Hügel hinauf, auf dem lila blühender *Zwergenmohn* wuchs. Es waren Sarahs Lieblingsblumen, denn ihre intensive Farbe durchbrach das Grün der Wiesen wie ein Feuerwerk den nächtlichen Himmel. Hinter diesem Hügel, am Rande eines kleinen Wäldchens, war ein Brunnen. Dorthin wollte sie, um sich mit dem klaren Wasser zu erfrischen. Niemand wusste, wer diesen Brunnen vor langer Zeit gebaut hatte. Er war aus großen groben Steinen gemauert und vermutlich sehr alt.

Der Brunnen

Das Wasser, so hieß es, stammte aus der Quelle eines großen unterirdischen Sees, das nur in diesem einen Brunnen an die Oberfläche kam. Wer davon trank, spürte gleich die erfrischende Wirkung, weshalb die Elfen des Sommerlandes gerne und oft ihre Fässer, Kannen und Karaffen dort füllten und das kristallklare Wasser mit nach Hause nahmen.

Sarah hatte den Brunnen erreicht. Sie flog hinunter und setzte sich an den Rand. Mit der rechten Hand fasste sie in den klaren stillen Spiegel der Wasseroberfläche und kleine Wellen breiteten sich aus. Die Elfe benetzte ihre Stirn mit dem kühlen Nass und fühlte, wie gut es ihr tat. Dann sprang sie vom Brunnenrand auf den Boden und beugte sich direkt über das Wasser, um davon zu trinken.
Da bemerkte Sarah mit Erstaunen, wie sich eine dunkle Wolke in dem Wasser bildete, zuerst schwarz, dann immer röter werdend. Sie zuckte zurück und das Wasser rann ihr durch die Hände.
Was ist das für ein seltsamer Zauber?, dachte sie verwundert. Da Sarah noch nicht lange im Sommerland lebte, wusste sie nicht, was sie über diese sonderbare Verwandlung denken sollte und ob sich das Wasser des Brunnens öfter verfärbte. Es kam ihr jedoch sonderbar vor.

Das Wasser war inzwischen blutrot und stieg langsam an. Bald würde es den oberen Rand des Brunnens erreichen und überlaufen. Sarah wollte sich abwenden, denn die Verwandlung war ihr unheimlich. Sie dachte daran, rasch zu ihrer Schwester Sinia zurückzufliegen, um ihr davon zu berichten, als sie plötzlich ein Gesicht in dem roten Wasser zu erkennen glaubte – zuerst nur ganz verschwommen, dann immer deutlicher. Es war das Gesicht ihrer älteren Schwester Aela. Es schien sie direkt anzublicken, die Augen waren weit geöffnet und der Mund wie zu einem Schrei aufgerissen.

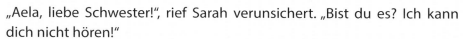

„Aela, liebe Schwester!", rief Sarah verunsichert. „Bist du es? Ich kann dich nicht hören!"

Keine Antwort kam auf das Rufen. Vielmehr bemerkte sie, wie das Wasser bald wieder sank und das Gesicht von Aela verschwand.

Sarah flog auf, denn sie wollte nicht länger allein an dem Brunnen verweilen. Wer wusste schon, ob es nicht Dämonen oder Geister waren, die hier ihr Unwesen trieben? Sie beschloss, gleich nach Aela zu sehen, um sich zu vergewissern, dass alles in Ordnung war. Das Bild ihrer stumm schreienden Schwester machte ihr Angst, denn oft hatten sich solche Visionen als wahr erwiesen.

Rasch flog Sarah über den Hügel zurück. Sie spürte, wie die Sonne kräftiger wurde und die Morgenfrische langsam vertrieb. Einige Flatterlinge schwirrten in dem Zwergenmohnfeld und ein paar Vögel zwitscherten, um den Tag zu begrüßen. Sofort besserte sich Sarahs Laune und die dunklen Ahnungen verblassten.

Nein, hier ist alles friedlich, dachte sie bei sich. *Meine Angst ist sicher unbegründet und Aela geht es gut. Es wird nur ein harmloser Spuk gewesen sein, den ich gesehen habe. Wer weiß, welche Wesen es im Sommerland gibt, die sich einen Spaß erlauben und eine ahnungslose Elfe wie mich erschrecken!*

Kurz darauf war Sarah bei Aelas Baumhaus angekommen. Alles war ruhig und nichts deutete darauf hin, dass Gefahr drohte. Sie flog zur vorderen Eingangstür und lauschte vorsichtig, denn sie wollte Aela nicht wecken, für den Fall, dass sie noch schlief. Kein Laut war zu hören, bis auf das Zwitschern der Vögel in den Blättern über dem Haus.

„Ob ich anklopfen soll?", fragte sich Sarah, denn sie war sich unsicher, was sie tun konnte. Vorsichtig legte sie ihre Hand auf die Tür, die aus

dünnen Ranken geflochten und mit schönen Blumenmustern verziert war. Zu ihrem Erstaunen war die Tür nicht verschlossen und gab nach. Behutsam öffnete Sarah sie und blickte hinein.

Alles schien so zu sein, wie es immer war, und die Elfe wurde etwas mutiger und trat ein. Sarah war seit ihrer Rückkehr schon oft bei Aela gewesen, bewunderte aber immer wieder aufs Neue, mit wieviel Liebe das Baumhaus ihrer Schwester eingerichtet war. Die Prinzessin hatte ein unbeschreibliches Gefühl für Farben und alles war harmonisch Ton in Ton aufeinander abgestimmt. Jeder noch so kleine Gegenstand hatte seinen Platz und es herrschte in den Räumen immer Ordnung. Da Sarah Aela weder sehen noch hören konnte, fing sie an, nach ihr zu suchen. Aber ihre Schwester war nirgendwo zu finden – weder im Wohngemach noch im Schlafzimmer noch in ihrem kleinen Leseraum oder im Bad.

„Aela!", rief Sarah mit etwas unterdrückter Stimme, um die Elfen in den Baumhäusern der näheren Umgebung nicht zu erschrecken. „Aela, wo bist du?"

Es kam keine Antwort.

Erst jetzt entdeckte Sarah das kleine Tintenglas am Boden neben dem Schreibtisch und hob es auf. Das Glas war leer, nur der feine silbrig glänzende Schatten von eingetrockneter Tinte war zu sehen.

Seltsam, dass nichts auf den Boden geflossen ist, dachte Sarah, denn tatsächlich war der Boden sauber. Ihr Blick fiel auf das Stück Pergamon, das auf dem Schreibtisch lag:

Meine lieben Schwestern, meine lieben Freunde,

es fällt mir schwer…

Sarah musste blinzeln, denn die Schrift verschwamm vor ihren Augen. Sie wischte sich mit dem Handrücken ihrer linken Hand über das Gesicht. Jetzt war alles wieder klar und sie fing erneut an zu lesen:

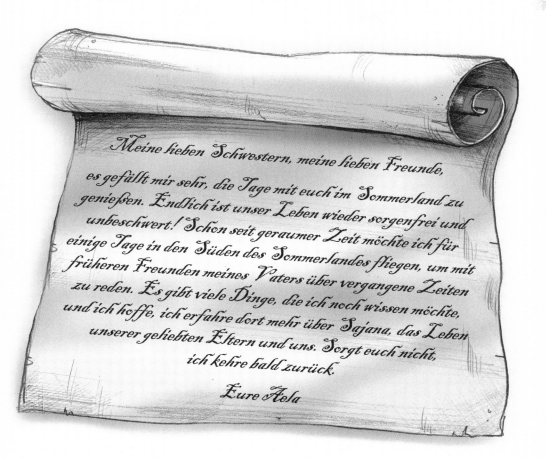

Meine lieben Schwestern, meine lieben Freunde, es gefällt mir sehr, die Tage mit euch im Sommerland zu genießen. Endlich ist unser Leben wieder sorgenfrei und unbeschwert! Schon seit geraumer Zeit möchte ich für einige Tage in den Süden des Sommerlandes fliegen, um mit früheren Freunden meines Vaters über vergangene Zeiten zu reden. Es gibt viele Dinge, die ich noch wissen möchte, und ich hoffe, ich erfahre dort mehr über Sajana, das Leben unserer geliebten Eltern und uns. Sorgt euch nicht, ich kehre bald zurück.

Eure Aela

Sarah ließ das Blatt sinken. Erneut wischte sie sich mit der linken Hand über die Augen, denn die handgeschriebenen Buchstaben flimmerten.

Vielleicht bin ich zu früh aufgestanden, dachte sie. *Meine Augen gehorchen mir nicht. Ich bin wohl noch müde.*

Dann dachte sie über Aelas Worte nach. Es kam ihr seltsam vor, dass ihre Schwester so plötzlich aufgebrochen war, ohne vorher mit ihrer Familie oder ihren Freunden darüber gesprochen zu haben. Das war nicht ihre Art. Nicht einmal gestern Abend hatte sie die bevorstehende Reise erwähnt und Sarah hatte ihr auch nichts angemerkt.

In Aelas Baumhaus war jedoch alles so wie immer. Vielleicht hatte die Prinzessin spontan den Beschluss gefasst, ihre Reise am frühen Morgen anzutreten, und würde bald wieder heimkehren. Sarah verharrte einen Moment in ihren Gedanken.

„Ja, so muss es wohl gewesen sein!", sagte sie zu sich selbst. Eine Unsicherheit blieb jedoch. Es war ein seltsames Gefühl in ihrem Bauch, das ihr sagte, dass irgendetwas anders war, als es den Anschein hatte. Sie nahm den Brief und beschloss, ihn Sinia, Falomon und Fee zu zeigen. Sie lief zur Tür und verschloss sie hinter sich. Dann flog sie zum Haus ihrer Zwillingsschwester Sinia.

Was Sarah nicht mehr sah, waren die dunklen Schatten, die in Aelas Baumhaus aufzogen. Innerhalb kürzester Zeit waren die Wände wieder schwarz wie bei Aelas Verschwinden. Eine zähe tintenartige Flüssigkeit lief herab und machte aus dem Boden einen stinkenden Sumpf. Schwarze Schattengestalten huschten über den Sumpf, wie die Helfer des Bösen, die alles Schöne innerhalb kürzester Zeit vernichten konnten. Die Schattengestalten murmelten dabei vor sich hin, während sie ihr zerstörerisches Werk fortsetzten.

„Sie hat nichts gemerkt", nuschelte eine Gestalt. „Alles wie vorherbestimmt. Alles läuft wie geplant!"

Kapitel 6
Der Moorkönig

ie Hoffnung der Elfen, Ilaria, die böse Elfenzauberin, am Berg der Wahrheit besiegt und damit ganz Sajana gerettet zu haben, hatte sich als Trugschluss erwiesen. Ilaria hatte früh erkannt, dass der Kampf der schwarzen Zwergdrachen und schleichenden Trolle gegen die Königsdrachen Panthar und Farona, Grimm, den Wolfselfen, Prinzessin Aela, Königin Norah und deren Freunde zum Scheitern verurteilt gewesen war. Fluchend war sie vom Berg der Wahrheit geflohen und hatte sich noch in derselben Nacht auf den Heimweg gemacht. Nach einem langen, mühevollen und gefährlichen Ritt und nur durch einen Zauber vor der Kälte des Nordens geschützt war sie nachts zu ihrem Krater nahe des Zinnenpalastes zurückgekehrt.

Ilaria ahnte nach den Ereignissen am Berg der Wahrheit, dass auch Norah bald in den Norden zurückkehren würde. Und sie behielt Recht. So musste die Zauberin miterleben, wie die junge Königin nach Hause kam und von ihrem Volk gefeiert wurde.
Manchmal mischte sich Ilaria gut verkleidet unter das Volk der Bergelfen. Einige Male kam sie Norah dabei so nah, dass sie sie fast berühren

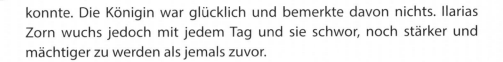

konnte. Die Königin war glücklich und bemerkte davon nichts. Ilarias Zorn wuchs jedoch mit jedem Tag und sie schwor, noch stärker und mächtiger zu werden als jemals zuvor.

Ilarias Geschichte

Ilarias Vulkan war zu einer Zeit erloschen, als die Drachen noch allein über Sajana geherrscht und sich nur wenige Elfen im Norden des Reiches niedergelassen hatten. Der Norden Sajanas galt als zu kalt und unfruchtbar, um dort leben zu können. Erst im Laufe vieler Jahre ließen sich vermehrt Elfen dort nieder, denn es sprach sich herum, dass man in der Nähe der Krater, entgegen aller Vermutungen, gut leben konnte. Die dunkle Vulkanerde war so fruchtbar, dass es an nichts fehlte.

Wie Ilaria selbst in den Norden gekommen war, wusste sie nicht. Ihre frühesten Erinnerungen hatte sie an ihre Trollmutter, die sie tief unten im Zaubervulkan in den Armen gehalten hatte.
Nie ließen die Trolle Ilaria ans Tageslicht und keiner berichtete ihr vom Leben über der Erde. Vermutlich waren es das mangelnde Licht und die rohen Speisen der Trolle, die Ilaria nicht altern ließen. Überhaupt schien die Zeit auch an den Trollen fast spurlos vorüberzugehen, als ob die feuchte Erde und die stickige Luft in den Gewölben des Vulkans sie jung hielten.
Das Reich der schleichenden Trolle befand sich so tief unter dem Zaubervulkan, dass Ilaria, bis sie erwachsen wurde, nicht einmal ahnte, dass es eine Welt oberhalb der finsteren Höhlengänge und dunklen Hallen gab. Um ans Tageslicht zu gelangen, musste man sich mühsam durch enge erdige Gänge quälen, verirrte sich, um dann, dem Wahnsinn nah, ins Freie zu kommen.

Ilaria und ihre Trollmama

Ilaria spürte, dass die Trolle Geheimnisse vor ihr hatten, und wählte eines Tages diesen Weg. Sie erreichte verwirrt, erschöpft und zugleich überwältigt von dem, was sie sah, „die Oberfläche", wie sie es nannte. In einer grauen Pfütze erblickte sie das erste Mal ihr Gesicht. Sie erschrak, denn sie begriff, dass ihre Ahnung richtig gewesen war. Sie war kein Troll. Nur ein merkwürdiges Schicksal hatte sie in die tiefen finsteren Höhlen verschlagen.

Bald erspähte sie einige Bergelfen, versteckte sich scheu und aus Angst vor den seltsamen Wesen, um dann zu begreifen, dass sie selbst eine dieser Flügelgestalten war.

Lange hatte sie gegrübelt, wie sie zu den Trollen gekommen war, und es gab für sie nur eine Erklärung: Jemand musste sie als Baby in den Krater geworfen haben, entweder ihre Eltern selbst oder jemand anderes, der sie ihren wahren Eltern geraubt hatte. Sie hatte es nur großem Glück zu verdanken, dass sie damals dem Tod entronnen war. Doch wenn Ilaria an ihr grausames Schicksal dachte, dann wünschte sie sich manchmal, dabei gestorben zu sein.

Zurück in den Trollhöhlen lernte sie alles, was die finsteren Wesen wussten und fing nach und nach an, ihre gesamte Umgebung zu erkunden, sowohl unter der Erde als auch an der verhassten Oberfläche.

An einem Tag führte ihr Weg noch tiefer als sonst in die Höhlengänge, zu unterirdischen Orten, an die sich die Trolle selbst nicht wagten. Das schwache rote Licht, welches die gesamte Erdwelt trüb erhellte, half ihr dabei, sich zurechtzufinden. Je tiefer sie kam, umso mehr erlosch auch dieses Licht.

Ilaria hatte sich verirrt und war tagelang wie im Wahn in die Tiefen unter dem Vulkan vorgestoßen. Nun fürchtete sie, geschwächt und ohne Orientierung, hier unten zu sterben, denn es war inzwischen völlig finster und sie hatte nichts mehr zu essen und zu trinken. Entkräftet und am Rande der Besinnungslosigkeit bemerkte Ilaria, wie sich der enge Höhlengang, in dem sie sich befand, plötzlich vor ihr öffnete. Sie stolperte in einen unterirdischen Raum. Ilaria blinzelte. Ihre Augen wollten sich kaum an das bläulich schimmernde Licht gewöhnen, welches hier herrschte. Sie spürte, wie der Wahnsinn in ihr aufflammte, denn dieser unwirkliche Ort glich mehr einem unterirdischen Steinwald als einer Erdhöhle. Tropfsteine wuchsen vom Boden hoch wie Bäume. Das schwache bläuliche Licht gab dem Ort eine sonderbare Schönheit. Der unterirdische Wald war gewaltig und ein Ende konnte Ilaria zwischen den mächtigen Tropfsteinen nicht erkennen.

Im Glauben an eine Wahnvorstellung irrte Ilaria ziellos zwischen den Steinbäumen umher, fing das herabtropfende Wasser gierig auf und versuchte damit ihren unbändigen Durst zu stillen. Es schmeckte widerlich nach Schimmel und schwarzer Erde, aber dennoch trank Ilaria, denn sie war dem Verdursten nah. Sie spürte, wie trotz des stinkenden Wassers ihr Verstand langsam ein wenig klarer wurde.

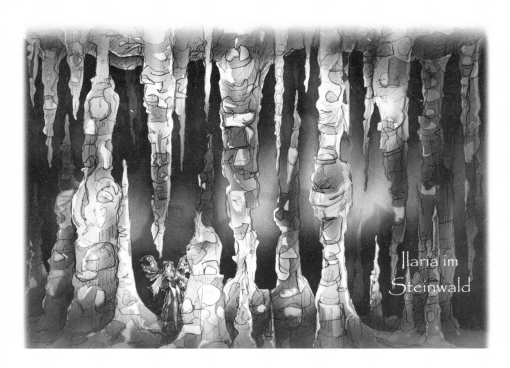

Ilaria im Steinwald

Sie lief weiter durch den Steinwald, in der Hoffnung einen neuen besseren Weg zu finden, der sie zurück zu den Trollen führen würde.

Da gaben die Tropfsteine plötzlich den Blick auf eine unterirdische Lichtung frei. Inmitten dieser Lichtung sah Ilaria einen schwachen Glanz, wie der einer spiegelnden Wasserfläche bei Mondschein.
Als sie näher kam, erkannte sie, dass der Glanz tatsächlich von einem schwarzen Teich herrührte. Ilaria vermutete zunächst, dass hier das Wasser der Tropfsteine zusammenlief, doch bemerkte sie bald, dass um den kleinen Teich herum alles trocken war. Vorsichtig kam sie näher und trat bis an den Rand des Wassers.
Zunächst schien alles ruhig, nur das blau schimmernde Licht spiegelte sich auf der Oberfläche. Dann hörte Ilaria einen markdurchdringenden Laut! Es klang wie ein Stöhnen und Ächzen, das tief aus der Erde kam.

Binnen weniger Augenblicke brach das Wasser in sich zusammen, floss nach unten weg und hinterließ ein gähnendes Loch. Ilaria schwankte und beinahe wäre sie mit in die Tiefe gerissen worden. Nur mit Mühe konnte sie sich auf den Beinen halten, denn von den Kanten des gewaltigen Abgrunds brachen große Stücke in das Loch.

„UUUUAAAAAAHHHHH!", hörte Ilaria das Stöhnen erneut. „UUUUOOO! OOOHHHH!" Es klang hohl und dennoch mächtig. Durch die Erschütterung brachen erneut große Steinbrocken und Felsen in die Tiefe. Ilaria trat schnell einen Schritt zurück und wollte fliehen. Da hörte sie eine dunkle Stimme, die aus dem mächtigen Loch zu ihr sprach:

„UUUUAAAHHHH... Was bist du, dass du es wagst,
mich zu stören? UUUOOOOHHH...."‚

klang es bedrohlich und so laut, dass der Boden bebte. Ilaria erschrak und beobachtete, wie sich die Kante der Bodenöffnung veränderte und die abgebrochenen Steine nun wie mächtige Zähne eines gewaltigen Steinmauls aussahen. Eine Weile herrschte Stille, dann sprach die Stimme erneut zu ihr:

> „UUUUUAAAAAHHHHH... Niemand hat sich je zu mir gewagt,
> nicht seit Anbeginn aller Zeiten."

Ilaria gelang es mit großer Mühe ihre Fassung zu wahren. Nur durch die Erfahrung der vielen Jahre, welche sie bei den wilden Trollen unter der Erde gelebt hatte, konnte sie ihre Angst im Zaum halten.
„Ich... ich weiß nicht, wie ich hierher gekommen bin", stammelte sie.
„Mein Wissensdurst hat mich in die Tiefe geführt, denn ich möchte alles erfahren. Ich bin eine... Elfe."
Sie zögerte bei dem Wort „Elfe", denn eigentlich fühlte sie nichts gemeinsam mit den Flügelwesen.
„Aber, wo bin ich hier?", fuhr sie fort. Das tiefe Stöhnen war wieder zu hören. Oder war es nun ein finsteres Lachen? Ilaria war sich dessen nicht sicher.
„Wo bin ich hier? Und was bist du?", rief sie deshalb mutig. „Gib mir eine Antwort, wenn du kannst!" Für einen Moment herrschte abermals Ruhe. Dann bebte der Boden erneut und die gewaltige Stimme donnerte durch den Steinwald, so dass weitere große Brocken herabstürzten.

> „UUUAAAHH... Du fragst, wer ich bin?"

Ilaria fiel zu Boden und die Worte wälzten sich wie eine Lawine über sie hinweg.

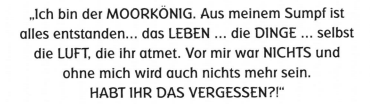

„Ich bin der MOORKÖNIG. Aus meinem Sumpf ist
alles entstanden… das LEBEN … die DINGE … selbst
die LUFT, die ihr atmet. Vor mir war NICHTS und
ohne mich wird auch nichts mehr sein.
HABT IHR DAS VERGESSEN?!"

Ilaria wusste nicht, wie ihr geschah und ob sie antworten sollte. Sie
fühlte sich wie gelähmt. Dennoch richtete sie sich langsam wieder auf.
„Moorkönig… du bist der Moorkönig", sagte sie mehr zu sich selbst, um
dann mutig und mit lauterer Stimme fortzufahren:
„Moorkönig, ich fürchte, es weiß keiner mehr, dass es dich gibt. Niemand
ahnt, wer du bist. Alle haben dich vergessen. Aber kann ich deinen Worten Glauben schenken? Mich hat man als Baby vermutlich in die Trollhöhlen geworfen. Erst vor einiger Zeit erfuhr ich, wie das Leben über
dem Vulkan aussieht. Ich wurde ebenso vergessen wie du."
Ein schweres Grollen war zu hören und Ilaria fürchtete, dass nun alles in
sich zusammenbrechen würde. Doch der Steinwald hielt der Erschütterung stand.

„Vergessen?",

ertönte die Stimme des Moorkönigs erneut.

„Es gibt kein Vergessen. Wer mich vergisst, den hole
ich zurück in meine Welt. Denn ich bin in allem –
in jedem Stein, in jedem Baum und in jedem
Lebewesen. Mein Moor ist das Blut Sajanas."

Wie Ilaria diese Worte hörte, fühlte sie sich plötzlich der Stimme und den Worten des Moorkönigs ganz nah und tief verbunden, denn auch sie war vergessen und verloren.

„Ich verstehe dich gut, Moorkönig", sagte sie deshalb leise, aber bestimmt. „Mir geht es wie dir, selbst wenn mein Leben armselig ist gegenüber deiner Macht."

Dann erzählte sie mit wenigen Worten, wie sie aufgewachsen war, was sie erlebt hatte und wie sie an diesen Ort gekommen war. Eine ganze Weile herrschte Stille, bis die Stimme des Moorkönigs erneut zu ihr sprach:

„Du bist ein Kind der Erde, Ilaria. Und man hat dich
vergessen wie mich. Sajana und seine Geschöpfe haben
uns verraten. Doch es kommt die Zeit der finsteren
Rückkehr. Jeder soll sich an uns erinnern. Gleich wird das
Wasser wieder steigen und meine Stimme verstummen.
Du wirst eine Kugel sehen – eine Kugel aus Moor-Kristall.
Nimm sie dir, bevor sie wieder versinkt, denn sie wird dir
magische Fähigkeiten verleihen. Sie weist dir den Weg zurück.
Und sie zeigt dir den Weg, wohin auch immer er dich führen mag,
selbst ins Reich der Seelen. Dort warten sie auf dich,
die verlorenen Wesen der Vergangenheit –
die VERGESSENEN, die GESTORBENEN, die VERBANNTEN,
egal, ob Drache, Troll oder Elf. Alle verlorenen Seelen
werden deinem Zauber folgen.
Doch die Macht der Kugel wird dir weit größere
Kräfte verleihen. Zögere nicht, sie zu nehmen."

Mit diesen Worten verstummte die Stimme und Ilaria sah, wie das dunkle Wasser in dem Loch rasch anstieg, bis es wieder ganz bis zum Rand reichte. Tatsächlich schwamm an der Oberfläche eine Kristallkugel, als ob sie aus den Tiefen der Erde nach oben gespült worden sei. Licht in allen Farben umspielte sie und Ilaria spürte sofort die Macht, die von dieser Kugel ausging. Schnell beugte sie sich nach vorne, denn der Kristall lag unmittelbar vor ihr. Sie griff nach der Kugel und fühlte, wie ein heftiger Schmerz durch ihre Glieder zuckte – ein starker, allumfassender Schmerz, der einerseits ihre Gefühle zu Eis erstarren, andererseits das schwarze Moor des Moorkönigs in ihre Adern schießen ließ.

Es war der Tag, an dem Ilaria zur Zauberin wurde.

Kapitel 7
Die Wasserwand

Ilarias Begegnung mit dem Moorkönig war lange her, aber die Erinnerung daran verblasste nie wieder in ihr, denn es waren die Augenblicke, in denen sich alles für sie änderte. Sie lernte nach und nach die Zauberkraft des Kristalls zu nutzen und erkundete weiter ihre Umgebung. Längst hatte sie die Trolle zu ihren Untertanen gemacht und die Tiefen des Vulkans verlassen, um sich in den oberen Schichten des Berges ein ansehnliches Gemach zu erschaffen. Es war ihr gelungen, die verlorenen Seelen verstorbener Drachen aus dem Reich der Seelen zurückzuholen und schwarze Zwergdrachen daraus zu züchten, die sich im Flug aus niedlich anmutenden Flatterlingen zu Ungeheuern verwandelten. Sehr zögernd hatte sie die Nähe zu den Bergelfen gesucht, denn obwohl sie selbst eine war, hatte sie aufgrund ihrer eigenen Geschichte eine große Abneigung gegen alle Elfenvölker. Sie beobachtete aus der Ferne Urianas und Norahs Machtstreben mit der bösen Absicht, eines Tages selbst Herrscherin über das ganze Reich zu werden und das Land in einen Ort der Finsternis zu verwandeln.

Die Niederlagen am Drachenfels und am Berg der Wahrheit trafen Ilaria schwer, denn sie erkannte, dass die Zauberkraft ihrer Kristallkugel allein

nicht reichte, um die Elfenvölker zu unterwerfen und das Band der Prinzessinnen, Könige und Fürsten zu zerstören. Viele Jahre hatte sie unbemerkt Zwietracht zwischen Drachen und Elfen gesät und sich den gebrochenen Pakt zunutze gemacht. Niemals hatte sie damit gerechnet, dass ausgerechnet die Königsdrachen ihr am Berg der Wahrheit zum Verhängnis werden könnten. Nun hatte sogar ein Königsdrachenbaby namens Nagar das Licht der Elfenwelt erblickt und mit ihm wurde das Band zwischen Elfen und Drachen neu geknüpft.

Ilaria musste andere Wege suchen, um ihre Pläne zu verwirklichen. Dessen war sie sich nach ihrer Rückkehr vom Berg der Wahrheit sicher. Ewigkeiten hatte sie nicht mehr daran gedacht, den Moorkönig erneut aufzusuchen, denn es erschien ihr fast aussichtslos, noch einmal dorthin zu gelangen. Doch der Hass gegen die Elfen und Drachen trieb sie abermals in die Tiefen unter ihrem Zaubervulkan und sie hoffte, der Kristall würde ihr den Weg zum Steinwald weisen.

Die Trolle verneigten sich vor Ilaria, wenn sie im Schein ihres Zauberkristalls zu ihnen hinabstieg. Das Licht der Kugel hatte eine ganz sonderbare Wirkung auf die Erdwesen, denn sie waren kein Licht gewohnt, kamen nur äußerst selten aus ihren Höhlen und wenn, dann lieber im Verborgenen und in der Nacht, so dass sie niemand sehen konnte.
Sie gehorchten den Befehlen der Zauberin und hatten, geblendet von ihrer Macht, längst vergessen, dass sie selbst die Zauberin einst bei sich aufgenommen und großgezogen hatten.

Entgegen ihren Befürchtungen war der Weg für Ilaria dieses Mal viel leichter, als sie es vermutet hatte. Das Licht der Kugel erhellte die Gänge und schien sie geradewegs zum Moorkönig zu führen. Sie spürte, wie sie ganz von selbst den richtigen Weg wählte und dabei schnell vorankam. *Warum habe ich nicht früher den Weg zurück zum Moorkönig gesucht?*, fragte sie sich, aber sie wusste genau, dass es die bedrohlichen Erlebnisse der ersten Begegnung waren, die sie davon abgehalten hatten.

Zu ihrem Erstaunen erreichte Ilaria bald den Höhlengang, der in den Steinwald mündete und erblickte den bläulichen Schimmer, der mit den ständig wechselnden Farben des Kristalls verschmolz.

Sie betrat den Raum und sah sich ehrfürchtig um. Nichts schien sich hier verändert zu haben. Alles war so, wie Ilaria es in Erinnerung hatte, als ob die Zeit an diesem Ort stillgestanden wäre.

Als sie jedoch zu der Stelle kam, wo sie die Stimme des Moorkönigs das erste Mal vernommen hatte, sah sie mit Erstaunen, dass die Lichtung nun viel größer war und auch der kleine See darauf inzwischen beträchtliche Ausmaße angenommen hatte. Ilaria blieb in einiger Entfernung stehen, denn sie erinnerte sich daran, wie das Wasser damals in die Tiefe gestürzt und sie fast dabei umgekommen war.

„Moorkönig!", flüsterte sie mehr, als dass sie rief, denn an diesem Ort herrschte Totenstille. „Moorkönig, sprich mit mir. Ich habe dir etwas zu sagen." Ilaria spürte, wie ihre Stimme zitterte. Alles blieb ruhig.

„Moorkönig, ich bin es, Ilaria!", rief sie deshalb etwas lauter. Die Zauberin hörte, wie sich ihre Worte an den mächtigen Steinbäumen mehrfach zu einem leisen Echo brachen. Einzelne kleine Brocken fielen herab und der Boden begann zu beben.

Er hat mich gehört, war sich Ilaria sicher und wich vorsichtshalber ein Stück zurück – keinen Augenblick zu früh, denn im nächsten Moment begann die Oberfläche des Sees sich zu kräuseln und eine gewaltige Wassersäule, so breit wie der See selbst, schnellte in die Höhe bis zu den Wipfeln der Tropfstein-Bäume.

Ilaria stand vor einer gewaltigen Wasserwand und fürchtete, dass diese über ihr zusammenbrechen würde, aber nichts dergleichen geschah. Das Wasser war schwarz und bewegte sich an der Oberfläche in leichten Wellenbewegungen. Ilaria meinte darin ein riesiges altes Gesicht zu erkennen, doch mit den nächsten Wellen war es wieder verschwunden. Dafür hörte sie das tiefe Stöhnen, das sie bereits kannte, und dann die Stimme des Moorkönigs:

„UUUOOOHH... Ilaria, Tochter der Erde,
du bist zurückgekehrt."

„Ja, Moorkönig", erwiderte die Zauberin, „ich bin da, wo alles für mich begann. Mein Zauber und der meiner Kristallkugel wurden durch dich erschaffen. Aber der Zauber ist nicht mächtig genug. Mein Plan wurde am Berg der Wahrheit von den Wesen zerstört, die auch dich vergessen haben."

„Ich weiß, wovon du sprichst.",

donnerte die Stimme des Moorkönigs nach einem Moment der Stille.

„Meine Adern, mein Moor und mein Wasser –
sie reichen weit durch das Land. So entgeht mir nichts.
Mein Zorn ist groß. Längst ist der Tränenbach
über die Ufer getreten. Und längst ist das Schicksalsreich
Sajanas – das Seenland – dem Untergang geweiht.
Dürre wird kommen und gewaltige Fluten werden
sich erheben. Das Seenland wird vergehen
und überall wird mein Moor hervorbrechen,
wo gerade noch Leben ist.

**Am Ende soll alles so sein wie am ersten Tag
und vor unendlichen Zeiten."**

Ilaria spürte, wie ihr ein eiskalter Schauer über den Rücken lief. Der Moorkönig zeigte sich in seiner ganzen Macht. Sajana war auch ohne ihre Bemühungen dem Untergang geweiht.
„Wie konnte ich an deiner Macht zweifeln", sagte sie und verneigte sich ein wenig. „Und ich dachte, die Sommer- und Bergelfen hätten den Kampf gewonnen."

**„Gewonnen? Nein. Es geht nicht um gewinnen oder verlieren.
Es geht um die Macht meiner Schöpfung.
Wer diese vergisst, der hat sein Leben verwirkt.
Du wirst die Einzige sein, die übrig bleibt.
Du wirst es sein, die das Reich des Moorkönigs neu begründet.
Aber hüte dich vor dem kleinen Königsdrachen.
Er ist es, der den Lauf der Dinge
noch verändern kann, denn nur er verfügt
über eine Kraft, die der meinen ebenbürtig ist."**

„Das verfluchte Drachenbaby!", schimpfte Ilaria. „Ich hätte das Ei damals gleich zerstören sollen. Aber wie konnte ich ahnen, dass mich diese Geschichte wieder einholt? Moorkönig, sage mir, wo der Drache ist und ich werde dafür sorgen, dass er verschwindet. Nichts soll dich aufhalten, nichts die Elfen und ihr Reich vor dem Untergang retten."

„Du willst zu dem kleinen Drachen?",

erwiderte der Moorkönig mit leiser Stimme.

Ilaria und die Wasserkralle

„Ja, ich kann dich zu ihm führen. Deine magische Kugel
wird dich leiten. Aber hüte dich, denn so klein
wie der Drache ist, so groß ist seine Macht.
Komm zu mir, Ilaria. Durchschreite meinen Körper –
die Wasserwand – und du wirst den Weg finden."

„Ich soll durch die Wasserwand gehen?", sagte Ilaria nach einigem Zögern. „Nun gut, wenn es das ist, was du verlangst, dann werde ich es
tun. Der Drache soll mir gehören und ich gehöre dir. Denn ich bin deine
Dienerin, solange du mich brauchst."

Ilaria trat einige Schritte nach vorne. Sie sah, wie die Wellen auf der Wasserwand höher wurden, geradeso, als wollten sie nach ihr greifen. Sie wagte sich einen weiteren Schritt nach vorne.

In diesem Moment bäumte sich eine mächtige Welle an der Wand auf. Ilaria meinte darin eine große Wasserkralle zu erkennen, aber die Zauberin ließ sich nicht beirren und schritt weiter voran. Dann griff die Kralle nach ihr und zerrte sie hinein.

Dunkelheit umschloss Ilaria. Das Wasser drückte. Die Zauberin hatte das Gefühl, ihr Körper würde bersten. Sie schloss die Augen und ihre Hände krampften sich um die Kristallkugel.

Dann kam der Augenblick, in dem Ilaria glaubte, das Wasser würde sie in Stücke reißen. Tausendfacher Schmerz durchzuckte ihren Körper. Die gewaltige Wassersäule stürzte in sich zusammen und versank in der Tiefe des gewaltigen Lochs, aus der sie emporgestiegen war. Ein abgrundtiefes Stöhnen hallte durch den Steinwald und einzelne Felsen brachen herab. Dann füllte sich das riesige Loch langsam wieder mit Wasser und die unheimliche Stille kehrte zurück.

Kapitel 8
Die Verwandlung

Aelas und Norahs Einhörner flogen geradezu über das tosende Wasser des Tränenbaches hinweg. Wenig konnten die beiden Elfen während des rasenden Ritts von der Landschaft am Rande des Stroms erkennen, nur soviel, dass die Zerstörung bereits weit um sich gegriffen hatte. Ganze Wälder waren den Fluten zum Opfer gefallen und dort, wo einmal mächtige Bäume gestanden hatten, war nun schmutziges Wasser oder schwarzer Sumpf. Prinzessin Aela spürte tief im Herzen, wie gewaltig die Bedrohung für das Elfenland bereits war.

Vielleicht kommen wir zu spät, dachte sie voller Sorge, denn was sollten sie gegen diese zerstörerische Macht ausrichten? Noch war es nur ein Fluss, der über die Ufer trat, aber bald würde das ganze Land darin versinken.

Meine Freunde im Sommerland ahnen nicht einmal etwas von der Gefahr, die sie vielleicht bald bedrohen wird, dachte Aela weiter und blickte dabei zu Norah. In den Augen ihrer Freundin erkannte sie, dass die Königin ähnliche Gefühle hatte wie sie.

Entgegen der bedrohlichen Stimmung des grauen tosenden Wassers war der Himmel inzwischen wundervoll blau und die Sonne strahlte. Blickte man nach oben, schien alles in bester Ordnung und ein traumhafter Tag kündigte sich an. Als Norah jedoch nach unten sah, erstarrte ihr fast das Blut in den Adern. Sie bemerkte, wie die Beine der Einhörner wirbelten, wie sie gleichzeitig jedoch immer unwirklicher und transparenter wurden. Sie verschwanden langsam wie der Morgennebel in der aufgehenden Sonne.

„Aela, schau nur!", schrie sie, löste einen Moment die linke Hand vom Hals ihres Einhorns und deutete nach unten. Die Prinzessin verstand sofort.

„Die Beine der Einhörner, bei allen Elfengeistern, sie verschwinden!", schrie Aela zurück. „Es ist das Wasser des Tränenbaches, was dieses bewirkt. Kein Leben kann darin existieren."

Die Hufe der beiden Fabelwesen berührten das Tränenwasser kaum, aber der geringste Kontakt genügte, um die vernichtende Gefahr zu entfalten.

Die Einhörner galoppierten unbeirrt weiter und Norah hoffte, dass es den Ritt auf den Fabeltieren vielleicht gar nicht beeinträchtigte, wenn diese ihre Körper verloren. Sie waren Wesen aus dem Reich der Seelen und vermutlich war es ihre Bestimmung, körperlos dorthin zurückzukehren, wo sie herkamen. Aber was würde mit Aela und ihr geschehen?

Norah sah, dass nach den Beinen auch der Rumpf ihres Einhorns zu schwinden begann.

„Aela, was können wir tun?", rief sie ihrer Freundin deshalb verzweifelt zu. „Die Einhörner können uns nicht mehr lange tragen. Sie werden vergehen und wenn nichts geschieht, dann ist es auch unser Ende!"

„Wir... wir könnten versuchen zu fliegen!", erwiderte Aela nach kurzem Überlegen. Sie bemühte sich, trotz der großen Gefahr und des rasenden

Galopps, einen klaren Gedanken zu fassen. „Es ist zwar nahezu unmöglich, sich vom Rücken eines galoppierenden Einhorns zu lösen, ohne dabei zu stürzen, aber wir müssen es versuchen. Es ist die einzige Möglichkeit, die uns vielleicht noch bleibt!"

Norah sah das tosende Wasser unter sich. Sie wusste, dass es niemals gelingen konnte, aber sie sagte nichts und nickte. Auch Aela ahnte, dass ihr Plan unmöglich war, doch was blieb ihnen anderes übrig, als auf die letzte Rettung zu hoffen?

Der Ritt mit den Einhörnern

Beide sahen, wie ihre Einhörner immer transparenter wurden. Aelas und Norahs Hände fanden keinen richtigen Halt mehr und sie spürten, dass sie in wenigen Augenblicken ins Wasser stürzen würden.

„Sieh nur, da vorne!", rief Aela, denn sie hatte eine Entdeckung gemacht, die ihre Angst zu Panik werden ließ. „Der Fluss reißt am Horizont ab! Wir reiten direkt auf einen mächtigen Wasserfall zu!"

Auch Norah sah es. So schnell wie die Einhörner trotz des Körperschwundes galoppierten, war es nur noch ein kurzer Moment, dann würden sie den Wasserfall erreicht haben. Hier entsprang der Fluss, strömte ihnen entgegen, und gleichzeitig stürzte der Wasserfall auf der gegenüberliegenden Seite in die Tiefe. Sie konnten sich dieses Wunder nur damit erklären, dass genau unter der Kante des Wasserfalls der Quell des einstigen Tränenbaches sein musste, so dass das Wasser sowohl in die eine Richtung strömen, als auch in die andere Richtung fallen konnte.

„Hör zu, Aela!", erwiderte sie hastig, denn trotz der Gefahr war ihr ein Gedanke gekommen. „Sobald wir über den Wasserfall stürzen, müssen wir versuchen, uns von den Einhörnern zu lösen und zu fliegen. Wir werden stürzen, aber vielleicht gelingt es uns, den Sturz mit unseren Flügeln aufzufangen."

„Gut, es bleibt uns ohnehin keine andere Wahl", stimmte Aela zu. Ihre Hände zitterten, aber sie dachte: *In der Luft und über dem Wasserfall zu fliegen, ist sicher etwas einfacher, als sich während des Galopps vom schwindenden Körper der Einhörner zu erheben.*

Sie schöpfte neue Hoffnung.

Der Wasserfall kam immer näher. Die Einhörner waren nur noch Schattengestalten und so leicht wie Blätter im Wind. Gleich würden sie ihre Körper endgültig verlieren. Norah und Aela versuchten, sich etwas aufzurichten. Sie schwankten. Der Wind rauschte durch ihre Flügel.

Die Einhörner setzten zu einem letzten gewaltigen Sprung an und erhoben sich in die Luft. Das Licht der Sonne durchströmte die Schatten ihrer Körper. Feiner goldener Staub wirbelte auf, in dem sich das, was von ihnen verblieben war, endgültig auflöste. Der Staub erfasste die beiden Elfen und hüllte sie vollständig ein. Sie wollten ihre Flügel öffnen, aber es gelang ihnen nicht. Stattdessen setzte eine sonderbare Verwandlung ein, denn während sie stürzten, spürten Norah und Aela, wie ihre Flügel verkümmerten.

Das ist das Ende, dachte Aela im Fallen, doch die rasche Verwandlung setzte sich fort. Im nächsten Augenblick bemerkte die Prinzessin, wie ihre Beine miteinander verschmolzen. Sie konnte erkennen, dass nun anstelle ihrer Füße eine Flosse gewachsen war.

Norah durchlebte dieselbe Verwandlung. Alles ereignete sich innerhalb weniger Augenblicke, so dass den beiden Stürzenden nicht einmal Zeit blieb, Atem zu holen.

Dann verschwand der Goldstaub so schnell, wie er gekommen war, und die Elfen sahen eine große spiegelnde Fläche auf sich zukommen. Beide hatten das Gefühl, als ob sie das Elfenreich Sajana verlassen und gleich in eine andere Welt eintauchen würden.

Ein See, es ist nur ein See... nichts anderes, schoss es Norah durch den Kopf. Die Freundinnen spürten im Fallen, wie geschmeidig ihre Körper mit den Flossen wurden. Das türkisfarbene Wasser lag vor ihren Augen und Aela reckte die Arme nach vorne, wie sie es früher immer getan hatte, wenn sie als Kind in den kleinen Teich nahe des Palastes ihres Vaters gesprungen war.

Dann tauchten die beiden Elfen ein. Es fühlte sich merkwürdig vertraut und warm an, als ob sie nie etwas anderes gekannt hätten. Voller Anmut glitten Aela und Norah in die sonnendurchfluteten Tiefen. Das Wasser war smaragdgrün und gleichzeitig kristallklar.

Die Delfin-Elfen

Norah schwamm einen Bogen. Die Flosse fühlte sich fantastisch an und sie schnellte durchs Wasser wie ein Fisch. Auch Aela jubelte innerlich. *Welch einmaliger Zauber hat uns gerettet!,* dachte sie. *Es können nur der goldene Staub und die Einhörner gewesen sein, die uns vor dem Untergang bewahrt und diese Körper verliehen haben.* Sie verstand nun, dass es von Anfang an die Absicht der Fabeltiere gewesen war, den Wasserfall zu erreichen und diese Verwandlung zu bewirken.

Jetzt wurde Aela bewusst, dass sie sogar unter Wasser atmen konnte. Es war ihr selbstverständlich erschienen und erst, als sie Norah im Körper einer *Delfin-Elfe* sah, wurde ihr klar, wie vollkommen die Verwandlung war. Erstaunlicherweise entfaltete das Tränenwasser auf dieser Seite seines Ursprungs auch nicht seine lebensbedrohende Wirkung.

„Norah!", rief sie. Die Stimme klang unter Wasser seltsam gedämpft, aber dennoch deutlich. „Ich fühle mich großartig. Schau nur, wie gut ich schwimmen kann." Sie glitt in einem Bogen und mit einem einzigen Flossenschlag um ihre Freundin herum. Diese erwiderte mit einem Lachen, meinte dann aber:

„Komm, lass uns in die Tiefe schwimmen. Ich glaube nicht, dass unser Weg zu Ende ist. Erinnere dich an Sternenglanz' Worte. Wir dürfen keine Zeit verlieren, auch wenn wir uns wie im Paradies fühlen." Sie griff Aela bei der Hand und gemeinsam schwammen sie hinein in die grüne Unterwasserwelt.

Je tiefer sie kamen, umso zauberhafter und fantastischer wurde ihre Umgebung. Waren es anfangs nur die glitzernden Sonnenstrahlen in dem smaragdgrünen Wasser gewesen, die sie fasziniert hatten, eröffnete sich den beiden Delfin-Elfen nun eine Unterwasserwelt, wie sie es niemals für möglich gehalten hatten. Riesige Schwärme goldener und silberner Fische kreuzten ihren Weg. Es begegneten ihnen Tiere, die sie noch nie zuvor gesehen hatten – nicht einmal in Märchenbüchern. Eines davon sah aus wie ein großer rosafarbener Schwamm, jedoch hatte es vorne eine Schnauze, spitz wie eine Nadel, und hinten lange Tentakel, die in allen Regenbogenfarben schillerten.

Ein anderes Tier trug einen Schild auf seinem Rücken, dessen Muster einem Mosaik aus Edelsteinen glich. Es hatte einen langen Hals mit einem runzeligen Kopf und jeweils drei Flossen an den Seiten, mit denen es sich bedächtig fortbewegte.

Die Pflanzenwelt war ebenfalls beeindruckend. Hohe baumartige Gewächse strebten nach oben. In der Mitte hatten alle einen dünnen Stamm, der sich nach allen Seiten in immer feinere Äste verzweigte. Dazwischen schwammen große runde und flache Blätter, ähnlich jenen einer Seerose. Auf jedem dieser Blätter saß ein kleines Tier. Diese ähnelten Haarbürsten, denn sie hatten einen flachen runden Körper mit Stacheln und einen langen geraden Schwanz. Hätte man nicht ein kleines Auge am vorderen Ende gesehen, dann wäre es schwierig gewesen zu erkennen, wo bei den Geschöpfen vorne und wo hinten war.

Aela versuchte, sich alles einzuprägen, denn falls sie dieses Abenteuer überstehen sollte, wollte sie ihren Freunden davon berichten. Aber bald merkte sie, dass es ganze Bücher füllen würde, das zu beschreiben, was es in dieser Unterwasserwelt an geheimnisvollen Wesen und Pflanzen gab.

Die beiden Freundinnen schwammen weiter. Das Sonnenlicht drang nicht bis in diese Tiefen, doch schien das Unterwasserreich sein eigenes Licht zu haben. Dieses Licht war schwächer, aber dennoch warm und von einem fast betäubend grünen Glanz.

Da stieß Aela etwas von der Seite gegen ihre Flosse. Sie drehte sich um und musste lachen, denn sofort erkannte sie den flauschigen Knäuel mit den Glubschaugen und den drei Hörnern.

„Das Seegrasdreihorn!", rief sie erstaunt und zu Norah gewandt: „Du erinnerst dich? Ich habe dir von der Begegnung erzählt. Das ist aber eine Überraschung! Wie geht es dir, Dreihorn, und was machst du hier?"

Das Wesen riss sein gewaltiges Maul auf, so dass Norah ein wenig erschrak, obwohl ihr Aela davon berichtet hatte.

„Prinzessin, ich warte hier auf euch", erwiderte es. Unter Wasser hörte sich seine Stimme nicht so dünn und hoch an wie zu Lande. Der Klang war eher ruhig und melodisch, fast so, als ob es beim Sprechen singen würde.

„Ihr habt euch viel Zeit gelassen", fuhr es dann fort. „Ich hoffe, es ist nicht zu spät."

„Viel Zeit gelassen?", meinte Norah verwundert. „Ich kann mir nicht vorstellen, wie man schneller an diesen Ort gelangen könnte, als wir es getan haben."

„Alles ist zu langsam, wenn das Seenland untergeht", gab das Dreihorn zu bedenken. „Aber folgt mir. Schwimmt schnell, denn Eile ist geboten. Eure Freunde warten schon auf euch."

Kapitel 9

Die Unterwasserwolke

Traumhafte Landschaften zogen an Aela und Norah vorbei, als sie mit dem Seegrasdreihorn schwammen. Dabei stellte sich heraus: Das Dreihorn war nicht nur an Land außerordentlich schnell, sondern auch in den Tiefen der Gewässer, so dass selbst die Delfin-Elfen Schwierigkeiten hatten zu folgen. Seine Art zu schwimmen war äußerst seltsam und die beiden Elfen schmunzelten heimlich in sich hinein. Es sah einfach zu drollig aus! Das Einhorn riss immer wieder und in kurzen Abständen sein Maul auf. Wasser strömte in den Körper. Mit dem Schließen des Mauls wurden die feinen Fasern ganz steif, stellten sich nach hinten und aus jedem der langen Haare wurde das Wasser mit großem Druck herausgepresst. Das Dreihorn schob es dabei jedes Mal mit viel Schwung nach vorne. Aela vestand jetzt, wie das seltsame Wesen auch an Land so flink sein konnte, denn in der Luft bewegte es sich wohl ähnlich vorwärts.

„Wo führst du uns hin?", wollte Norah wissen und schlug dabei kräftig mit der Schwanzflosse, um hinter dem Dreihorn zu bleiben.

„Du sprachst davon, uns ins Seenland zu bringen", ergänzte Aela und fügte dann etwas unsicher hinzu: „Aber das Seenland erreicht man nicht auf normalem Weg. Ich war schon einmal mit Leandra und Yuro dort und erinnere mich genau, wie schwierig und gefährlich es ist, dorthin zu gelangen."

Das Dreihorn schien die Einwände gar nicht zu bemerken. Es schwamm weiter vorneweg und sagte:

„Wir sind bald bei meinem Zuhause. Ihr werdet sehen. Das Seenland hat verschiedene Pforten, aber immer nur für den, der sie kennt."

Die Antwort hätte es für sich behalten können, dachte Norah. *Es hilft uns nicht.* Da sah sie in einiger Entfernung ein seltsames wolkenartiges Gebilde im Wasser. Auch Aela bemerkte diese Erscheinung sofort.

„Was ist das?", fragte sie das Dreihorn, denn die Wolke kam immer näher. Die Prinzessin erkannte nun, dass die große Wolke, welche sich über die ganze Breite der Unterwasserlandschaft erstreckte, aus vielen kleinen einzelnen Wölkchen zusammengesetzt war. Wie tief mochten sie unter der Wasseroberfläche sein? Norah hatte das Gefühl, als ob sie bereits sehr weit geschwommen wären, denn das grüne Licht war inzwischen weniger intensiv. Ebenso gab es in dieser Tiefe nicht mehr viele Tiere und die Pflanzen waren alle kleiner und filigraner, jedoch genauso schön wie an den Orten, die sie schon gesehen hatten.

„Was ihr hier seht, ist mein Zuhause", entgegnete das Seegrasdreihorn. „Wir leben in diesen Tiefen in einer großen Gemeinschaft. Unsere Fasern verhaken sich ineinander

Die Dreihorn-Wolke

und ergeben so das *Dreihorn-Land,* in dem es außer uns nichts anderes gibt. Wir selbst sind das Land."

Fassungslos erkannten die beiden Elfen, was das seltsame Wesen mit seiner Erklärung meinte, denn nun sahen sie, dass die riesige Wolke tatsächlich aus unzähligen Seegrasdreihörnern bestand, die sich über ihre Fasern miteinander verbunden hatten.

„Du bist zweifellos nicht das Einzige deiner Art", meinte Aela etwas belustigt. „Wenn ich genau gezählt habe, dann hast du mindestens zwanzig- bis dreißigtausend Artgenossen, die dich bestimmt vermisst haben."

Das Dreihorn schien gar nicht zu bemerken, wie Aela versuchte, einen Scherz zu machen, sondern antwortete ganz ernst:

„Ja, du könntest Recht haben, Prinzessin. Aber unsere letzte genaue Zählung liegt lange zurück. Ich habe meine Freunde auch sehr vermisst. Immer, wenn einer von uns auf Reise ist, was nicht sehr oft vorkommt, dann sind die anderen traurig und warten."

„Aber woher weiß ich eigentlich, dass du dasselbe Dreihorn bist wie jenes, dem ich im Sommerland begegnet bin?", wollte Aela wissen. Das Wesen war gekränkt.

„Ich bitte dich, Prinzessin!", meinte es. „Wir sehen alle ganz unterschiedlich aus. Keines ist wie das andere. Schau genau hin, dann wirst du erkennen, dass mir keiner meiner Freunde ähnelt."

Aela und Norah blickten in die riesige Dreihorn-Wolke, welche jetzt direkt vor ihnen lag. Es stimmte zwar, was ihr Begleiter sagte, dass nicht eines genau wie das andere aussah, dennoch war es nahezu unmöglich, sie auseinanderzuhalten. Aus Höflichkeit behielten sie es jedoch für sich.

„Wir sind da!", verkündigte das Dreihorn fröhlich und hielt nun plötzlich an. Die beiden Delfin-Elfen hielten ebenfalls inne und sahen sich um.

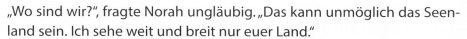

„Wo sind wir?", fragte Norah ungläubig. „Das kann unmöglich das Seenland sein. Ich sehe weit und breit nur euer Land."

„Ich habe das Seenland auch anders in Erinnerung", bestätigte die Prinzessin. „Sind wir vielleicht tief unten in den sagenhaften Wasserlandschaften des Schicksalsreiches? Ich weiß nicht, wohin du uns geführt hast, aber hier kann nicht unser Ziel sein."

Das Dreihorn grinste über sein ganzes breites Maul. Es schwamm im Bogen um die beiden Delfin-Elfen herum und mit ihm setzte sich die ganze Wolke in Bewegung. Bald bemerkten Aela und Norah, wie sich die Dreihörner in einem Kreis um sie herum zusammenschlossen, so dass sie in keine Richtung mehr ausweichen konnten.

„Was macht ihr?", fragte Aela erneut, denn durch das Näherrücken der Wolke spürte sie ein Gefühl der Beklemmung in sich aufsteigen. Aber das Dreihorn grinste immer noch und beruhigte die Prinzessin:

„Keine Sorge, wer mit den Dreihörnern reist, der kommt schneller ans Ziel, als ihm lieb ist. Was glaubst du, wie ich kürzlich so schnell zu euch ins Sommerland gekommen bin?"

Das war eine gute Frage. Aela hatte auf ihren Reisen viele geheimnisvolle Zauber erlebt, aber wie man aus diesen Tiefen in wenigen Augenblicken ins Sommerland gelangen konnte, verstand sie nicht.

Die beiden Elfen bemerkten, wie der Ring der Dreihörner enger wurde. Tausende Exemplare sackten gleichzeitig nach unten ab. Eine Röhre entstand, in deren Mitte sich die Delfin-Elfen nun befanden.

„Gebt acht", meinte das Dreihorn zu den beiden staunenden Freundinnen. „Sobald ich in die Reihen meiner Artgenossen zurückkehre, werdet ihr so schnell wieder von hier fort sein, wie ihr es euch kaum vorstellen könnt."

Ganz langsam bewegte es sich auf die anderen Dreihörner zu. Die

Röhre wurde dabei immer enger. Als sich ihr Begleiter in die Reihe zu seinen Artgenossen gesellt und sich mit deren Fasern verhakt hatte, wurde es plötzlich finster um Aela und Norah. Sie wussten gleich nicht mehr, wo oben und unten war. Dann spürten die beiden Delfin-Elfen einen mächtigen Sog, der sie in die Tiefe der Röhre riss. Im nächsten Augenblick ließ dieser Sog nach und die Elfen kamen wieder zur Ruhe. Jedoch nur für einen kurzen Moment. Dann wurden die beiden in die entgegengesetzte Richtung geschleudert oder sogar mit großem Druck geschossen, wie es Aela und Norah eher empfanden. Einen Augenblick sahen die beiden Delfin-Elfen, wie die Dunkelheit verschwand und sich ein Kanal öffnete, dessen Wände in vielen grellen Farben flimmerten. Durch diesen wurden sie hindurchgejagt. Norah versuchte mit ihrer Flosse zu lenken, während Aela bereits bewusstlos war. Dann hielt auch Norah der Gewalt des Dreihorn-Kanals nicht mehr stand und verlor ebenfalls die Besinnung.

Norah glaubte, in ihrem Palast zu sein. Sie stand auf einer der obersten Terrassen und blickte über das Land. Kein noch so schwacher Wind wehte um die Zinnen und der Himmel war schwarz und wolkenverhangen. Der Boden zwischen den Felsen, wo eigentlich karge Sträucher und Bäume wuchsen, hatte sich schwarz gefärbt und tiefe Risse taten sich auf. Wie aus unzähligen Wunden drang dunkle Flüssigkeit hervor und bedeckte bereits weite Teile der Landschaft. Drachen kreisten am Himmel und stießen furchterregende Schreie aus. Norah meinte zwei der größten Drachen zu erkennen.

„Panthar, Farona, seid ihr es?", rief sie. „Ich freue mich, euch zu sehen! Aber was ist mit meinem Reich geschehen?"

Die beiden Drachen kamen näher und Norah erkannte, dass es tatsächlich ihre Freunde waren.

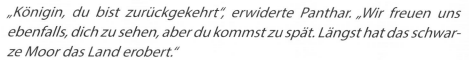

„Königin, du bist zurückgekehrt", erwiderte Panthar. „Wir freuen uns ebenfalls, dich zu sehen, aber du kommst zu spät. Längst hat das schwarze Moor das Land erobert."

„Welches schwarze Moor?", fragte Norah. „Ist es das, was aus den Rissen und Furchen quillt?"

Farona hatte sich inzwischen neben der Königin niedergelassen. Ihre Augen waren traurig.

„Ja", erwiderte sie. „Hier ist es noch nicht so schlimm wie an anderen Orten, wo das Land schon ganz dem stinkenden Sumpf zum Opfer gefallen ist. Die Elfen fliehen in die Berge, aber dort ist es kalt und selbst in den zahlreichen Höhlen kann man kaum überleben."

Norah war tief betroffen über das, was sie hörte.

„Wo bin ich selbst nur gewesen, als das alles passiert ist?", sagte sie leise und besorgt zu sich selbst.

„Farona, wo ist der kleine Königsdrache, wo ist Nagar?", fragte sie dann laut und blickte sich unsicher um. Aus Faronas Brust drang ein tiefer Seufzer und Panthar schwankte.

„Er ist verschwunden", erwiderte der mächtige Königsdrache und eine Träne lief ihm über das schuppige Gesicht.

„Wir wissen nicht, wo er ist", ergänzte Farona. „Wir haben dich gesucht und gehofft, dass du es vielleicht weißt, aber nun scheint alle Hoffnung für uns verloren."

Norah blickte betroffen zu Boden. Sie dachte an Grimm, den Wolfselfen, und ob er vielleicht helfen konnte. Sie wollte etwas sagen, doch als sie wieder nach oben blickte, waren die Königsdrachen verschwunden.

Aela hingegen glaubte, am Berg der Wahrheit zu sein. Sie schwebte am Himmel und unter ihr lag die Hochebene mit der großen Felsterrasse – davor das sich immer wandelnde runde Steingesicht. Sie erinnerte sich, wie sie mit Sinia, Fee und Falomon hier gewesen war und die Stimme am Berg der Wahrheit zu ihnen gesprochen hatte.

Über dem Berg strahlte die Sonne und Aela spürte, dass sie nicht lange hier verweilen konnte, denn die Strahlen brannten auf ihrer Haut. Unterhalb des Gipfels war das Land in dichte dunkle Wolken gehüllt. Außer dem Berg der Wahrheit ragten nur noch wenige Bergspitzen über die Wolkendecke in den sonnendurchfluteten Himmel.

Ein merkwürdiges Schluchzen war zu hören. Es klang nicht wie das Weinen einer Elfe, sondern eher wie das Schluchzen des Windes. Aus dem Berg drang ein hohles dumpfes Dröhnen, das immer lauter wurde. Normalerweise wäre Aela sofort wieder vom Berg der Wahrheit weggeflogen, aber irgendetwas ließ sie verharren, als ob sie selbst nicht bestimmen konnte, was mit ihr geschah. Da hörte sie, wie sich aus dem Dröhnen und Schluchzen Worte formten, die zweifellos von der Stimme der Wahrheit herrührten.

Aela, Prinzessin und Tochter Baromons,

waren die ersten Worte, die sie vernahm. Sie klangen tief und hallten im Berg wider, wie es Aela bereits kannte, doch meinte sie, dass ihnen Kraft und Eindringlichkeit fehlten.

Es werden die letzten Worte sein.
Sie sind für dich bestimmt.

sprach die Stimme weiter.

Am Anfang war das schwarze Land.
Aus Gedanken wurden Worte und die Worte nahmen Gestalt an.

Elfen, Drachen, Trolle und Fabelwesen – alle waren sie Kinder der Gedanken. Doch die Geschichte Sajanas endet, wie sie begonnen hat. Alles kehrt zurück zum Moor, zur Erde und zu den Gedanken. Nichts wird mehr sein, wie es einmal war.

Dies waren die letzten Sätze der Stimme am Berg der Wahrheit und eine bedrückende Stille legte sich über die Landschaft.

Kapitel 10

Wiedersehen im Seenland

Aela blinzelte. Ein helles Licht blendete sie, als sie die Augen aufschlug. Die Sonne stand hoch am Himmel. Sie versuchte, sich langsam aufzurichten. Arme und Beine schmerzten und Aela fühlte sich nach wie vor benommen. Jetzt erinnerte sich die Prinzessin langsam wieder an das, was sie im Dreihornland erlebt hatte.

„Aela, Norah", hörte sie eine sanfte Stimme. „Wie gut, dass ihr da seid." Aelas Augen wurden langsam klarer und sie erkannte die Elfe, die zu ihr gesprochen hatte. Es war Jasmira, die Herrin des Seenlandes. Ein warmer Schauer durchströmte Aelas Körper. Nun sah sie auch Leandra, die Blumenelfe, und Minsaj, die Seenland-Elfe, neben sich sitzen. Auch Norah war schon aus ihrer Bewusstlosigkeit erwacht.

„Jasmira, Leandra, Minsaj, wie schön, euch wiederzusehen!", erwiderte die Prinzessin und spürte dabei, wie sie die Wiedersehensfreude so sehr überkam, dass ihr Tränen über die Wangen liefen. Sie stand auf, immer noch gezeichnet von der Ohnmacht, und umarmte jede ihrer Freundinnen. Sie bemerkte dabei mit Verwunderung, dass ihre Flosse verschwunden war und sie wieder ihre normale Gestalt angenommen hatte.

„Es ist nicht lange her, dass ich bei euch war, aber es kommt mir wie eine Ewigkeit vor", meinte sie dann.

„Uns geht es ebenso", sagte Minsaj und lächelte, aber Aela sah, dass das Lächeln sehr mühsam war.

„Darf ich euch Norah, meine Freundin und Königin der Bergelfen, vorstellen? Oder habt ihr euch schon selbst bekannt gemacht?", wollte Aela wissen. „Sie hat uns am Berg der Wahrheit tapfer zur Seite gestanden und meine Schwester Sarah vor dem Tode bewahrt. Dafür bin ich ihr unendlich dankbar."

Norah war froh, dass Aela kein Wort über ihre dunkle Vergangenheit verlor, auch wenn sie spürte, dass der Herrin des Seenlandes nichts verborgen blieb.

„Leandra hat uns bereits miteinander bekannt gemacht", meinte die Königin zu der Blumenelfe gewandt. „Du warst lange nicht bei Besinnung und wir haben uns Sorgen um dich gemacht, Aela."

Erst jetzt sah sich die Prinzessin um. Sie stand mit ihren Freundinnen am Ufer eines kleinen Teichs. Die Landschaft war zauberhaft, denn Blumen blühten in allen Farben und von den mächtigen Bäumen hingen lange Ranken mit unzähligen kleinen Blüten herab. Auf einer Wiese unweit des Teichs grasten sieben kleine Einhörner im grünen Gras, und mit Wehmut dachte die Prinzessin an ihr eigenes Einhorn zurück, das sie auf dem Weg ins Seenland verloren hatte. In etwas größerer Entfernung sah Aela das Wasserschloss und selbst wenn alles so traumhaft schön wie immer auf sie wirkte, merkte sie gleich, dass irgendetwas nicht stimmte.

„Die Dreihörner... haben sie uns hierher gebracht?", fragte sie etwas verwirrt und Norah lächelte, denn genau dieselbe Frage hatte sie auch gestellt. Jasmira wurde ernst.

„Es ist fast unmöglich geworden, ins Seenland zu gelangen. Du wirst es bald sehen. Es hat mich meine ganze Fantasie gekostet, euch noch einmal hierher zu bringen. Das Seegrasdreihorn, das Buch ohne Namen, die unsichtbare Biene, das Reich der Seelen – wieviele Helfer musste ich senden, damit ihr nun da seid. Die Seegrasdreihörner leben in ihrer eigenen Welt, zwischen der wahren Welt Sajanas und der Fabelwelt des Seenlandes. Sie kommen nur bis an die Ufer des Seenlandes, aber niemals darüber hinaus. Darf ich fragen, was ihr gesehen habt, als ihr durch die Röhre gekommen und ohnmächtig geworden seid?"

Erst jetzt erinnerten sich Norah und Aela ihrer Träume, die so intensiv gewesen waren, dass sie ihnen im Rückblick wie wahre Begebenheiten vorkamen. Beide dachten kurz nach, um sich die Bilder wieder vor Augen zu führen. Dann erzählte Norah von ihrer Begegnung mit den Königsdrachen und dem schwarzen Sumpf, der ihr Land überströmte. Alle hörten gespannt zu und Norah bemerkte, wie Jasmiras Gesicht immer besorgter wurde.

Dann berichtete Aela von ihrem Flug über den Berg der Wahrheit und was die Stimme zu ihr gesagt hatte. Zu ihrer Verwunderung erinnerte sie sich an jedes Wort, als ob es sich in ihrem Gedächtnis festgebrannt hätte.

Leandra, die bisher nichts gesagt hatte, sprach als Erste wieder, nachdem eine Zeit lang Stille geherrscht hatte.

„Ich weiß nicht, wie es euch geht, aber es scheinen mir keine guten Zeichen zu sein, von denen ihr berichtet", meinte sie leise. „Es sind die Vorboten des Untergangs unseres Reiches, so wie wir es hier im Seenland bereits erleben."

„Leider hast du Recht", bestätigte Jasmira. „Die Geschichten, die man im Wahn des Dreihorn-Kanals erlebt, haben sich oft als Vorahnungen dessen erwiesen, was bald geschehen wird. Sollte das der Fall sein, so gibt es nur noch wenig Hoffnung. Aber folgt mir rasch. Es ist keine Zeit zu

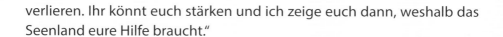

verlieren. Ihr könnt euch stärken und ich zeige euch dann, weshalb das Seenland eure Hilfe braucht."

Einige Zeit später standen die Elfen auf der obersten Ebene des Wasserschlosses und blickten über das Land. Aela hatte beim Eintreten in den einzigartigen Naturpalast schon bemerkt, dass sich etwas verändert hatte. Das Wasser der Wände war nicht mehr so kristallklar wie bei ihrem ersten Besuch, sondern etwas grauer und milchiger. Auch perlte es nicht mehr so fröhlich ab. Manche Tropfen blieben auf den Gewändern kleben und sickerten langsam ein.

Im Inneren des Wasserschlosses schien dagegen alles unverändert – sowohl die ganze Pracht der zauberhaften Räume und Einrichtung als auch die zahlreichen jungen Elfen, die sich hier tummelten und ihrer Arbeit nachgingen. Nur war alles ein wenig dunkler, denn das Wasser ließ nicht mehr genügend Licht hinein.

Aela musste weinen, als sie mit Jasmira und ihren Freunden über die unendliche Landschaft des Seenlandes blickte.

„Es... es vertrocknet alles!", stieß sie schluchzend hervor. „Wie furchtbar! Die großen Seen, sie versiegen. Wüste macht sich breit und die Pflanzen sterben."

Jasmira nahm sie in die Arme.

„Ja, leider ist es so, Prinzessin", bestätigte die Herrin und nur Minsaj, die Jasmira gut kannte, hörte ein leichtes Beben in ihrer Stimme.

„Schon bei deinem letzten Besuch habe ich dir das Fortschreiten der Wüste gezeigt. Nun ist alles viel schlimmer geworden. Unzählige Elfen des Seenlandes versuchen die Natur am Leben zu erhalten, indem sie den Pflanzen Wasser geben und die Tiere aus den vertrockneten Seen retten, um sie zu größeren Seen zu bringen. Aber selbst die größten Wasserflächen schwinden rasch und bald wird dieser Kampf verloren sein."

Die Dürre

Selbst Norah, die niemals zuvor im Seenland gewesen war, erkannte sofort, dass das Land dem Untergang geweiht war. Schmerzhaft wurde sie an ihre eigenen Erlebnisse erinnert, als sie selbst ihr Reich im Norden hatte verlassen müssen, um sich von der eigenen Schuld und der ihrer Mutter reinzuwaschen.

„Dann hat unser Sieg am Berg der Wahrheit alles nur schlimmer gemacht", meinte sie verbittert. „Wenn ich es richtig verstanden habe, wird mit dem Seenland auch Sajana untergehen. Das darf nicht geschehen!

Auf gar keinen Fall! Wisst ihr, wohin das Wasser des Seenlandes fließt? Vielleicht gibt es einen Zusammenhang zwischen dem Austrocknen der Seen und den schwarzen Fluten, die Sajana bedrohen."

Jasmira überlegte lange, bevor sie antwortete.

„Nein, wir wissen leider nicht, wohin das Wasser fließt", sagte sie gequält. Man merkte ihr an, dass es ihr schwer fiel, die Grenzen ihres Wissens und ihrer Macht zuzugeben.

„Ich habe jeden befragt, den ich kenne, jede Seenland-Elfe, jedes Fabelwesen, jeden Geist und selbst die Dämonen. Leandra hat mir von allem berichtet, was sich in der wahren Welt Sajanas bereits ereignet hat. Aber nichts gibt einen Aufschluss darüber, was hier geschieht."

„Wir haben viel geredet und überlegt, was wir tun könnten", meldete sich Leandra zu Wort. „Aber wir sind ratlos. Wir können nur vermuten, dass der Ursprung des Untergangs etwas mit einer Zeit zu tun hat, die sehr lange zurückliegt und über die deshalb kein Wissen vorhanden ist. Ansonsten müssten Überlieferungen in den Geschichtsbüchern zu finden sein. Eine höhere Macht ist im Spiel, die so groß ist, wie wir es uns vielleicht nicht vorstellen können."

Norah und Aela schwiegen. Beiden war klar, dass die Lage äußerst ernst war, da selbst Jasmira keinen Rat mehr wusste. Aela wollte etwas sagen, aber sie fühlte sich nicht in der Lage dazu. Zu sehr schmerzten sie die Bilder vom Untergang des Seenlandes.

Norah hingegen spürte eine großen Zorn in sich aufsteigen. Welche Abenteuer hatte sie überstanden! Wie schwer war es gewesen, das Reich der Bergelfen von der Schuld ihrer Vorfahren und ihrer eigenen Schuld zu befreien! Und wie gefährlich war ihre Reise mit den Einhörnern an die Grenzen des Seenlandes gewesen!

„Wir müssen etwas tun!", rief sie aufgebracht. „Es genügt nicht, den

Schaden zu begrenzen. Die Gründe für den Untergang unserer Heimat können nur in einem finsteren Zauber begründet sein, vielleicht in den bösen Mächten Ilarias. Keiner weiß, wo sie sich gerade aufhält. Vielleicht ist sie bereits mitten unter uns! Aber bitte erzählt uns, weshalb wir hier sind. Die kleinste Idee kann vielleicht weiterhelfen."

„Idee ist leider schon zu viel gesagt", erwiderte Jasmira. „Es ist eher eine Ahnung, die mich euch rufen ließ. Das Band der Sommerelfen und der Bergelfen wurde neu geknüpft. Schuld wurde vergeben und Geschichte neu geschrieben. Wer weiß, ob das Elfenreich nicht bereits untergegangen wäre, wenn nicht euer Band der Freundschaft es verhindert hätte. Wo Freundschaft und Liebe herrschen, hat das Böse keine Macht. Vielleicht ist es das, was den Tränenbach bisher aufgehalten hat, das ganze Land zu überschwemmen. Vielleicht gibt es einen bösen Zauber, der unser reines Wasser im Seenland versiegen lässt und in die Tränen verwandelt, die Sajana bedrohen. Wir sind gemeinsam hier, um ein letztes Mal alle unsere Kräfte zu sammeln und das Schicksal zu wenden."

„Aber wer weiß, ob es nicht wieder dasselbe bewirkt wie unser Sieg am Berg der Wahrheit?", gab Aela zu bedenken. „Niemals kann man sich sicher sein, ob es Ilaria nicht gelingt, das Gute ins Böse zu wandeln."

„Leider müssen wir auch damit rechnen", bestätigte Jasmira leise. „Aber wenn wir nichts tun, dann sind wir heute schon verloren."

„Das Buch, woher stammt das Buch ohne Titel, welches ich in meiner Bibliothek gefunden habe?", fragte Norah plötzlich, denn ihr war ein Gedanke gekommen. „Vielleicht gibt es eine Verbindung zwischen den Märchen, die darin erzählt werden und dem, was tatsächlich einmal geschehen ist. Die mittlere Seite des Buches war schwarz wie die Nacht und eine große Bedrohung ging davon aus."

„Eine der Seiten war schwarz?", wunderte sich Jasmira. „Es gibt keine schwarzen Seiten in den Büchern. Es sind auch keine Märchenbücher, sondern es ist die wahre Geschichte des Seenlandes. Alles, was du darin gesehen hast, war einmal Wirklichkeit."

Norah konnte kaum glauben, dass all diese wunderbaren Bilder und wortlosen Geschichten aus dem Buch wahre Begebenheiten waren. Ganz langsam fing sie an zu begreifen, welch geheimnisvoller und magischer Ort das Seenland war.
„Wenn du magst, dann führe ich euch in den *Wald der Geschichte*", meinte Jasmira. „Dort gedeiht alles Wissen, das über unser Reich existiert."
Ihr gefiel Norahs Wunsch, mehr zu erfahren, um daraus zu lernen. Wer wusste, ob es im Wald nicht den verborgenen Hinweis gab, der im Kampf gegen den Untergang weiterhelfen konnte.
„Im Wald der Geschichte wirst du vieles erfahren", fuhr Jasmira fort, bevor sie aufbrachen. „Vielleicht findet sich sogar eine Antwort auf das Rätsel der schwarzen Buchseiten."

Kapitel 11

Der Wald der Geschichte

Der Wald der Geschichte lag nicht weit vom Wasserschloss entfernt, in einer Gegend, die von der Austrockung noch nicht so stark betroffen war. Die Elfen flogen über drei Hügel, in deren Tälern klare Bäche flossen und zahlreiche Fabeltiere an kleinen Teichen spielten.

Aela seufzte. Hier war die Seenwelt noch in Ordnung und die Prinzessin dachte schwermütig an ihren Vater zurück, der ihr abends immer Geschichten von diesem sagenhaften Land vorgelesen hatte.

Der Wald lag hinter dem dritten Hügel in einer Tiefebene. Von der Luft aus konnte man das dunkle Grün der Bäume bereits aus einiger Entfernung erkennen, da es sich deutlich vom hellen Grün der Wiesen und von den bunten Farben der Blumen abhob.

Der Wald selbst war nicht besonders groß. Ein kleiner Spaziergang genügte, um einmal um den ganzen Wald herumzugehen. Dafür waren die Bäume umso höher, denn sie ragten weit in den Himmel hinauf. Niemals zuvor hatten Aela und Norah solch mächtige Bäume gesehen – nicht einmal im Grimmforst.

Jasmira bemerkte die ehrfürchtigen Blicke Aelas und Norahs. Auch Leandra staunte, denn an diesen Ort hatte sie die Herrin des Seenlandes noch nie geführt.

„Wir sind angekommen", meinte Jasmira sanft zu Norah. „Du wolltest wissen, woher ich das Buch habe, welches du in deiner Bibliothek gefunden hast? Es kommt von hier. An diesem Baum ist es gewachsen." Sie deutete mit der rechten Hand auf einen besonders großen Baum, der etwas abseits von ihnen stand.

„Bei euch wachsen Bücher auf Bäumen?", fragte Aela ungläubig. Tatsächlich erkannte sie, wie an den Zweigen der mächtigen Bäume vereinzelt Bücher hingen, wovon einige noch ganz klein und grün waren.

Im Wald der Geschichte

„Nur die Geschichtsbücher wachsen auf Bäumen", fing Jasmira an zu erklären. „Denn nur unsere Erde kennt die unzähligen Begebenheiten, die sich in früheren Zeiten hier im Seenland ereignet haben. Es ist die Natur selbst, die sie uns erzählt, denn keine Elfe wäre dazu in der Lage."

Norah und Aela begannen zu verstehen. Niemand konnte wissen, was sich vor Urzeiten einmal in diesem Land ereignet hatte. Sie selbst wussten auch sehr wenig über Sajana.

„Dann pflückt ihr die Bücher von den Bäumen, wenn sie reif sind?", wollte Leandra genauer wissen.

„Nein, ganz so ist es nicht", erwiderte Minsaj. „Ich komme alle paar Tage mit Freunden hierher und sammle die Bücher auf, die reif zu Boden gefallen sind. Dann bringe ich sie ins Wasserschloss. Nur die reifen Bücher enthalten vollständige Geschichten. Im Schloss stehen sie dann jedem zur Verfügung, der sich dafür begeistert. Man muss sich allerdings mit dem Lesen beeilen, denn selbst die Bücher mit lederartigem Einband fangen schnell an zu welken. Da an den Bäumen aber immer wieder Bücher mit alten sowie neuen Geschichten wachsen, ist das nicht so schlimm. Ganz nebenbei – wenn die Bücher nicht gelesen werden, kann man eine leckere Buchstabensuppe daraus kochen, denn mit den richtigen Gewürzen zubereitet, sind sie sehr schmackhaft."

Minsaj kicherte bei dem Gedanken, wie sie das letzte Mal aus hundert Büchern eine Mahlzeit für alle Elfen des Wasserschlosses hatte zubereiten lassen. Dann wurde sie gleich wieder ernst.

„Ich habe gelesen und gelesen, um mehr zu erfahren und dem Rätsel unseres Untergangs näher zu kommen", fügte Jasmira betrübt hinzu. „Aber in den Büchern steht nichts darüber. Eines dieser Bücher ließ ich dann zu dir bringen, Norah. Es war natürlich kein Zufall, dass du es bald entdeckt hast. Der Bote war übrigens das Seegrasdreihorn, das auf dem Weg zu Aela kurz bei dir verweilen sollte. Die Tatsache, dass es sich dir nicht gezeigt hat, und die seltsame Verwandlung des Buches lassen mich nur erahnen, welch dunkle Mächte im Spiel waren. Als hätte ich es geahnt, habe ich deshalb die unsichtbare Biene nachgeschickt. Sie ist kaum langsamer als ein Seegrasdreihorn."

Die Elfen gingen ein Stück am Wald entlang und bewunderten die Bäume. Lag ein reifes Buch am Boden, hoben sie es auf und blätterten darin. Norah war fasziniert von den vielen zauberhaften Bildern, die zu sehen waren und immer neue Geschichten aus dem Seenland erzählten. Im Gegensatz zu dem Buch aus ihrer Bibliothek gab es auch Werke, in denen Schrift zu finden war. Sonderbar verschnörkelte Zeichen erzählten alles, was die Bilder allein nicht sagen konnten. Als die Elfen ein ganzes Stück gegangen waren, entdeckte Leandra zwischen zwei Geschichtenbäumen einen alten unscheinbaren Baumstumpf. Das Besondere daran war, dass er der Einzige im ganzen Wald zu sein schien, denn außer ihm waren alle Bäume gesund.
„Seltsam", meinte Leandra zu den anderen gewandt. „Dieser Baum muss vor langer Zeit gestorben sein. Sein Holz ist ganz grau. Gibt es außer ihm noch weitere Baumstümpfe im Wald, Minsaj?"
Die Seenland-Elfe überlegte einen Augenblick.
„Ja, es gibt einen zweiten Baumstumpf, genau auf der anderen Seite des Waldes", meinte sie dann. „Ich habe sie nie weiter beachtet, da keine Bücher an ihnen wachsen. Seit ich denken kann, sind sie hier, ohne sich groß verändert zu haben."
„Was hat das zu bedeuten – Geschichtenbäume, die nichts mehr zu erzählen haben?", murmelte Leandra vor sich hin und betrachtete das Holz etwas genauer. „Als ob ihre Geschichte zu Ende sei."
„Gib acht!", rief Jasmira. Ein ungutes Gefühl überkam sie beim Betrachten des Baumstumpfes, denn kein Baum im Seenland war jemals ohne

Der graue Baumstumpf

Grund gestorben. Es ärgerte sie ein wenig, dass ihr das nicht früher aufgefallen war. Doch es war bereits zu spät.
Leandra hatte das Holz mit ihrer rechten Hand berührt. Sie, die selbst ein
Kind der Natur war, spürte sofort, welche Macht von dem Baumstumpf
ausging. Sie fühlte die Kraft der Schöpfung, die darin verborgen lag und
wie ein Blitz durch sie hindurchzuckte. Leandra schrie auf und an der
Stelle, an der ihre Hand auf dem Holz lag, begann dieses zu bersten.
Wie aus dem Nichts zog plötzlich ein Sturm auf. Innerhalb kürzester Zeit
peitschte er über die Bäume hinweg und riss Blätter, Äste und Bücher
herab. Die Elfen suchten unter den nahegelegenen Bäumen Schutz,

doch der Sturm wurde immer stärker. Der zerberstende Baumstumpf hatte sich bereits in alle Winde zerstreut und es tat sich ein tiefes gähnendes Loch auf, in welches Leandra beinahe hineingestürzt wäre. Die Ränder hatten scharfe Kanten, was dem Loch das Aussehen eines großen Erdmauls verlieh.

Das Jaulen des Windes wurde etwas schwächer und aus dem abklingenden Sturm heraus erhob sich eine Stimme. Sie hörte sich alt an, so alt wie nichts anderes, an was sich die Elfen erinnern konnten.

„Am Anfang war nur ein Gedanke",

waren die ersten Worte, die die Elfen hörten, während der Wind immer schwächer wurde. Die Stimme dröhnte aus dem Erdmaul, welches durch Leandras Berührung mit dem Baumstumpf entstanden war. Mit jedem Wort wurde die Stimme eindringlicher.

„Es war die Idee von schwarzer Erde und dunklem Wasser.
Und es war der Gedanke eines Königs, eines Herrschers über allem.
Es war mein Gedanke.
Kein Land, kein Lebewesen – alles schwebte im Nichts.
Doch der Gedanke bekam eine Seele,
und das Land wurde Wirklichkeit. Es wurde mein Zuhause.
Unendliche Zeiten kamen und gingen und alles stand still,
als ein zweiter Gedanke keimte. Die Idee von Leben
wurde wahr. Ein Ei entstand und es kam der Augenblick,
an dem das Feuerwesen schlüpfte.
DRACHE nannte ich es und ich machte das Wesen zu
einem König, wie ich selbst einer war.
Seine Kraft war von nun an die meine.

Es war der Tag, an dem zu schwarzer Erde
und dunklem Wasser das Feuer kam.
Leben entstand aus den Elementen.
Neue Zeiten kamen und gingen und wo am Anfang
nur schwarze Erde war, entstand die NATUR.
Wo einst nur meine Gedanken lebten, gab es viele Ideen.
Fabelwelten entstanden, Lebewesen aller Art
und Pflanzen in bunten Farben. Wunderschön und zugleich
jeden Ursprung vernichtend breitete sich alles aus.

Mit dem neuen Leben starb der Gedanke,
der einmal der Anfang von allem gewesen war,
bis zu dem Tag, an dem mich eine andere vergessene Seele
aus meinem ewigen Schlaf erweckte. Die Macht der Vergessenen,
die Macht der Verlorenen – sie kommt von innen
und holt sich alles wieder, was einstmals ihr gehörte –
es ist die Macht des Moorkönigs."

Die Stimme verstummte und eine unheimliche Stille legte sich über den Wald. Die Elfen standen wie erstarrt und keine traute sich, ein Wort zu sagen. Das Erdmaul, aus dem die Stimme ins Seenland gedrungen war, verschloss sich langsam wieder, Erde häufte sich wie durch einen Zauber darüber und Gras wuchs auf dem Hügel.

Norah, Aela, Jasmira, Leandra und Minsaj wurde klar, wer zu ihnen gesprochen hatte. Es war ihr König, ihr Schöpfer, die Kraft, die das Elfenreich vor unendlichen Zeiten hatte entstehen lassen. Sie sanken auf die Knie und fingen an zu weinen. Ganz klein und unbedeutend fühlten sie sich in Gegenwart dieser Stimme, so bedeutungslos wie ihr eigenes Leben, Sajana, das Seenland und die Fabelwelten.

Aela und Norah begriffen, dass der Kampf gegen Ilaria, die Zwergdrachen und die schleichenden Trolle nicht einmal ein Tropfen auf dem heißen Stein gewesen war. Viel tiefer saßen der Schmerz und die Verdammnis, denn sie alle hatten das vergessen, was im Herzen aller Elfen verwurzelt sein musste – die Erinnerung an den ersten Tag, an den ersten Gedanken und an den König, der ihn geboren hatte.

Lange verharrten die Elfen kniend vor dem Wald der Geschichte, dann flogen sie wortlos zurück zum Wasserschloss.

Kapitel 12

Auf Irrwegen

Im Sommerland hatten sich Sinia, Sarah, Fee und Falomon auf den Weg gemacht, um nach Aela zu suchen. Je länger sie darüber nachdachten, umso seltsamer kam es ihnen vor, dass sich die Prinzessin auf Reise in den Süden begeben hatte, ohne mit ihnen vorher darüber gesprochen zu haben. Es war nicht Aelas Art, ihre Familie und ihre Freunde im Ungewissen zu lassen, da sie mehr als jede andere Elfe besorgt war, dass es allen gut ging.

Der über die Ufer getretene Tränenbach, das versiegende Wasser des Seenlandes und die aufbrechende Erde im Norden hatten bisher keine Folgen für das Leben im Sommerland gehabt. Alles schien hier in Ordnung zu sein und keine der Elfen bemerkte, wie hin und wieder ein grauer Schleier das klare Wasser der Bäche trübte.

Am frühen Morgen des dritten Tages, nach Sarahs Erlebnis am Brunnen, hatten sich die vier Elfen von ihren Freunden im Sommerland verabschiedet, um sich mit ihren Pferden auf die Suche nach Aela zu begeben. Falomon kannte den Weg und führte die Gruppe an. Es war ein herrlicher Morgen und Fee war voller Vorfreude, denn sie wollte unbedingt sehen, wo Falomons Zuhause war. Sinia und Sarah sorgten sich mehr um ihre Schwester Aela, selbst wenn sie es sich nicht anmerken ließen. Dennoch freuten sie sich darauf, etwas Neues zu sehen, denn beide kannten die Landschaften weiter im Süden Sajanas nicht.

Mit den Pferden kamen die vier Elfen gut voran und immer, wenn sich die Gelegenheit bot, flogen sie ein Stück, um den Tieren etwas Ruhe zu gönnen. Zudem tat ihnen an diesem warmen Tag der frische Wind gut, der durch die Flügel strich, wenn sie etwas höher hinauf flogen.

„Gleich sind wir am *blauen Wasserstern"*, meinte Falomon nach einer Weile. „Der Wasserstern ist eine Quelle, von der aus sich strahlenförmig kleine Bäche durch die Landschaft schlängeln. Dort können wir eine Pause machen und uns erfrischen."

Die Elfen flogen weiter. Falomon hielt Ausschau nach der Quelle, als er plötzlich rief:

„Nanu, das ist seltsam! Unter uns liegt die *Ebene der Baumnadeln*. Wir müssen die Quelle verpasst haben, denn die Ebene liegt etwas weiter südlich."

„Und du hast uns gesagt, du kennst die Landschaften im Süden so gut wie kein anderer", neckte Sinia Falomon und stieß ihn freundschaftlich in die Seite. „Aber egal, die Ebene scheint mir ein ebenso guter Ort für eine Pause zu sein. Wenn ich es richtig sehe, wohnen dort auch Elfen."

Fee blickte Falomon etwas mitleidig von der Seite an. Der Elf wurde rot, denn es war ihm unangenehm, sich so getäuscht zu haben.

„Ein guter Freund von mir wohnt in den Baumnadeln", meinte er deshalb schnell. „Fliegen wir zu ihm. Er hat ein großes Baumhaus mit gemütlichen Räumen und das beste Quellwasser, das man sich wünschen kann. Er freut sich bestimmt, wenn er uns sieht. Und für die Pferde ist eine kleine Ruhepause ebenfalls gut."

Die
Baumnadeln

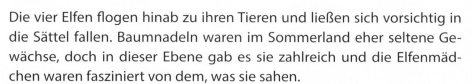

Die vier Elfen flogen hinab zu ihren Tieren und ließen sich vorsichtig in die Sättel fallen. Baumnadeln waren im Sommerland eher seltene Gewächse, doch in dieser Ebene gab es sie zahlreich und die Elfenmädchen waren fasziniert von dem, was sie sahen.

Die Stämme dieser Gewächse waren so dünn, dass man meinen konnte, sie würden beim kleinsten Windstoß abbrechen. Gleichzeitig hatte jede Pflanze nur wenige riesige Blätter, welche direkt am Stamm wuchsen und so groß und kräftig waren, dass ein ganzes Baumhaus darauf Platz hatte. Baumnadeln waren äußerst robuste Pflanzen, die jedem Wind trotzten. Nicht zuletzt deshalb bauten die Elfen in dieser Gegend ihre Baumhäuser gerne hoch oben zwischen den Nadeln.

Falomon steuerte auf einen dieser Bäume zu und gab seinem Pferd zu verstehen, davor halt zu machen. Dann schwang er sich aus dem Sattel, flog in die Höhe zu dem Baumhaus auf dem vierten Herzblatt von unten und rief:

„*Kajan*, mein Freund, wo bist du? Ich bin es, Falomon! Hier sind drei nette Elfendamen, die dich kennenlernen möchten. Mach bitte die Tür auf!"

Es dauerte eine ganze Weile, bis man im Inneren des Baumhauses etwas hörte, und Falomon wurde ungeduldig. Dann ging endlich die Tür auf und ein großer Elf mit langen braunen Haaren kam heraus. Er lächelte, als er Falomon sah. Kajan schien müde zu sein, denn seine Augen waren schmal und sein Blick in die Ferne gerückt.

„Falomon, mein lieber Freund", erwiderte er mit ausdrucksloser Stimme. „Schön, dich zu sehen. Was führt dich zu uns?"

Falomon trat auf seinen Freund zu und umarmte ihn. Der lächelte nur, jedoch mit leeren Augen, und seine Arme hingen schlaff herunter.

„Kajan, was ist mit dir los?", fragte Falomon verwundert. „Du scheinst sehr müde zu sein. Kommen wir ungelegen? Ich bin auf dem Weg nach

Hause und in Begleitung meiner Freundin Fee und der beiden Zwillings-schwestern Sinia und Sarah. Es sind die Töchter Baromons, unseres gro-ßen alten Königs! Hast du vielleicht Prinzessin Aela, seine älteste Tochter, gesehen? Sie müsste hier vorbeigekommen sein."

Kajan lächelte immer noch. Obwohl er Falomons Worte verstanden haben musste, blickte er nicht hinab zu den Elfenmädchen, als ob es ihn nicht interessieren würde.

„Das ist schön für dich, Falomon", erwiderte er dann und seine Stimme klang abwesend. „Nein, ich habe keine Elfenprinzessin gesehen. Viel-leicht hat sie bei uns keine Pause gemacht und ist weitergeritten. Aber Falomon, du kommst etwas ungelegen. Ich wollte gerade losfliegen. Freunde haben mich eingeladen. Meinst du, wir können uns ein ander-mal sehen, ja?"

Er lächelte und lächelte. Falomon wich etwas zurück, denn das Verhal-ten seines Freundes kam ihm sonderbar vor.

„Nun gut... wenn du meinst", sagte er nach einer Weile zögernd. „Dann möchte ich dich nicht weiter stören. Hast du irgendetwas auf dem Her-zen, mein Freund? Du wirkst sehr erschöpft."

„Nein, nein", beschwichtigte ihn Kajan und hob dabei matt die rechte Hand. Sein Lächeln wurde dünner und sein Blick glasiger. „Es ist alles in bester Ordnung. Wir sehen uns in Kürze wieder. Ich freue mich auf deinen baldigen Besuch." Dann ging er, ohne noch einmal den Blick zu wenden, zurück in sein Haus und schloss die Tür.

Als Falomon wieder bei Sinia, Sarah und Fee am Boden war und von sei-nem Gespräch mit Kajan berichtete, waren diese verärgert.

„Und das soll ein Freund sein?", meinte Sarah spöttisch. „Da hab ich selbst in meiner Zeit im Zinnenpalast bessere Freunde gehabt. Aber gut, wenn er uns nicht sehen möchte, dann machen wir uns wieder auf den

Weg. Ich fühle mich gut und die Sonne steht hoch am Himmel. Was ist unser nächstes Ziel?"

Sinia und Fee stimmten ihr zu. Auch sie hatten keine große Lust zu verweilen, wenn sie nicht willkommen waren. Falomon dagegen war verwirrt, denn so ein Verhalten hatte er bei Kajan noch nie erlebt. Er war von Kindheit an einer seiner besten Freunde und irgendetwas schien nicht zu stimmen. Er wollte ihn aber auch nicht weiter stören, deshalb schlug er vor:

„Wir fliegen ein Stück weiter, dann sind wir bald auf den *Hohen Mooswiesen*. Dort leben zwar keine Elfen, aber es ist ein herrlicher Ort, um sich auszuruhen. Das Moos ist weich wie die besten Sajana-Decken, die Luft warm und der Himmel bei Nacht sternenklar."

Die vier Elfen flogen los und die Pferde folgten. Die Ebene der Baumnadeln lag bald hinter ihnen und Fee nahm zärtlich Falomons Hand. Sie spürte, dass er verwirrt war, aber gerade die Unsicherheit in seinem Blick machte ihn für sie noch liebenswerter.

Fee hörte Sinia und Sarah hinter sich leise kichern, aber sie kümmerte sich nicht darum, denn sie genoss es, mit Falomon über die wundervollen Landschaften des Südens zu fliegen. Da stieß Falomon einen Schrei der Verwunderung aus.

„Nein! Das darf nicht wahr sein!", rief er und die Elfenmädchen blickten ihn verwundert an.

„Schaut, dort unten!", fuhr er fort und seine Stimme überschlug sich. „Der blaue Wasserstern, die Quelle, sie liegt genau unter uns!"

„Der Wasserstern?", fragte Fee irritiert. „Aber müsste er nicht bereits hinter uns liegen?"

Sinia schaute Falomon schräg von der Seite an und schmunzelte.

„Ich glaube, du machst deine Späße mit uns, mein lieber Falomon. Mit

drei Elfenmädchen kann man das machen, nicht wahr?" Sie erwartete, dass Falomon nun ebenfalls lachen und den Spaß auflösen würde, aber dieser schien tatsächlich verwirrt zu sein.

„Späße? Nein, ich mache keine Späße", erwiderte er verunsichert und die drei Elfenmädchen sahen in seinen Augen, dass er die Wahrheit sprach. „Lasst uns schnell hinabfliegen. Ich muss wissen, was hier los ist."

Kurz darauf standen die vier Elfen mit ihren Pferden am blauen Wasserstern und Falomon hatte sein Gesicht in den Händen vergraben. Immer wieder schüttelte er ungläubig den Kopf.

„Zuerst übersehe ich den Wasserstern", murmelte er, „dann weist mich Kajan an der Tür ab und kurz vor den Mooswiesen erreichen wir dann doch die Quelle. Ich glaube, ich fange an, meinen Verstand zu verlieren. Nie zuvor habe ich mich verirrt. Niemals!"

Sinia, Sarah und Fee standen betroffen neben ihrem Freund, denn so hatten sie ihn noch nicht erlebt. Fee hielt seine rechte Hand und Sarah hatte ihm ihren linken Arm um die Schulter gelegt.

„Nimm es dir nicht so zu Herzen, Falomon", sagte sie ruhig. „Du bist vielleicht müde und darüber hinaus schon lange von Zuhause fort. Da kann man sich leicht täuschen."

„Außerdem haben wir jetzt unser erstes Ziel erreicht", fügte Sinia hinzu. „Genau an diesen Ort wolltest du uns doch führen."

Falomon schüttelte energisch den Kopf, ließ Fees Hand los und ging einige Schritte nach vorne.

„Wir hätten bereits vor einiger Zeit hier ankommen müssen und ich weiß genau, wie der Weg in den Süden verläuft", sagte er mit zitternder Stimme. „Sagt mir, ob ich wahnsinnig werde. Vielleicht hat mich Ilaria am Berg der Wahrheit mit einem Fluch belegt!"

„Nein, das denke ich nicht", entgegnete Sarah beschwichtigend. „Es wird

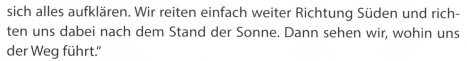

sich alles aufklären. Wir reiten einfach weiter Richtung Süden und richten uns dabei nach dem Stand der Sonne. Dann sehen wir, wohin uns der Weg führt."

Sinia, Fee und auch Falomon waren damit einverstanden und stiegen auf ihre Pferde.

Falomon ritt wortlos voraneweg und die anderen ließen ihn gewähren, denn sie spürten, dass er mit sich allein sein wollte.

Es dauerte einige Zeit, dann erreichten die Elfen abermals die Ebene der Baumnadeln.

„Seht ihr", meinte Sinia, „wir werden von hier aus einfach in die falsche Richtung geflogen sein. Das ist die Antwort auf alle Fragen."

Falomon blickte sich verwundert um. Sinia hatte wohl Recht, denn nun waren sie von der Quelle zur Ebene geritten, die zweifellos weiter südlich lag. Es fiel ihm schwer, diesen Irrtum vor sich selbst und den anderen einzugestehen. Kurz überlegte er, ob er Kajan noch einmal aufsuchen sollte, aber da keines der Mädchen daran interessiert war, ritten sie weiter. Die Hohen Mooswiesen wollten sie vor Sonnenuntergang erreichen, denn nach Falomons Beschreibung war es die ideale Gegend, um auf dem weichen Boden im Freien zu nächtigen.

Die Sonne ging unter und die letzten Strahlen der glutroten Scheibe verschwanden hinter dem Horizont.

„Wir werden bald am Ziel sein, oder?", meinte Fee erschöpft. „Ich bin müde und habe Hunger."

Auch die anderen spürten, wie ihre Kräfte nachließen, und hofften, es würde nicht mehr weit bis zu der Anhöhe sein, auf der sich die Mooswiesen befanden.

Die Elfen ritten einen flachen Hügel hinauf. Lila Zwergenmohn wuchs

Zwergenmohn

auf den Wiesen und Sarah freute sich über die Blütenpracht. Dann ging es sanft wieder bergab, als sie plötzlich einen spitzen Schrei ausstieß. „Da!", schrie sie und ihr Pferd blieb wie vom Donner gerührt stehen. „Der Brunnen!"

Auch die anderen standen im nächsten Moment still und blickten fassungslos nach vorne in eine kleine wohlbekannte Tiefebene. Denn dort erkannten sie den alten Brunnen, der sich unweit des Hauses Sonnenschein befand und in dessen Wasser Sarah Aelas Gesicht gesehen hatte.

Kapitel 13

Im Brunnenschacht

Sarah war die Erste, die ihre Worte wiederfand. Sie war von ihrem Pferd gestiegen und ein paar Schritte in Richtung des Brunnens gelaufen. Es gab keinen Zweifel. Sie waren den ganzen Tag geflogen und geritten und hatten sich doch kein Stück von zuhause entfernt. Keiner der vier Freunde verstand, weshalb es ihnen nicht schon viel früher aufgefallen war, wie sie sich ihrer Heimat wieder genähert hatten.

„Irgendetwas stimmt hier nicht", meinte Sinia ernst. „Wir dachten alle, Falomon habe sich geirrt, aber der Sonne nach müssten wir längst viel weiter im Süden sein. Stattdessen sind wir wieder zuhause!"

„Die Sonne kann sich nicht irren", gab Fee zu bedenken. „Oder vielleicht doch?" Falomon hatte bisher geschwiegen. Er war verwirrt und dennoch war er der Einzige, der eine kleine Erleichterung verspürte. Hatte er vor kurzer Zeit noch an seinem Verstand gezweifelt, so wusste Falomon jetzt, dass es andere Gründe dafür gab, weshalb er den Weg nicht gefunden hatte.

„Als wir hier angekommen sind, war die Sonne bereits untergangen", gab er zu bedenken und sprach dabei ganz leise, da er sich immer noch

nicht wohl in seiner Haut fühlte. „Ich fürchte, dass unser Irrweg einen ganz anderen Grund hat – einen großen, mächtigen und vielleicht gefährlichen."

„Was meinst du damit?", fragte Sarah ernst. „Ich muss zugeben, dass auch ich ein ungutes Gefühl habe, als ob dunkle Kräfte und finstere Magie ihr böses Spiel mit uns treiben."

„Eines ist ganz offensichtlich", fuhr Falomon fort. „Je mehr wir versucht haben, Richtung Süden zu kommen, umso mehr sind wir daran gescheitert. Je weiter wir weg wollten, umso näher sind wir wieder unserem Zuhause gekommen. Sinia, Sarah, Fee – ich hab Angst um Aela, denn offenbar verhindert eine höhere Macht, dass wir ihr folgen."

Die anderen nickten nachdenklich.

„Aber was sollen wir nur machen?", fragte Fee müde und verzweifelt. „Irgendetwas muss doch geschehen!"

„Heute ist es zu spät", gab Sinia zu bedenken. „Wir treffen uns morgen früh hier am Brunnen und überlegen, was zu tun ist. Wenn wir etwas schlafen, fällt uns vielleicht das Richtige ein."

Die vier Elfen nahmen ihre Pferde bei den Zügeln und liefen zurück zum Haus Sonnenschein. Dort verabschiedeten sie sich voneinander und jeder ging nach Hause.

Am nächsten Morgen trafen sich die vier Freunde am Brunnen. Keiner von ihnen hatte gut geschlafen, auch wenn sie alle am Abend des Vortags erschöpft ins Bett gefallen waren. Jeder hatte über den gemeinsamen Irrweg nachgedacht und was der Grund für die Verwirrung gewesen sein konnte.

Waren die Tage seit der Rückkehr vom Berg der Wahrheit und dem Sieg über Ilarias Zwergdrachen und Trolle meist sonnig gewesen und nur

von wenigen erfrischenden Regenschauern unterbrochen worden, so war der Himmel an diesem Tag bedeckt und Gewitterwolken zogen auf.

Die Elfen saßen auf der Wiese neben dem Brunnen, blickten besorgt zum Himmel und berieten sich, aber keiner hatte eine Idee, was zu tun sei. Fee hatte den ganzen Morgen schon leichte Kopfschmerzen. Sie kannte die besondere Wirkung des Brunnenwassers und wusste, dass es die Schmerzen vertreiben konnte. Sie beugte ihren Oberkörper über den Brunnenrand und wollte mit ihren Händen etwas Wasser schöpfen, um die Stirn zu benetzen.

„Nanu?", rief sie erstaunt. „Kommt schnell her! Das Wasser des Brunnens ist verschwunden. Es ist versiegt!"

Sinia, Sarah und Falomon liefen herbei. Tatsächlich war in dem Brunnen kein Wasser mehr. Die Wände des Schachts waren trocken und der Brunnen so tief, dass man den Boden nicht sehen konnte.

„Ob es irgendetwas mit Aela zu tun hat, deren Bild ich vor kurzer Zeit hier im Wasser gesehen habe?", fragte Sarah die anderen. Keiner konnte ihr darauf eine Antwort geben, doch Falomon hatte etwas entdeckt.

„Im Brunnenschacht führt eine schmale Leiter in die Tiefe", sagte er. „Man sieht sie kaum, da es dunkel ist und die Farbe der Stiege der des Brunnenschachts ähnelt. Dennoch ist sie da, als ob sie einen dazu einladen würde, in die Tiefe zu steigen."

Auch die anderen hatten inzwischen die schmale Stiege entdeckt.

„Einladen?", fragte Fee entsetzt. „Ich kann mich kaum erinnern, wann ich zuletzt etwas weniger einladend gefunden hätte, als in diesen Brunnen zu steigen."

„Du magst Recht haben, Fee", bestätigte Falomon und nahm ihre Hand. „Der Weg über Land scheint uns aber durch eine unbekannte Macht verwehrt zu sein. Vielleicht gelingt es uns, unter der Erde fortzukommen

Die Leiter im Brunnenschacht

und nach Aela zu suchen. Bedenke, dass Sarah ihr Gesicht genau hier im Brunnen gesehen hat."

„Willst du damit sagen, dass wir in den Brunnen steigen sollen, um nach Aela zu suchen?", fragte Fee entsetzt. „Ich kann das nicht! Es übersteigt meine Kräfte!"

„Nein, Fee, du sollst nicht in den Schacht steigen", versuchte Falomon sie zu beruhigen. „Ich werde es allein tun. Es ist nicht nötig, dass wir uns alle in Gefahr begeben."

Fee spürte einen Stich in ihrem Herzen, denn der Gedanke, Falomon im Brunnenschacht zu verlieren, war noch schlimmer, als ihr eigenes Leben aufs Spiel zu setzen. Sinia und Sarah blickten betroffen zu Boden. Auch sie hatten Angst in den Brunnenschacht zu klettern, aber sie wollten nicht, dass sich nur Falomon dieser Gefahr aussetzte. Eine ganze Weile herrschte Schweigen, dann sagte Sarah leise:

„Ich werde mitkommen, Falomon. Du hast dein Leben oft für mich aufs

Spiel gesetzt, nun ist es an mir, dasselbe zu tun. Außerdem bin ich es meiner Schwester Aela schuldig, sie zu suchen, so wie sie mich am Drachenfels gesucht und gefunden hat."

Sinia und Fee wollten widersprechen, aber Sarahs Blick war so entschlossen, dass sie schwiegen.

Es herrschte dennoch weiter Uneinigkeit unter den vier Feunden, was zu tun war. Lange überlegten sie hin und her, wie sie sich entscheiden sollten. Fee versuchte Falomon davon abzubringen, in den Schacht zu steigen, so wie Sinia ihre Zwillingsschwester überzeugen wollte, an ihrer Stelle mit Falomon nach Aela zu suchen.

Am Ende blieb es bei Sarahs erstem Vorschlag. Sie und Falomon würden in den Schacht steigen, während es Sinias und Fees Aufgabe war, oben zu warten.

Wenig später, nachdem sich Sarah und Falomon nochmal gestärkt hatten, trafen sich die vier erneut am Brunnen. Sarah und Falomon hatten sich jeweils ein kleines Elfenlicht – eine klare farblose Glasperle an einem Band – um den Hals gehängt, damit sie beim Abstieg besser sehen konnten.

„Ich war gerade noch bei Aelas Baumhaus", meinte Sarah. „Es scheint alles in Ordnung zu sein, nur die Blätter welken. Manche von ihnen sind ganz gelb und fallen bald ab."

„Das ist sonderbar. Die Blätter welken nie", gab Sinia zu bedenken. „Ich fürchte, es hat etwas mit Aelas Verschwinden zu tun."

„Deshalb sollten wir uns beeilen", erwiderte Sarah. „Wer weiß, in welcher Gefahr sich unsere Schwester befindet!"

Fee hatte geschwiegen, denn Falomons und Sarahs Vorhaben machte ihr Angst.

„Wir werden hoffentlich nicht lange weg sein", versprach Falomon, nahm

Fee in die Arme und gab ihr einen Kuss auf die Stirn. „Wartet aber nicht zu lange auf uns, denn vielleicht entdecken wir eine Spur und werden ihr folgen."

Fee antwortete nicht. Ihr standen die Tränen in den Augen. Sinia hingegen nickte tapfer und half ihrer Zwillingsschwester in den Brunnenschacht zu steigen.

Sarah und Falomon kletterten langsam hinab. Der Brunnenschacht war sehr eng, aber die Elfen hatten genügend Platz, um sich zu bewegen. Bald begannen ihre Elfenlichter zu leuchten, da es rasch dunkler wurde. Die beiden hofften, bald den Boden des Schachts zu erreichen, aber es ging immer weiter in die Tiefe. Sie schwiegen, denn es erforderte ihre ganze Aufmerksamkeit, nicht von der schmalen Stiege abzurutschen.

Sarah bemerkte es als Erste, nachdem sie bereits eine ganze Weile hinabgeklettert waren.

„Es wird heller, Falomon", meinte sie verwundert. Tatsächlich entfaltete sich ein schwacher Lichterglanz im Schacht, der sich mit dem feinen Schein der Elfenlichter vermischte. „Und hörst du? Es dringt leise Musik aus der Tiefe."

Falomon lauschte. Tatsächlich! Nun vernahm auch er die melodischen Klänge.

„Ich höre eine Stimme", meinte er überrascht. „Sie singt zu der Melodie." Beide hielten für einen Moment inne und horchten.

„Es klingt wie die Stimme Ilarias", meinte Sarah erschrocken. „Oder nicht?" Die Stimme wandelte sich und Sarah war sich nicht mehr sicher, ob sie sich nicht getäuscht hatte.

„Nein, ich denke nicht", beruhigte sie Falomon. „Wir sind ganz verwirrt von dem, was wir alles erlebt haben. Nicht überall herrschen die Mächte des Dunklen."

Sarah meinte erneut und für einen kurzen Moment die Stimme der Elfenzauberin zu hören, doch behielt sie es für sich.

Je tiefer sie kamen, umso schöner wurde das Licht und umso klangvoller die Musik. Bald verstanden sie Worte in der Melodie und im nächsten Augenblick das ganze Lied.

Im Elfen-Paradies seid ihr willkommen,
denn schön ist es an diesem Ort.
Die Zaubermelodie habt ihr vernommen,
und niemals wollt ihr von hier fort.

Böse Träume, Angst und Sorgen,
alles schwindet schnell dahin,
wollt ihr das Glück gleich von uns borgen,
so hat das Leben seinen Sinn.

Der Liebe wird man hier begegnen,
sie trifft euch bald in euer Herz,
um euer Leben sanft zu segnen
und zu vertreiben jeden Schmerz.

Sinia und Fee standen oben am Brunnen und lauschten, ob sie etwas von Falomon und Sarah hörten, aber der Schacht blieb stumm. Als es langsam dunkel wurde, wollten die Elfenmädchen traurig nach

Hause gehen, als plötzlich doch ein Geräusch an ihre Ohren drang. Ein Rauschen kam aus der Tiefe und der Lärm schwoll rasch an.

Im nächsten Moment mussten sie mitansehen, wie schwarzes Wasser nach oben gedrückt wurde und in einem Schwall über den Rand des Brunnens schwappte.

„Wasser!", schrie Fee der Ohnmacht nah. „Sie sind ertrunken!" Sie wollte sich in den Brunnen stürzen, aber Sinia konnte sie gerade noch davon abhalten.

Kapitel 14

Goldstaub in den Haaren

Jasmira, Leandra, Minsaj, Aela und Norah schliefen nach den Ereignissen am Wald der Geschichte nur kurz und voll innerer Unruhe und bald trafen sie sich wieder am Teich, um sich zu beraten. Doch es war unmöglich, einen klaren Gedanken zu fassen, geschweige denn, Entscheidungen zu treffen.

Jasmira hatte nach der Rückkehr vom Wald ihre Anweisungen an alle Elfen des Seenlandes gegeben, dass der Kampf gegen die Trockenheit unvermindert fortgeführt werden sollte, auch wenn sie selbst nur noch wenig Hoffnung auf Rettung hatte. Das behielt sie aber besser für sich.

Es war Norah, die am Teich als Erste wieder ihre Worte fand.
„Nicht das Böse bedroht uns", meinte sie langsam. „Es sind wir selbst. Streit und Missgunst beherrschten Sajana seit langer Zeit. Es gibt sie nicht nur zwischen den Elfenstämmen, sondern auch zwischen Drachen und Elfen und selbst in den Fabelwelten. Nun müssen wir den Preis dafür bezahlen, dass wir oftmals nur nach unserem Streben gehandelt haben und IHN vergessen haben – den König, aus dessen Gedanken alles

entstanden ist. Es ist sein Recht, sich das zurückzuholen, was er selbst erschaffen hat."

Norah verspürte bei diesen Worten die ganze Last des Vermächtnisses ihrer Vorfahren, die nicht nur den Pakt mit den Drachen gebrochen, sondern auch nach der Macht über das ganze Elfenreich gestrebt hatten. „Leider ist das Seenland nicht die wahre Welt Sajanas und unser Einfluss kann nicht alles bewirken", gab Jasmira zu bedenken. „Hier war die Natur immer im Einklang und es herrschten weder Neid noch Eifersucht. Aber vergeht Sajana, so bedeutet dies auch das Ende des Seenlandes."

„Dennoch dürfen wir unserem Untergang nicht tatenlos zusehen", sagte Leandra und spürte, wie die Entschlossenheit wieder in ihr wuchs, sich gegen das Verderben zu stemmen. „Gibt es keine Möglichkeit, den Moorkönig zu versöhnen? Und wen hat er mit der anderen *vergessenen Seele* gemeint?"

„Möglicherweise war Ilaria bei ihm", vermutete Aela. „Nicht auszudenken, wenn sie sich mit dem König verbündet hat, um Sajana zu zerstören. Das würde die vielen seltsamen Ereignisse der letzten Zeit erklären."

In diesem Moment vernahmen die Elfen ein Glucksen und Blubbern, welches vom Teich herrührte. Kleine Wellen bäumten sich auf und plätscherten ans Ufer. Aela und Norah wichen etwas zurück, während Jasmira, Minsaj und Leandra bereits wussten, was geschehen würde. Eine kleine Wasserfontäne bildete sich in der Mitte des Gewässers und im nächsten Moment wurden zwei Gestalten aus ihr herausgeschleudert und ans Ufer geworfen.

Aela und Norah erkannten ein wolfsähnliches Lebewesen und daneben einen Elfenjungen. Beide hatten eine Schwanzflosse am Unterleib, wo sonst ihre Beine und Pfoten waren. Doch schon im nächsten Augenblick verschwanden die Flossen wie durch einen Zauber und die beiden Ankömmlinge bekamen wieder ihre wahre Gestalt. Aela und Norah rieben sich verwundert die Augen.

„Das ist Grimm!", rief die Königin überrascht und voller Freude, als sie ihren Freund, den Wolfselfen wiedererkannte. „Und Yuro, der Wolfsreiter!" Die Freude nach Grimms und Yuros Erwachen war unbeschreiblich, auch wenn der Tag des Abschieds von den beiden für Norah, Aela und Leandra gar nicht so lange zurücklag. Norah hatte nach ihrer Trennung am Berg der Wahrheit befürchtet, Grimm niemals mehr wiederzusehen. Umso größer war nun die Erleichterung.

Grimm

Was Yuro, der Wolfsreiter, zu erzählen hatte, erfüllte hingegen alle mit Furcht.

„Der Tränenbach überschwemmt mehr und mehr das Land", begann er zu berichten. „Selbst im Süden bricht inzwischen die Erde auf und ein stinkender schwarzer Sumpf breitet sich aus. Nichts und niemand kann sich der vernichtenden Kraft entgegenstellen. Die Elfen aus allen Teilen Sajanas fliehen in Gegenden, die davon noch weniger betroffen sind, aber es gibt kaum noch Orte, die vom Verderben verschont geblieben sind."

Grimm, der neben der Gruppe der Elfen an der Seite Norahs stand, hatte sich Yuros Erzählungen mit angehört und geschwiegen. Jetzt ergriff er das Wort:

„Yuro und ich waren im Drachenherz bei Panthar und Farona, den beiden Königsdrachen, kurz bevor wir ins Seenland aufgebrochen sind."

Die Elfen horchten auf.

„Ihr wart bei den Königsdrachen?", fragte Norah verunsichert nach und Angst stieg in ihr auf, dass sich ihre bösen Ahnungen vom Verschwinden Nagars bestätigen könnten. „Wie geht es meinen Freunden?"

Grimm und Yuro machten ein bekümmertes Gesicht.

„Nagar ist verschwunden, vielleicht schon tot", sagte Yuro leise. „Wir wissen jedenfalls nicht, wo er geblieben ist."

Norah fuhr es durch alle Glieder und die anderen Elfen erstarrten vor Schreck. Es stimmte also tatsächlich, was Norah im Dreihorn-Kanal gesehen hatte. Durch die Worte des Moorkönigs wussten inzwischen alle, welche Bedeutung den Königsdrachen zukam.

„Ich will euch erzählen, wie es geschehen sein muss", sprach Grimm weiter und fing genauer an zu berichten:

„Panthar und Farona beschützten Nagar Tag und Nacht, denn sie ahnten wohl um die Bedeutung ihres letzten Nachkommen. In ihm vereinen sich die Kraft und die Magie aller Feuerwesen und die Flammen aller

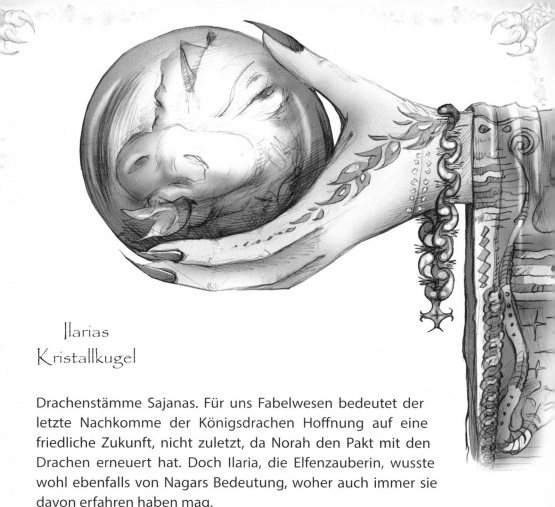

Ilarias Kristallkugel

Drachenstämme Sajanas. Für uns Fabelwesen bedeutet der letzte Nachkomme der Königsdrachen Hoffnung auf eine friedliche Zukunft, nicht zuletzt, da Norah den Pakt mit den Drachen erneuert hat. Doch Ilaria, die Elfenzauberin, wusste wohl ebenfalls von Nagars Bedeutung, woher auch immer sie davon erfahren haben mag.

Sie war zum Drachenherz geflogen, um den kleinen Königsdrachen zu finden. Ihr Kommen blieb unbemerkt. Am Rande der Lichtung und im Schutze der Baumschatten passte sie den Moment ab, als Panthar und Farona für einen Augenblick unaufmerksam waren. Nagar jedoch lockte sie mit dem Blinken ihrer Kugel zu dem Baum, wo sie sich versteckt hielt. Der kleine Drache lief auf sie zu und wollte mit ihr spielen. Der Kristall funkelte. Nagar freute sich über das lustige Farbenflimmern und stieß ein Flämmchen aus.

Als das Drachenfeuer die Kristallkugel berührte, gefror die Flamme zu Eis. Nagar erstarrte. Ilaria zog die gefrorene Flamme aus dem Körper des Feuerwesens heraus und feiner grüner Nebel stieg auf. Der Körper Nagars löste sich in der Sonne auf und verschwand.

Alles ging sehr schnell, denn Ilaria hatte sich sehr geschickt verhalten. Das Blinken der Kugel war für Panthar und Farona durch einen Zauber unsichtbar gewesen, ebenso wie Ilaria selbst im Schatten der Bäume. Die beiden Drachen hatten ihren Sohn zuvor auf der Lichtung und bei den Bäumen spielen sehen und sich keine Sorgen gemacht, bis er im Augenblick der kleinsten Unachtsamkeit auf einmal verschwunden war. Die beiden riefen nach Nagar, aber es kam keine Antwort mehr.

Ein junger Wolf hatte aus einem Versteck heraus beobachtet, wie der kleine Drache sich in Luft aufgelöst hatte, und erzählte es Panthar und Farona kurz darauf. Er selbst hatte sich aus Angst nicht aus seinem Unterschlupf gewagt. Nun war es zu spät.

Ich muss euch sicher nicht erzählen, wie groß die Trauer und das Entsetzen waren. Panthar macht sich immer noch schwere Vorwürfe, auch wenn ihn keine Schuld trifft.

Die Wölfe überbrachten mir noch am selben Tag die traurige Nachricht, welche die Königsdrachen mir in ihrer Verzweiflung senden ließen. Ich suchte Yuro und bin mit ihm sofort zum Drachenherz geflogen, aber Nagar blieb verschwunden und keiner meiner Freunde aus der wahren Welt Sajanas und aus den Fabelwelten weiß, wo er geblieben ist."

Die Elfen waren tief bestürzt über das, was sie gehört hatten, und Norah konnte ihre Tränen nicht unterdrücken.

„Panthar sollte sich keine Vorwürfe machen," meinte sie, nachdem sie ihre Fassung wiedergewonnen hatte. „Es trifft ihn keine Schuld. Wie sollte er ahnen, dass solche Gefahr für den Kleinen bestand?"

„Nein, das konnte er sicher nicht", bestätigte Jasmira. „Ich denke, kein Fabelwesen, keine Elfe und kein Drache ahnt, welches Ausmaß die Macht der Zerstörung in eurem Reich und im Seenland bereits angenommen hat. Ich denke, wir wissen, wer Ilaria geschickt hat, um den kleinen Drachen zu holen. Erinnert euch an die Worte am Wald der Geschichte."

Dann berichtete die Herrin des Wasserschlosses Grimm und Yuro von dem, was sie erst vor kurzem erlebt hatten und auch Norah und Aela erzählten, was sich seit der Trennung am Berg der Wahrheit zugetragen hatte. Die beiden hörten aufmerksam zu und die Miene des Wolfselfen verfinsterte sich zusehends.

„Grimm, du bist uralt, fast so alt wie das Elfenreich selbst", meinte Norah beschwörend. „Was hat das alles zu bedeuten? Kommen wir zu spät? Sind wir verloren?"

Grimm verharrte eine ganze Weile still und sein Blick war in eine weite Ferne gerückt, bevor er erneut sprach:

„Ich habe es immer befürchtet, dass so etwas passieren könnte", sagte er dann leise und eindringlich. „Zu sehr haben Neid und Missgunst das Leben im Elfenreich in den zurückliegenden Zeiten beherrscht. Alles hat einen Anfang. Alles hat eine Stimme, selbst wenn man sie oft nicht zu hören vermag. Ich habe den Moorkönig niemals gehört, aber die Kraft seiner Gedanken habe ich jederzeit in mir gespürt. Und jetzt, da ich seinen Namen kenne, fühlt es sich für mich wie das Wiedererscheinen eines alten Vertrauten, gar eines Vaters, an

Das Verschwinden Nagars durch Ilarias Zauber deutet darauf hin, dass mit ihm die letzte Hoffnung schwindet, Sajana vor seinem Zorn zu retten. Denn der Zorn ist gerecht und Ilaria scheint etwas zu besitzen, was er zu schätzen weiß. Nagar wiederzufinden, scheint tatsächlich unsere

letzte Hoffnung zu sein. Wenn er bereits tot ist, dann ist es zu spät. Jedoch kann ich mir kaum vorstellen, dass der Moorkönig den Erben eines seiner ersten Gedanken, nämlich den kleinen Königsdrachen, auslöscht. Er wird versuchen, ihn zu sich zu holen, vielleicht, um mit ihm und Ilaria ein neues Reich zu gründen."

Die Elfen hatten Grimms Worten aufmerksam zugehört und Aela war es, die als Erste einen Gedanken dazu fassen konnte.

„Nagars Körper hat sich in Nichts aufgelöst. Es scheint mir fast unmöglich, ihn zu finden. Wo mag er sein? Im Ahnenwald oder im Reich der Seelen oder gar beim Moorkönig selbst? Ilaria wird wissen, wie sie ihn vor uns verbirgt. Wer weiß, ob sie nicht ganz andere Ziele verfolgt."

„Die Stimme am Wald der Geschichte hat jedenfalls nichts von den Ereignissen am Drachenherz erwähnt", gab Norah zu bedenken.

„Den Ahnenwald kenne ich nicht", meinte Jasmira nachdenklich, „denn er ist Teil der wahren Welt Sajanas. Meine Kräfte reichen nur bis ins Reich der Seelen, denn dort treffen sich die Geisterwelten Sajanas und die des Seenlandes. Über das Seelenreich, die Einhörner und meine unsichtbare Biene seid ihr zu mir gekommen. Wir Elfen des Seenlandes können selbst nicht dorthin, solange wir leben, aber wenn Nagar dort wäre, so hätte ich davon erfahren. Nein, er muss an einem anderen Ort sein, in einer Welt, die wir vielleicht alle nicht kennen."

„Meinst du, die Seenland-Biene könnte uns zu ihm bringen?", fragte Norah und erinnerte sich an ihren unvergesslichen Flug im Körper des unsichtbaren Wesens.

„Leider nein", entgegnete Jasmira. „Die Biene ist ein Geschöpf des Seenlandes. Die Königsdrachen leben jedoch wie ihr in der wahren Welt Sajanas. Helfen kann wohl nur ein Wesen, welches ein ähnliches Schicksal wie Nagar erfahren hat. Ein Wesen, dessen Körper sich im Elfenreich Sajana in Nichts aufgelöst hat."

„Die Einhörner, welche mit uns über den Tränenbach geritten sind, haben sich in Nichts aufgelöst", fiel Aela ein. „Über dem Wasserfall sind sie zu Goldstaub zerfallen, kurz bevor wir uns in Delfin-Elfen verwandelt haben."

Grimm horchte auf. Aufmerksam musterte er Norah und Aela von oben bis unten und ein Lächeln huschte über sein uraltes zerfurchtes Gesicht. „Goldstaub habt ihr gesagt, nicht wahr?", sagte er dann zu den beiden. „Es gibt noch andere Lebewesen, die eine ähnliche Verwandlung durchgemacht haben wie eure Einhörner. Es sind die weißen und braunen Wölfe, die euch einst vor dem Tod durch die Zwergdrachen und Trolle gerettet haben."

Dann ging er ganz nah an Aela heran, so dass diese seinen Atem spüren konnte.

„Da sind sie... haben sich meine Augen also nicht getäuscht", meinte er dann. „Winzige Plättchen Goldstaub, die sich in deinen Haaren verfangen haben und sich selbst auf der Reise ins Seenland und unter Wasser nicht gelöst haben. Sie scheinen fast mit deinen Haaren verwachsen zu sein. Seht ihr?"

Die anderen Elfen sahen nichts. Erst als sie ganz nah an Aela herantraten, so dass sich diese fast bedrängt fühlte, konnten sie den Goldstaub erkennen. Grimm musste unglaublich scharfe Augen haben, da er die winzigen Teilchen bemerkt hatte.

„Goldstaub – er könnte noch sehr wertvoll für uns sein", sagte er dann. „Zumindest bedeutet er etwas Hoffnung. Die weißen Wölfe können uns vielleicht bei der Suche nach Nagar helfen. Lasst uns bald zum Grimmforst aufbrechen und bei meinen Freunden, den Wölfen, um Rat fragen."

Kapitel 15

Jasmiras letzter Wunsch

G rimms Lächeln und seine Zuversicht gaben den Elfen neuen Mut. Wenn das uralte Fabelwesen einen Gedanken zur Rettung hatte, dann musste es ein guter sein. So dachten sie alle. Norah löste auf Grimms Anweisung hin die Goldplättchen behutsam aus Aelas Haaren und gab sie in einen kleinen blütenförmigen Silberanhänger, den die Prinzessin immer am rechten Handgelenk trug.

Aelas
Silberanhänger

Jasmira blickte betroffen zu Boden. Aela bemerkte dies und legte einen Arm um die schlanken Schultern der Herrin des Wasserschlosses.

„Was bedrückt dich?", fragte sie sanft und auch die anderen Elfen sahen Jasmira besorgt an.

„Nun... es ist so", stotterte die Herrin, was ungewöhnlich war, da sie niemals die Fassung verlor. „Es gibt... es gibt für euch keinen Weg mehr zurück nach Sajana bis auf einen. Der Wasserstrudel mit den Trugbildern, durch den ihr bei eurem letzten Besuch geritten seid, ist versiegt. Die Seegrasdreihörner oder Seenland-Bienen können nur dabei helfen, Wesen aus Sajana hierher zu führen, aber niemals wieder zurück. Und auch alle anderen Wege sind durch den fortschreitenden Untergang des Reiches und das Versiegen der Seen verloren."

Die Elfen warteten mit einem ungutem Gefühl darauf, dass Jasmira ihnen den einzig verbliebenen Weg zurück nach Sajana verraten würde, aber die Herrin schwieg und ihr Blick wurde traurig.

„Wir Elfen des Seenlandes sterben nur dann, wenn es unser eigener Wunsch ist", sagte sie nach einer ganzen Weile leise. „Wir spüren, wenn unsere Zeit gekommen ist, unsere Seele unruhig wird und diesen Ort verlassen möchte. Dann gehen wir ins Tal der weißen Einhörner und lassen uns von den Fabelwesen *forttragen*. Mit unserem eigenen Willen zu sterben haben wir einen letzten Wunsch frei, der immer in Erfüllung geht – den Wunsch, das Schicksal unserer Freunde für einen kurzen Augenblick zu bestimmen."

Grimm horchte auf. Er ahnte, was kommen würde.

„Ich werde ins Tal der Einhörner gehen", fuhr Jasmira fort. „Mit meinem Tod wird mein letzter Wille verknüpft sein, dass ihr nach Sajana zurückkehrt, um den aussichtslosen Kampf gegen den Untergang aufzunehmen und das Elfenreich zu retten."

Die letzten Sätze zuckten wie ein Blitz durch die Herzen der Elfen. Einen kurzen Moment verharrten sie, um überhaupt zu begreifen, was Jasmira gerade gesagt hatte. Dann schrie Minsaj wütend und mit Tränen in den Augen:

„Nein, Jasmira! Nein! Ich werde das nicht zulassen! Niemals werde ich das zulassen! Das Seenland braucht dich! Ohne dich sind wir alle verloren!" Sie schluchzte heftig.

Jasmira nahm sie in die Arme und versuchte, sie zu trösten. Sanft berührte sie Minsajs Kinn und hob behutsam ihren Kopf.

„Minsaj", sagte sie dann und im Klang des Namens schwang ihre ganze Liebe mit. „Wenn ich diesen Weg nicht gehe, wird das Seenland für immer verloren sein. Solange unsere Freunde nicht mehr von hier fortkommen, ist jede Mühe vergebens. So bleibt vielleicht eine letzte Hoffnung. Du bist viel stärker, als du meinst und wirst eine bessere Herrin über das Wasserschloss werden, als ich es jemals war."

Liebe, Trauer und Zorn funkelten gleichzeitig in Minsajs Augen.

„Ich werde an deiner Stelle gehen", sagte sie trotzig. „Es wird *mein* Wunsch sein, der unsere Freunde nach Sajana zurückbringt."

Jasmira streichelte ihr sanft über die Haare.

„Nein, Minsaj. Ich muss diesen Weg gehen", erwiderte sie dann. „Ich bin die Herrin des Wasserschlosses. Keine andere Elfe sollte sich für das opfern, was in meiner Verantwortung liegt."

Minsaj wollte etwas entgegnen, aber sie spürte in ihrem Herzen, dass Jasmira Recht hatte.

Die anderen Elfen und Grimm hatten alles mit großer Bestürzung verfolgt. Sie wollten Jasmira widersprechen und ihr Vorhaben ebenfalls verhindern, doch fühlte jeder, dass Jasmira die einzig richtige Entscheidung getroffen hatte.

„Wir werden dich ins Tal der Einhörner begleiten", meinte Grimm nach einer langen Zeit bedrückten Schweigens. Er war es, der aus der Erfahrung eines fast unendlichen Lebens heraus am besten wusste, dass unumstößlich war, was Jasmira gesagt hatte.

„Danke, Grimm", erwiderte die Herrin des Wasserschlosses. „Aber ihr könnt mir nicht folgen. Nur der Wunsch einer Sterbenden kann sie ins Tal der weißen Einhörner führen. Ihr, die ihr leben sollt, würdet euch im Labyrinth eurer Gefühle verirren. Einzig der klare Gedanke an den Tod führt einen an den richtigen Ort. Bereits als ich euch hierher geholt habe, meine lieben Freunde, wusste ich, dass dieser Moment kommen würde und ich bin gut vorbereitet. Wenn ich auf meinem Einhorn fortreite, dann fasst euch bei den Händen. Mein Wunsch wird euch zum Grimmforst bringen, dorthin, wo ihr die Wölfe treffen sollt. Minsaj, nun hilf mir bitte. Ich möchte mein schönstes Gewand tragen, wenn ich von euch weggehe. Ich bin mir sicher, wir werden uns in einer anderen Welt wiedersehen."

Wenig später war die Herrin des Wasserschlosses bereit.
Sie hatte ein strahlend weißes Gewand an.
Um ihre Schultern hing ein blutrotes Tuch.
Ihr Einhorn stand ganz ruhig neben ihr.
Sie blickte noch einmal in die Augen ihrer Freunde.
Ein Lächeln huschte über ihre Lippen.
Alle schwiegen.

Sie ergriff die Zügel des Einhorns.
Das Fabeltier senkte den Kopf.
Jasmira streichelte über das weiche Fell.
Sein wohlgeformtes Horn glänzte in der Sonne.

Jasmira schwang sich auf den Rücken des Einhorns.
Das Weiß ihres Gewandes verschmolz
mit dem Weiß des Fabeltiers.
Sie richtete den Blick in die Ferne.
Ihre Freunde fassten sich bei den Händen.
Norah umschlang Grimms Hals.
Nur Minsaj stand allein.
Sie würde im Seenland zurückbleiben.
Minsaj drängte es zu sprechen,
zu widersprechen,
zu verhindern, was geschehen würde.
Aber kein Wort kam über ihre Lippen.

Dann ritt Jasmira los.
Die Freunde blickten ihr nach.
Die Sonne strahlte hell am Himmel.
Eine Träne rann über Minsajs Gesicht.
Sie spürte, wie sie fast die Besinnung verlor.
Die Freunde fassten sich fester bei den Händen.
Grimm sah zu Boden.

Bald löste sich Jasmiras Bild am Horizont auf.
Norah spürte Schmerzen in ihrer Brust.
Ihre Zeichen an den Schultern brannten wie Feuer.
Aelas Körper zitterte.
Leandra drängte es, Jasmira zu folgen.
Yuro hielt sie zurück.
Jasmira ritt weiter geradeaus –
den Körper aufrecht, die Augen verschlossen.

Helles Licht durchströmte ihre Gedanken.
Eine angenehme Wärme umhüllte sie.
Der Schritt ihres Einhorns
war im Einklang mit ihrem Herzschlag.
Sie sah grüne Wälder und Wiesen,
unwirklich und von weißem Nebel umspielt.
Dann verschwand der Nebel.
Ein wundervolles Tal öffnete sich vor ihren Augen.
Kristallklare Bäche.
Grüne Wiesen in allen Schattierungen.
Hohe Bäume und liebliche Blumenfelder.
25 strahlend weiße Einhörner erwarteten sie.
Jasmira ritt in ihre Mitte.

Stille.

Ein sanfter Wind kam auf.
Ein Glücksgefühl durchströmte Jasmiras Herz.
Alles war im Einklang.
Alles war friedlich.
Die Landschaft verschwand.
Die Einhörner schwebten.

Es ist Zeit für meinen Wunsch.
Es ist Zeit ihn zu senden.

Jasmira legte ihre Hände auf ihr Herz.
Meine Freunde sollen nach Sajana zurückkehren.
Zum Grimmforst.

Sie hielt für einen Moment inne.
Ein letzter Gedanke.
An ihre Freunde.
An das Seenland.

Dann trugen sie die Einhörner fort.

Aela, Norah, Leandra, Yuro, Minsaj und Grimm fühlten, wie der Boden unter ihren Beinen zu beben begann. Der Himmel verdunkelte sich und violette Wolken zogen vor die Sonne. Das Wasser der Seen war mit einem Mal schwarz und kleine Wellen bildeten sich an der Oberfläche. Dann regnete es.

Es war kein gewöhnlicher Regen. Vielmehr hatte es den Anschein, als ob der Himmel aus den violetten Wolken weinte. Dicke Tropfen fielen herab. Es war dennoch nichts zu hören. Völlig lautlos fiel der Regen auf die Seen, auf die Bäume und Sträucher, auf die Blumenwiesen und auf die Gewänder der Freunde.

Trotz des Regens wurden die Blätter der Bäume und Sträucher plötzlich gelb und die Blumen fingen an zu welken. Das feine glatte Holz der Seenland Bäume brach und dicke zerfurchte Rinde wuchs darüber. An manchen Stellen öffnete sich der Boden und neue Bäume wuchsen in rascher Geschwindigkeit gen Himmel. Immer dichter wurden sie und bald verhüllten ihre Baumwipfel den Blick nach oben. Der Boden wurde braun. Die letzten Blüten welkten dahin. Schlingpflanzen, dürres Laub und kleine Pilze bedeckten den Waldboden.

Die Freunde standen still. Sie beobachteten mit Verwunderung, was um sie herum geschah, ohne dass sie selbst davon betroffen waren. Jeder von ihnen fühlte, dass es Jasmira war, die mit ihrem Wunsch diese Verwandlung eingeleitet hatte. Nur Minsaj war nicht mehr bei ihnen. Mit dem ersten Regen war sie langsam vor ihren Augen verschwunden. Wie ein Tropfen Tinte in einem See war das Bild von ihr zunächst verschwommen gewesen, hatte sich dann aber im Wasser des Regens aufgelöst.

Nun war alles verschwunden, was an das Seenland erinnerte. Um die Freunde herum war ein dichter Wald aus alten knorrigen Bäumen gewachsen. Die Elfen und Grimm befanden sich inmitten dieser dichten Bäume auf einer kleinen Lichtung. Sie verharrten still und hielten sich dabei immer noch bei den Händen. Nur Grimm sah sich um, reckte die

Schnauze in die Höhe und ein tiefes Heulen drang aus seiner Brust. „Meine Freunde," sagte er leise und in seiner Stimme schwangen gleichzeitig Freude und Trauer mit. „Ich darf euch bei mir zuhause im Grimmforst willkommen heißen."

Kapitel 16

Das Elfen-Paradies

Sinia und Fee fanden kaum Zeit, sich über das Verschwinden von Sarah und Falomon im Brunnenschacht Gedanken zu machen. Beide waren der Überzeugung, dass sie im schwarzen überströmenden Wasser ertrunken sein mussten, aber tief in ihrem Herzen verspürten sie Zweifel und ein kleines Fünkchen Hoffnung blieb. Doch der Kampf gegen den Untergang des Sommerlandes hatte begonnen.

Die Sommerelfen, die bisher ahnungslos gewesen waren, traf das Hereinbrechen der Gefahr völlig unerwartet und sie waren voller Furcht. Wie in anderen Gegenden des Elfenreiches war inzwischen der Boden aufgebrochen und es breiteten sich schwarzes Wasser und stinkender Sumpf aus. Hohe Berge gab es im Sommerland keine, so dass die Elfen sich nur auf die sanften grünen Hügel zurückziehen konnten oder versuchten, in die Baumwipfel der höchsten Bäume auszuweichen. Viele Elfen waren bereits aus dem Sommerland geflohen und flogen weiter Richtung Süden, aber selbst dort waren bereits erste Spuren der Verwüstung zu sehen. Andere flogen nach Norden oder zum Berg der

Wahrheit, um in höheren Lagen Schutz zu suchen. Dort war es jedoch deutlich kälter und die Umgebung für Sommerelfen kaum geeignet, um länger zu verweilen.

Sinia und Fee blieben im Sommerland und kämpften gegen den Untergang. Einige mutige Elfen hatten sich mit ihnen zusammengefunden und bauten Dämme aus Steinbrocken und Baumstämmen, um die schwarzen Fluten zu kontrollieren. Manches gelang, doch an vielen Stellen brachen die Dämme bald wieder auf. Sinia wusste, dass es nur noch wenige Tage waren, die ihnen blieben. Dann würde auch das Sommerland endgültig untergehen.

Wo sind wir hier?", fragte Sarah und blickte sich erstaunt um. „Was für ein wundervoller Ort! Was für eine zauberhafte Landschaft und welch strahlender Himmel!"

Sarah und Falomon waren der schönen Melodie und dem warmen Licht bis zum Boden des Brunnenschachts gefolgt. Das Licht hatte sie dann weiter in einen kleinen kargen Raum geführt, von wo aus sie durch eine schmale Pforte ins Freie treten konnten.

„Ich weiß nicht, wo wir hier sind", erwiderte Falomon. „Aber wie ist das möglich? Wir sind in die Tiefe gestiegen und nun stehen wir in dieser Zauberlandschaft unter freiem Himmel."

Die beiden Elfen konnten kaum glauben, was sie sahen, denn eine betörende Blütenpracht umgab sie. Am Rande der schmalen Wege, die sich durch die Landschaft schlängelten, wuchsen Farne und Gräser mit unzähligen winzig kleinen Blüten, die wie glitzernder Schaum über dem Grün lagen. Sie leuchteten in fremden Farben, wie sie die beiden Elfen niemals zuvor gesehen hatten.

Dazwischen wuchsen kleine Bäume mit reifen Früchten und üppigen

Mondsichelfrüchte

Blüten. Eine der Früchte war besonders verlockend. Sie hatte die Form einer Mondsichel und ihre Farbe war goldgelb.

„Schau nur, diese leckeren Früchte, Sarah", meinte Falomon und spürte, wie er hungrig wurde. „Ob ich eine davon nehmen kann?"

„Ich weiß nicht, Falomon", zweifelte Sarah. „Wir wissen nicht, wo wir sind und was das zu bedeuten hat. Möglicherweise sind die Früchte giftig!"

„Aber schau, diese kleinen drachenähnlichen Tiere essen sie auch", erwiderte Falomon. Er hatte zwei Wesen entdeckt, die ihm höchstens bis zu den Knien reichten. Ihre Flügel, ihre Schwänze und die glänzenden Schuppen ihrer Haut erinnerten tatsächlich an Drachen, doch hatten sie einen langen Schnabel und ein einzelnes großes Auge auf der Stirn. Die beiden Wesen saßen an einer klaren sprudelnden Quelle, spielten und ließen sich die gelben Mondsichelfrüchte schmecken. Falomon verspürte großen Hunger und wollte der Versuchung nachgeben. Sarahs

Zweifel schwanden ebenfalls, als sie die Tiere spielen und fressen sah. Sie spürte einen seltsamen Widerstand in ihrem Herzen. Dennoch ließ sie Falomon gewähren.

„Mmh, wie köstlich!", rief Falomon, als er eine der gelben Früchte gepflückt und sie voller Genuss verspeist hatte. So etwas Feines, Süßes – ja, Unbeschreibliches – hatte er noch nie gegessen. Er pflückte sich gleich eine zweite Mondsichelfrucht vom Baum und aß sie mit geschlossenen Augen, so lecker war sie.

Sarahs Zweifel waren verflogen. Die zarte Musik war immer noch zu hören und sie kam sich vor wie im Paradies. Sie griff ebenfalls nach einer der Früchte und biss hinein. Wohlig breitete sich der Geschmack in ihrem Mund aus.

Über Falomons Augen hatte sich inzwischen ein feiner Glanz gelegt. Er blickte Sarah versonnen an.

Wie schön sie ist, dachte er. *Welch feines Gesicht und welch anmutiges Wesen sie hat.* Er fühlte einen leichten Stich in seinem Herzen. *War da nicht etwas anderes gewesen? Ein anderes Elfen... mädchen?,* fragte er sich, doch wischte er den Gedanken gleich wieder beiseite, denn vor ihm stand mit Sarah die junge Elfe, die er mehr als alles andere im Elfenreich begehrte.

Sarah erwiderte seinen Blick. Auch sie sah nun in Falomon den Elfen, den sie über alles liebte. Sie nahm seine Hand und gemeinsam spazierten sie weiter ins Elfen-Paradies.

„Sieh nur! Da vorne!", rief Sarah nachdem sie durch ein schmales Tal gewandelt waren, in dem sich die kleinen Wasserfälle der umgebenden Hügellandschaft zu einem munter sprudelnden Bach sammelten. „Da ist unser Zuhause!"

Wie selbstverständlich erkannte sie in einem filigranen und elegant in den Himmel ragenden Blatthaus den Ort, wo Falomon und sie lebten.

Über dem Haus wölbte sich ein Regenbogen und erfrischend feiner Wasserstaub lag in der Luft. Drei Einhörner grasten unter einem großen Baum mit dreiblättrigen blauen Blüten.

Ein kleines Wesen lief auf die beiden Elfen zu.

„Nagar!", rief Sarah voller Freunde. „Unser kleiner Königsdrache begrüßt uns, Falomon. Ist er nicht süß?" Für einen kurzen Augenblick huschten finstere Bilder durch Sarahs Gedanken: *Ein großer Berg... schwarze Zwergdrachen... Trolle... das Feuer der Königsdrachen... eine böse Zauberin... Nagar... wo hatte sie ihn schon einmal gesehen?* Die Gedanken verschwanden so schnell, wie sie gekommen waren.

Falomon und Sarah sahen, wie sich das große Blüten-Tor ihres Hauses öffnete und zwei Elfen auf sie zukamen.

„Mutter, Vater!", rief Sarah voller Freude. Hier, in diesem wundervollen Haus – so hatte Sarah die seltsame Gewissheit – lebte sie schon immer mit ihren Eltern. In Sarahs Gedanken wucherten unzählige Erinnerungen an ihr Leben an diesem Ort. Sie umarmte ihre Eltern und auch Falomon schloss die beiden in die Arme.

Kurz war Sarah verunsichert, denn ein seltsames Gefühl stieg erneut in ihr auf. Leider hatte sie niemals Geschwister gehabt – so war sich die Elfe ebenfalls sicher. Das war das Einzige, was sie an diesem Ort immer vermisst hatte. Oder war es ein anderes Gefühl? Wie zuvor verschwand auch dieser Eindruck wieder und sie blinzelte Falomon verliebt an.

„Sarah, wo seid ihr gewesen?", fragte Baromon lächelnd. „Wir haben euch vermisst! Viele Freunde sind zu Besuch und warten auf euch. Manchmal denke ich, ihr vergesst alles, wenn ihr zu zweit seid." Er musste laut lachen.

Sarah nahm ihre Mutter und ihren Vater in die Arme. Nagar sprang an Falomons Beinen hoch und stieß winzige Flämmchen aus. Dann gingen sie gemeinsam ins Haus.

Ilaria beim
Moorkönig

Ilaria stand im unterirdischen Steinwald beim Moorkönig. Die Macht ihrer Kristallkugel war inzwischen gewaltig und es bereitete ihr keine Mühe mehr, an diesen Ort zu gelangen. Mit schlafwandlerischer Sicherheit fand sie den Weg, da das Licht des Kristalls sie leitete.

„Moorkönig, ich habe deinen Auftrag erfüllt", sprach die Zauberin, als sich das Wasser des Sees senkte und das Steinloch sichtbar wurde.

„Durch die Macht deiner Wassersäule bin ich zu Nagar gelangt. Und durch den Zauber meines Kristalls habe ich die Scheinwelt des *Elfen-Paradieses* erschaffen. Das, was von Nagar nach dem Seelenraub am Drachenherz übrig geblieben ist, habe ich dorthin verbannt, ebenso zwei neugierige Elfen, die mir einst am Berg der Wahrheit in die Quere gekommen sind. Ihre Freunde kämpfen im Sommerland gegen den Untergang, aber sie werden daran zugrunde gehen. Falomon und Sarah sind dagegen in meinem verfluchten Elfen-Paradies und jede Erinnerung an ihr wahres Leben ist in ihnen gestorben."

Der Boden bebte, als der Moorkönig mit lauter Stimme erwiderte:

„Ich freue mich, dies zu hören. Bald ist unser Werk vollbracht
und das Land wird wieder so rein sein wie am ersten Tag."

„Deine Macht erobert das Elfenreich", bestätigte Ilaria. „Es gibt kaum einen Ort, an dem der Sumpf nicht hervorbricht. Das Einzige, was mir Sorgen bereitet, ist das Verschwinden Norahs und Aelas. Nirgendwo konnte ich sie finden, um sie ebenfalls ins Elfen-Paradies zu verbannen. Wenn sie erst dort wären, ließe ich die Scheinwelt in sich zusammenbrechen und die verfluchten Elfen wären für immer Vergangenheit." Ilaria spürte eine tiefe Genugtuung bei diesem Gedanken.

„Ich bin Norah und Aela begegnet",

sagte der Moorkönig. Ilaria horchte auf. Ihre rechte Hand krallte sich um die Kristallkugel.

„Sie sind im Seenland und führen dort ebenfalls einen
aussichtslosen Kampf. Am Wald der Geschichte haben sie meine

Worte vernommen. Sie wissen, dass bald alles zu Ende geht."

„Kannst du mich nicht zu ihnen führen?", fragte Ilaria. Sie wäre zu gerne dabei gewesen, wenn Norah, Aela und ihre Freunde am Ende aller Kräfte den Tod herbeisehnten.

„Nein, ich brauche dich hier",

widersprach der Moorkönig.

„Die Dinge im Seenland nehmen ihren Lauf. Aber unser Werk in Sajana ist noch nicht vollendet. Der Berg der Wahrheit, er muss fallen und mit ihm die ewige Stimme aller Drachen, Elfen und Fabelwesen. Verstummt die Stimme für immer, vergeht Sajana endgültig und das Land ist rein für neue Gedanken."

„Dein Wunsch ist mir Befehl", entgegnete Ilaria mit großem Bedauern, den Untergang Norahs und Aelas nicht miterleben zu dürfen. „Ich mache mich gleich auf den Weg zum Berg der Wahrheit, um deinen Auftrag zu erfüllen."
Sie ahnte nicht, dass der Moorkönig noch nichts von der Rückkehr der Prinzessin und der Königin wusste und der Tag des Wiedersehens nicht mehr fern war.

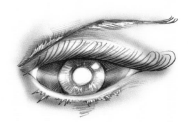

Kapitel 17

In der Höhle des weißen Wolfs

orah, Aela, Leandra und Yuro saßen erschöpft und traurig auf dem Waldboden der kleinen Lichtung im Grimmforst. Sie waren wohlbehalten nach Sajana zurückgekehrt, aber das Schicksal Jasmiras lastete schwer auf ihren Herzen. Sie wollten einfach nicht glauben, dass nur der Tod der Herrin des Wasserschlosses sie zurück in die wahre Elfenwelt führen konnte. Sie spürten eine große Müdigkeit, denn sie hatten lange Zeit nicht mehr gut geschlafen. Einzig Grimm lief unruhig hin und her, beobachtete mit seinen scharfen Augen alles, was sich zwischen den Bäumen bewegte, hob immer wieder den Kopf und stieß tiefe heulende Laute aus.

„Yuro, trägst du deine Muschelpfeife bei dir?", fragte er dann plötzlich. Der Wolfsreiter blickte auf.

„Natürlich, Grimm", erwiderte er. „Ich trage sie immer bei mir." Er holte sie unter seinem Hemd hervor und hielt sie in die Höhe.

„Dann rufe deine Freunde, die Wölfe, herbei. Es eilt. Auch im Grimmforst fallen die ersten Blätter. Nichts ist mehr so, wie es einmal war."

Yuro nickte ernst, nahm seine Pfeife und stieß drei gellende Laute aus. Sie hallten zwischen den hohen Bäumen wider. Vögel flogen auf und kleine Tiere zogen sich erschrocken in ihre Höhlen und Erdlöcher zurück. Bald war ein Rascheln zwischen den Bäumen zu vernehmen. Ein großer brauner Wolf trat hervor. Alle Elfen, bis auf Yuro, wichen etwas zurück. Auch wenn die Wölfe ihnen bereits mehrere Male geholfen hatten, so hatten sie dennoch großen Respekt vor den Tieren. Yuro hingegen lächelte und es kamen weitere Tiere hinzu.

Bald war die Lichtung eingesäumt von einem großen Rudel. Grimm und Yuro gingen zu dem Anführer der Tiere. Grimm heulte laut und der Wolf erwiderte seine Begrüßung. Dann traten die drei beiseite und schienen etwas zu bereden. Aela, Norah und Leandra, die der Wolfssprache nicht mächtig waren, beobachteten staunend, wie sich Yuro unter den Wölfen verhielt. Er konnte sich bewegen wie sie, stieß Laute aus, die von denen eines echten Wolfs nicht zu unterscheiden waren, und duckte seinen Kopf wie seine wilden Freunde.

Er ist wirklich ein Wolfskind, dachte Aela. *Das ist seine Familie. Man merkt es bei jedem Atemzug, den er macht.*

Kurze Zeit später kamen Yuro und Grimm wieder in die Runde der Elfen zurück.

„Wir haben gemeinsam überlegt, was zu tun ist", meinte Yuro nachdenklich. „Auch die Wölfe haben bemerkt, dass es unheilvolle Veränderungen im Wald gibt."

„Deshalb werde ich zum *großen weißen Wolf* gehen", fügte Grimm hinzu. „Ich war lange nicht mehr dort und hoffe, er kann mir einen Rat geben. Er ist weise, auch wenn er seine Höhle niemals verlässt. Die Höhle liegt am nördlichsten Rand des Grimmforstes, unter dem *großen Astbogen.* Ihr bleibt hier und ruht euch aus, bis ich wieder zurück bin. Jeder von uns wird seine Kräfte brauchen. Yuros Wölfe werden euren Schlaf bewachen, solange ich weg bin."

Die Wölfe

Norah erinnerte sich an ihren Ritt auf Grimm durch den Grimmforst. Sie wusste, dass es tatsächlich unmöglich war, sich gemeinsam durch den undurchdringlichen Wald zu schlagen. Gleichzeitig bereitete es ihr ein ungutes Gefühl, auf einer kleinen Waldlichtung und umgeben von einem Wolfsrudel zu schlafen. Doch sie vertraute Yuro. Und Grimm hatte Recht, mit dem, was er sagte. Sie waren alle der Erschöpfung nah.

Kurze Zeit später brach Grimm zum großen Astbogen auf. Er gab noch einige Anweisungen an Yuro und flog los. Norah war als Einzige nicht verwundert, wie geschmeidig sich das uralte Fabelwesen in der Luft bewegte und wie schnell er zwischen den Bäumen verschwand. Aela, Leandra und selbst Yuro, der Grimm nur einmal zwischen Bäumen fliegen gesehen hatte, staunten über das Geschick des alten Wolfselfen.

Die Elfen saßen eine Weile wortlos beisammen. Sie sprachen nicht, da die Trauer sie verstummen ließ und die Sorge um die Zukunft des Elfenreiches alles überschattete. Dann schliefen sie erschöpft ein.

Grimm flog zunächst in unfassbarer Geschwindigkeit zwischen den Bäumen hindurch. Manchmal, wenn der Wald selbst für ihn zu dicht wurde, brach er zwischen den Baumwipfeln hindurch ins Freie und flog ein Stück über den Bäumen, um dann schnell wieder in den Wald hineinzustoßen. Hier kannte er jeden Baum und die Orientierung fiel ihm leichter.

Grimms Flug

Der Wolfself kam schnell voran und als es zu dämmern begann, hatte er sein Ziel erreicht. Am nördlichsten Rand des Waldes stand ein mächtiger Baum, dessen drei stärksten Äste sich über den Boden zu einem Bogen wölbten. Kam man von Norden her, so sah dieser Bogen wie ein natürliches Tor aus, das einen dazu einlud, den undurchdringlichen Grimmforst zu betreten. Vor dem Astbogen befanden sich mehrere Felsbrocken, jeder von ihnen so groß wie ein ganzes Baumhaus.

Grimm flog auf die Gruppe der Felsen zu, die er selbst *die Wolfsbrocken* nannte, und landete vor dem Stein, der sich genau in der Mitte der Felsen befand. An diesem Ort trafen sich in jeder siebten Vollmondnacht die Wolfsrudel des Elfenreiches, um ihre Führer zu wählen und sich zu neuen Rudeln zu formieren. Vor allem aber war hier die Höhle des großen weißen Wolfs.

Grimm sah mit Sorge, wie sich kleine Rinnsale tiefschwarzen Wassers zwischen den Felsen hindurchschlängelten. Auch hier hatte der Untergang Sajanas bereits begonnen.

Wer diesen Ort nicht kannte, für den war es unmöglich, die Höhle des großen weißen Wolfs zu finden, denn nirgendwo war ein Höhleneingang zu sehen. Grimm kannte den Ort wie kein anderer und wusste genau, was zu tun war.

Bei sehr genauem Betrachten sah man kleine transparente Kristalle, welche sich auf dem Felsen gebildet hatten. Und wer ein ganz scharfes Auge hatte, erkannte, dass diese Kristalle die Umrisse eines Höhleneingangs beschrieben.

Grimm wartete, bis die Sonne unterging. Einer der letzten Strahlen fiel auf den obersten mittleren Kristall. Gleich brach sich das Licht in allen Regenbogenfarben und wurde auf die benachbarten Kristalle

Die Höhlenkristalle

geworfen, um sich dort erneut zu brechen.

So bildete sich ein Lichterkranz, der im nächsten Augenblick den ganzen Umriss des Höhleneingangs beschrieb. Für einen Moment wurde der Fels innerhalb dieses Lichterbogens transparent wie die Kristalle selbst und Grimm huschte hindurch. Im nächsten Augenblick war dieser Eindruck wieder verschwunden und der Eingang so fest verschlossen wie zuvor.

Im Inneren der Höhle herrschte ein flimmernder Glanz, welcher von unzähligen weiteren Kristallen herrührte. Diese wuchsen an den Höhlenwänden und schwaches Licht wurde zwischen ihnen hin und her gespiegelt.

Grimm lief in die Höhle hinein. Es war lange her, als er das letzte Mal diesen Ort besucht hatte, und er staunte über die Pracht der Höhlenwände.

Am Ende des Eingangs kam Grimm in einen großen Höhlenraum, der sich direkt unter der Felsformation vor dem großen Astbogen befand.

Hier sah man die steinernen Wurzeln der Brocken von der Decke herab ragen. Auch hier war jeder Winkel mit unzähligen Kristallen bewachsen und es herrschte dasselbe flimmernde Licht.

„Weißer Wolf, ich bin gekommen, weil ich deinen Rat brauche", rief Grimm und die Stimme hallte in dem Raum wider. Grimm blickte sich um, aber nirgendwo war der weiße Wolf zu sehen.

„Hörst du mich?", rief Grimm deshalb erneut. „Es ist keine Zeit zu verlieren! Sajana geht unter, wenn nicht bald etwas geschieht."

Grimm glaubte aus den Augenwinkeln erkannt zu haben, wie ein Schatten durch den Raum huschte. Dann hörte er die Stimme des großen weißen Wolfs. Sie war tief und eindringlich.

„Es geschieht, was geschehen muss, Grimm", sagte die Stimme ohne den Anflug einer Gefühlsregung und ohne ein Wort der Begrüßung. „Bald seid ihr nur noch Geister, so wie wir weißen Wölfe es seit langem sind."

Grimm versuchte, den großen weißen Wolf zwischen den Kristallwänden zu erspähen, aber das Einzige, was er erblickte, war eine winzige Gestalt, die sich auf den Flächen der Kristalle tausendfach spiegelte.

„Ja, so wird es geschehen", erwiderte Grimm. „Bedenke, dass es auch das Ende der Fabelwelten und selbst der Geisterwelten Sajanas bedeuten könnte. Das Seenland geht unter. Selbst im Schicksalsreich ist die Zerstörung bereits weit fortgeschritten."

„Dann finden wir endlich unseren Frieden", entgegnete der große weiße Wolf. „Mich hält nichts hier, ebenso wenig alle anderen weißen Wölfe."

„Und was wird aus Yuro? Und aus den Rudeln der braunen Wölfe?", entgegnete Grimm etwas verärgert über die Gleichgültigkeit des weißen Wolfs.

Der weiße Wolf zögerte. Das Brummen seiner Stimme wurde wortlos, als ob die Stimme in ihm gestorben sei. Dann sprach er jedoch weiter:

„Wir weißen Wölfe können das Schicksal Sajanas nicht ändern. Unser Leben liegt hinter uns und nur wenige von uns sind noch hier, da wir nicht gehen dürfen. Jede Elfe, jeder Drache, jedes Fabelwesen und selbst die Geister sind für sich selbst verantwortlich."

Grimm verstand, dass er auf diesem Weg nicht weiterkam, denn Gefühle kannte der weiße Wolf nicht. Da kam ihm ein Gedanke.

„Du hast bestimmt Recht mit dem, was du sagst", fuhr er fort. „Auch ich sehe dem Ende meines Lebens gelassen entgegen. Erst kürzlich beobachtete ich zwei Einhörner, die sich in Goldstaub aufgelöst haben. Sicher sind sie nun im Reich der Seelen oder im Ahnenwald."

Das Brummen der Wolfsstimme wurde lauter. Fast meinte Grimm, darin eine kleine Gefühlsregung erkannt zu haben. Aber die Stimme fuhr unbeeindruckt fort:

„Grimm, du lebst hier seit unendlichen Zeiten. Du solltest es eigentlich besser wissen. Der Goldstaub gehört dem *Licht*. Das Licht wird es sein, das die Verwandlung bewirkt hat."

Grimm horchte auf. Es gab viele alte Geschichten und Märchen über die Entstehung Sajanas. Vom Licht hatte er nie zuvor gehört.

„Das, wovon du sprichst, gibt es nicht", sagte er deshalb bestimmt. „Du erfindest Geschichten, um mich loszuwerden. Oder was ist es, das du als Licht bezeichnest?"

„Grimm, du weißt alles und doch vieles nicht", fuhr der weiße Wolf unbeirrt fort. Der Wolfself hatte ihn nach wie vor nicht erspäht, dafür starrten Grimm weiter unzählige Spiegelungen seiner selbst und des weißen Wolfs von den Kristallflächen an. „Du bist ein wahrhaftiges und lebendiges Fabelwesen und die Geisterwelten Sajanas kennst du nur aus Erzählungen. Es gibt Dinge, die dir fremd sind. Dinge, die groß und mächtig sind und die alle deine Fragen überflüssig machen."

Der Wolfself spürte, dass ihm der weiße Wolf die Wahrheit sagte.

„Auch mancher Wolf wird zu Staub, wenn sein Ende naht", fügte Grimm bewusst beiläufig hinzu. „Dann holt ihn ebenfalls das Licht. Ist es nicht so?"

„Nein, Grimm", widersprach der große weiße Wolf. „Staub allein reicht nicht aus. Es ist das Licht selbst, das seine Wahl trifft und den *goldenen Staub* streut. Nur wer von ihm geholt wird, kann im Augenblick des Vergehens ebenfalls zu Licht werden."

„Es bedarf sicher einer ganzen Wolke des Goldes, um dorthin zu gelangen", sprach Grimm mehr zu sich selbst als zu dem weißen Wolf und seine Hoffnung schwand mehr und mehr, dass ihm der Besuch in der Kristallhöhle weiterhelfen würde.

„Da irrst du dich, Wolfself", widersprachen die unzähligen Spiegelbilder. „Es ist nicht eine Frage des Goldstaubs, sondern des unerschütterlichen Mutes, mit dem der Tod eines Wesens einhergeht. Sicher befanden sich die Einhörner in einer aussichtslosen Lage, in der sie ihren ganzen Mut beweisen konnten, ebenso wie andere Wesen, die diesen Weg schon gegangen sind."

Grimm hatte genug gehört. Nun wusste er, was der Goldstaub zu bedeuten hatte. Er wurde vom Licht gestreut, wenn jemand sich im Augenblick des Todes durch unerschütterlichen Mut und Tapferkeit auszeichnete. Dann schickte das Licht diesen glitzernden Boten und holte das auserwählte Wesen zu sich.

Schwere Entscheidungen standen an. Grimm fühlte es tief in seinem alten Herzen. Er nickte den Spiegelbildern einmal kurz zu, denn er hatte es aufgegeben, den großen weißen Wolf leibhaftig vor Augen zu bekommen. Dann trottete er den Kristallgang zurück zum Ausgang.

„Seltsam", murmelte er vor sich hin. „Von hier aus betrachtet scheint der

Höhleneingang immer geöffnet zu sein. Das muss wohl mit dem ständigen Flimmern in der Höhle zu tun haben."

Grimm täuschte sich in diesem Punkt. Der Eingang war von der Innenseite tatsächlich immer geöffnet und der Wolfself konnte einfach ins Freie gehen. Er hob seine Schnauze. Es war Nacht geworden. Von außen erschien die Steinpforte so fest verschlossen wie immer.

Dann flog er los.

Kapitel 18
Auf der Flucht

Mitten in der Nacht kehrte Grimm zu den Elfen zurück. Seine Freunde schliefen friedlich auf der kleinen Waldlichtung und die Wölfe bewachten ihren Schlaf. Grimm ging zu dem Rudelführer, und *Wairomm* – so hieß das mächtige Tier – berichtete ihm, dass während seiner Abwesenheit nichts geschehen war. Dann legte sich der Wolfself zu den anderen, um sich nach dem langen Flug ebenfalls ein wenig auszuruhen.

In den frühen Morgenstunden weckte Grimm die Elfen. Sie erhoben sich mühsam, denn die Anstrengungen der zurückliegenden Tage steckten ihnen in den Gliedern. Dann berichtete Grimm gleich von dem, was ihm der große weiße Wolf erzählt hatte. Norah, Aela und Leandra waren ratlos, denn sie wussten nicht, was sie von den Worten des weißen Wolfs halten sollten. Nur Yuro nickte versonnen, denn er kannte die Art und Weise, wie sich die Geisterwölfe ausdrückten.

„Ich habe durch die weißen Wölfe bereits von der Macht des Lichts gehört", meinte er nachdenklich. „Nichts Genaues, nur, dass es diese Kraft gibt. Ich glaube, ich verstehe jetzt, was uns damals passiert ist, als wir

von den Zwergdrachen und Trollen verfolgt wurden. Erinnert ihr euch, Leandra und Aela?"

Die beiden schauderten bei dem Gedanken an diesen Tag. Ja, sie erinnerten sich an die wilde Verfolgungsjagd, aus der sie sich nur mit Hilfe der weißen Wölfe hatten retten können. Durch die Berührung mit den Geisterwesen waren sie zu Staub zerfallen und zur Sonne Sajanas gekommen, um kurz darauf wieder ihre leibhaftige Gestalt zurückzubekommen. Trotz der damit verbundenen Angst hatte Aela die Sehnsucht nach der Wärme des *Sonnenlichts* seither niemals mehr verlassen. Es war ein Gefühl in ihr, das immer wieder hochkam, wenn Gefahr drohte.

„Die Wölfe waren im Todeskampf mutig, ebenso wie wir", fuhr Yuro fort. „*Das Licht* hätte uns für immer geholt, wenn wir nicht durch jene seltsame Melodie zurückgeholt worden wären, die wir damals gehört haben."

„Was Yuro sagt, ist auch das, was ich vermute", bestätigte Grimm. „Großer Mut ist wohl der Weg zum Licht und Goldstaub der Bote. Doch ich fürchte, es gibt keinen Weg mehr zurück, wenn man einmal endgültig Teil des Lichts geworden ist. Vielleicht befandet ihr euch damals noch auf dem Weg an diesen Ort und konntet deshalb umkehren. Aber wer weiß, vielleicht kommt ohnehin jeder Gedanke zu spät und Sajana ist nicht mehr vor dem Untergang zu retten." Der Wolfself seufzte tief.

„Gerade deshalb bleibt uns gar keine andere Wahl, als nach der letzten Möglichkeit zu suchen, wie wir das Schicksal wenden können", entgegnete Leandra trotzig. „Wir werden ohnehin alle sterben und Sajanas Ende naht, weshalb dann nicht bereits hier und heute?"

Alle schwiegen, denn jeder spürte, dass Leandra mit ihren Worten Recht hatte.

„Ich würde den Weg zum Licht gehen", sagte Norah nach einer Weile mit heiserer Stimme. „Wenn sich nur eine Möglichkeit bieten würde, meinen

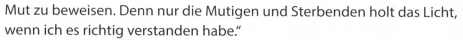

Mut zu beweisen. Denn nur die Mutigen und Sterbenden holt das Licht, wenn ich es richtig verstanden habe."

Aela griff nach Norahs Hand.

„Nein, du wirst nicht gehen", sagte sie bestimmt. „Wenn jemand diesen Weg geht, dann werde ich es sein. In meinem kleinen Schmuckanhänger ist noch etwas Goldstaub. Es scheint mir ein Zeichen dafür zu sein, dass ich auserwählt wurde, *das Licht zu sehen*. Doch bedenkt, wir reden davon, dorthin zu gelangen, ohne dass sich eine Möglichkeit dazu bietet."

Grimm wollte etwas dazu sagen, verstummte jedoch. Er horchte auf. Aus der Ferne drang ein Rauschen an sein Ohr.

„Irgendetwas stimmt hier nicht!", meinte er beunruhigt. „Hört ihr dieses Geräusch?"

Die Elfen lauschten und tatsächlich konnten sie das Rauschen ebenfalls vernehmen.

„Wartet eine Augenblick", meinte der Wolfself hastig, breitete seine gefiederten Flügel aus und flog geschickt durch die engen Stämme und dichten Baumkronen ins Freie.

Was er dann sah, ließ ihm das Blut in den Adern gefrieren, denn selbst er, das uralte Fabelwesen, hatte so etwas noch nie erblickt. Eine in mehreren Säulen bis in den Himmel ragende schwarze Wolke – so gewaltig, dass sie nach allen Seiten bis zum Horizont reichte – trieb über den Wald hinweg und auf die Freunde zu. Die Bäume beugten sich unter ihr. Der damit einhergehende Sturm riss Blätter und Äste ab. Manche Stämme knickten einfach um. Bald würde die Wolke Grimm und die Elfen erreicht haben.

Grimm stürzte hastig zu seinen Freunden hinab.

„Der Untergang hat bereits begonnen!", schrie der Wolfself aufgebracht.

Die schwarzen Wolkensäulen

Die Elfen erschraken. „Wir müssen hier verschwinden, rasch, es ist keine Zeit zu verlieren", fuhr er hastig fort und seine Stimme bebte. „Leandra und Yuro, sitzt auf meinem Rücken auf. Dann bringe ich euch ins Freie und hole sofort Aela und Norah... Kommt! Rasch! Worauf wartet ihr?" Yuro sprang vom Waldboden auf und schwang sich auf den Rücken des Wolfselfen. Dann nahm er Leandras Hand und zog sie zu sich hinauf.

Grimm stöhnte unter dem Gewicht. Es gelang ihm dennoch aufzufliegen und bald hatte er die beiden Elfen über die Baumwipfel ins Freie getragen. Leandra und Yuro erschraken sehr, als sie die mächtige schwarze Sturmfront auf sich zukommen sahen. Grimm stürzte erneut hinab in den Wald, um gleich darauf mit Norah und Aela zurückzukehren.

„Bei allen Elfengeistern!", rief Aela entsetzt, als sie sich umblickte. „Das ist das Ende! Es gibt kein Entkommen mehr. Was sollen wir tun?"

„Wir müssen fliehen! Es ist das Einzige, was uns bleibt!", rief Norah. „Die Wolke ist überall!"

Im Herannahen der Wolke erkannten die Elfen, wie der Boden darunter aufbrach und schwarzer Sumpf hervortrat. Dunkles Wasser schwappte aus den Löchern und Rissen und begann den ganzen Waldboden zu überfluten.

„Es ist der Moorkönig. Er kommt, um uns zu vernichten", sagte Grimm, der trotz der gewaltigen Bedrohung versuchte, seine Gefühle unter Kontrolle zu halten. „Nun zeigt er sich in seiner ganzen Macht. Die Wolke treibt auf den Berg der Wahrheit zu. Es scheint so, als ob er das Ziel des Angriffs sei! Leandra, nutze deine Macht über die Natur. Rufe den Wind und den Regen und versuche, die Wolke aufzuhalten. Kommt, wir müssen zum Berg der Wahrheit! Fällt der Berg und verstummt die Stimme der Wahrheit, ist Sajana verloren."

Leandra schloss die Augen und hob beschwörend die Arme. Über den Elfen zogen Gewitterwolken auf und ein leichter Wind war zu spüren. Erste Regentropfen fielen und in der Ferne zuckten Blitze. Die Elfen wussten, dass die Kraft Leandras gegen die Macht des Moorkönigs wenig ausrichten konnte, denn er war selbst Teil der Natur des Elfenreiches. Ein wenig Hoffnung schöpften sie dennoch, als sie sahen, wie sich Leandras Wind und Gewitterregen dem drohenden Untergang entgegenstemmten.

„Kommt, wir haben keine Zeit zu verlieren!", rief Grimm. „Wir müssen zum Berg der Wahrheit, um ihn zu verteidigen. Ich weiß nicht wie, aber vielleicht können uns die Wächterelfen Tuoron und Menefeja helfen."
Die Elfen und Grimm flogen los. Die Umrisse des Berges der Wahrheit waren schwach am Horizont zu erkennen und der Weg war noch weit.

Ilaria befand sich ebenfalls auf dem Weg zum Berg der Wahrheit. Mit Hilfe des Moorkönigs und ihrer magischen Zauberkugel hatte sie die gewaltige vernichtende Wolke entstehen lassen. Sumpf, der in die unterirdischen Lavaflüsse des Elfenreiches geflossen war, stieg als heißer schwarzer Dampf aus Erdlöchern auf und überzog das Land. Ilaria flog auf dem höchsten Punkt des mächtigen Wolken- und Sturmgebildes und ließ sich davon mitreißen. Ein Schutzzauber verhinderte, dass sie dabei selbst zu Schaden kam und die Zauberin genoss es, Teil dieser vernichtenden Walze zu sein, die über den Grimmforst jagte.
Ein schwarzer Regensturm sollte über dem Berg der Wahrheit niedergehen und die Stimme für immer verstummen lassen. So war ihr Plan. Im Morast würden der ganze Berg und die angrenzenden Wälder für immer versinken. Mit jedem Augenblick, in dem Ilaria dem Berg näherkam, spürte sie, wie der unbändige Wille in ihr wuchs, das vernichtende Werk des Moorkönigs zu vollenden.

Aela, Norah, Leandra, Yuro und Grimm flogen so schnell sie konnten, aber die Wolke kam unaufhörlich näher. Immer wieder versuchte Leandra einen Sturm zu entfachen und der übermächtigen Gewalt einen Gewitterregen entgegenzustellen. Es half nichts. Die schwarze Wolke verschluckte die Blitze und der Wind prallte einfach an ihr ab.

Die Elfen spürten, wie ihre Kräfte langsam nachließen, denn sie waren es nicht gewohnt, so lange und in solcher Hast zu fliegen. Aber Grimm trieb sie voran. Vor ihnen lag der Berg der Wahrheit und bald würden sie ihn erreichen.

„Lasst uns zum Haus der Wächterelfen fliegen!", rief Grimm. „Der Berg ist heilig und eigentlich ist es uns verboten, doch es bleibt uns keine andere Wahl."

Kurze Zeit später sahen sie das Haus der Wächterelfen unter sich liegen und Grimm flog hinab. Norah erinnerte sich trotz der vernichtenden Gefahr, die sich ihnen unaufhaltsam näherte, für einen Moment an ihre Begegnung mit Tuoron und Menefeja und wie sie auf dem Pfad der Duftkristalle beinahe gestorben wäre. Jetzt drohte eine ganz andere Gefahr, nicht nur ihr, sondern dem ganzen Reich.

Grimm sah sofort, dass die Wächterelfen nicht bei ihrem Haus waren. Die Tür stand weit offen und es machte den Eindruck, als ob die beiden ihr Zuhause in großer Hast verlassen hatten.

„Wir müssen weiter auf die Spitze des Berges und zur Stimme der Wahrheit!", rief Grimm. „Vielleicht sind die beiden dort, um sich wie wir dem Untergang entgegenzustemmen. Wir müssen ihnen helfen, auch wenn es eigentlich verboten ist, dorthin zu fliegen."

Der Himmel wurde immer schwärzer und die Wolke wölbte sich gefährlich über dem Bergmassiv. Die Elfen flogen los und folgten Grimm, der nicht müde zu werden schien.

Bald näherte sich die Gruppe dem höchsten Punkt, dort, wo sich der heiligste Ort aller Elfenvölker befand.

„Schweigt nun besser!", rief Aela, die wusste, welche Regeln hier zu beachten waren. „Selbst wenn die Gefahr groß ist und wir alle nur in guter

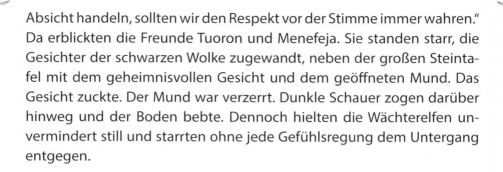

Absicht handeln, sollten wir den Respekt vor der Stimme immer wahren." Da erblickten die Freunde Tuoron und Menefeja. Sie standen starr, die Gesichter der schwarzen Wolke zugewandt, neben der großen Steintafel mit dem geheimnisvollen Gesicht und dem geöffneten Mund. Das Gesicht zuckte. Der Mund war verzerrt. Dunkle Schauer zogen darüber hinweg und der Boden bebte. Dennoch hielten die Wächterelfen unvermindert still und starrten ohne jede Gefühlsregung dem Untergang entgegen.

Sie haben einen Plan, dachte Grimm. *Sie wissen genau, was sie tun müssen. Es ist bestimmt Teil ihrer Aufgabe, sich in der Stunde des Untergangs so zu verhalten. Hierin zeigt sich die wahre Größe der beiden. Im Moment der größten Gefahr bleiben sie ganz bei sich selbst.*

Die Freunde schwebten über dem Berg der Wahrheit. Die Wolke bäumte sich mit unglaublicher Macht über ihnen auf. Hitze und Gestank breiteten sich aus. Ein Lachen war zu hören. Es dröhnte aus der Wolke und die Elfen erkannten es sofort. Es war das Lachen Ilarias, der Elfenzauberin. Sie war wiedergekehrt an den Ort ihrer Niederlage, doch dieses Mal war sie mächtiger und nichts konnte sie aufhalten.

Aela spürte Zorn in sich aufsteigen und ihre Augen funkelten. Sie löste sich aus der Gruppe ihrer Freunde und flog hinauf, dorthin, wo sie Ilaria vermutete. Auch wenn Ilaria selbst Teil der vernichtenden Wolke war, so wollte Aela dennoch bis zum letzten Atemzug gegen sie kämpfen. Sie dachte an ihr Volk, an die Königsdrachen, an die vielen Elfenkinder in Angst und wie sie mit ihren Familien fliehen mussten und trotzdem keine Aussicht auf Rettung hatten.

Für einen Augenblick hielt die Wolke inne. Es herrschte Ruhe, als ob Ilaria und ihre Macht durch das Aufstreben Aelas für einen Moment abgelenkt wären. Norah sah, wie ihre Freundin ins Verderben flog und versuchte sie aufzuhalten, aber die Prinzessin war bereits zu weit weg.

In diesem Moment hoben die Wächterelfen ihre Stäbe und ein gewaltiger Blitz fuhr auf den Berg nieder. Eine Explosion war zu hören und die Ebene an der Bergspitze brach auf. Die Steintafel, das Gesicht und auch die Wächterelfen stürzten in die Tiefe, während die ganze Bergspitze in sich zusammenbrach. Ein Sog entstand, durch den Norah, Yuro, Leandra und Grimm ebenfalls mitgerissen wurden.

Nur Aela war außer Reichweite. Sie ahnte, dass sie sterben würde, aber sie wollte bis zum letzten Augenblick ihres Lebens für Sajana und ihre Freunde kämpfen.

Kapitel 19

Im Berg der Wahrheit

Falomon und Sarah lachten. Sie saßen im Garten vor ihrem Haus im Elfen-Paradies und genossen den Tag. Nagar lag zu ihren Füßen und ein paar Elfenkinder spielten am Ufer eines klaren Baches. Für heute Abend war ein großes Fest geplant, zu dem sich alle Elfen aus der Umgebung trafen, um gemeinsam zu tanzen und zu singen.

Sarah schloss die Augen. Das Glück war perfekt. Manchmal stiegen jedoch für kurze Augenblicke Gedanken in ihr auf, die sie verwirrten. Es fühlte sich an wie das Aufwachen nach einem Albtraum, an den man sich gleich darauf nicht mehr erinnern konnte. Gesichter entstanden vor ihrem inneren Auge. Sie sah Landschaften, die sie nicht kannte, und das Gefühl einer unbekannten Bedrohung legte sich auf ihr Herz. Doch dann lächelte ihr Falomon zu, gab ihr eine der Mondsichelfrüchte, die sie beide so liebten, und die Gedanken verzogen sich wieder. Sarah legte ihren Kopf an Falomons Schulter.

„Ich weiß nicht, was manchmal mit mir los ist", meinte sie versonnen. „Unser Glück ist vollkommen, nur manchmal überfallen mich diese seltsamen Bilder. Kennst du das nicht?"

„Nein, meine Liebe", entgegnete Falomon. „Ich freue mich auf heute Abend. Es wird ein großes Fest! Wir werden so lange tanzen, bis alles vergessen ist, was dich bedrückt."

Er sprang auf, zog Sarah zu sich heran und wirbelte sie durch die Luft. Sie lachte, dann lief sie über die Wiese an ihrem Haus vorbei zu den Einhörnern und Falomon folgte ihr vergnügt.

Der Himmel war in kürzester Zeit schwarz geworden im Sommerland. Nur noch wenig Licht drang durch den stinkenden Nebel, der sich ausgebreitet hatte. Sinia, Fee und die wenigen Elfen, die nicht geflohen waren, kämpften verzweifelt gegen einen übermächtigen Gegner, denn das Moor und das schwarze Wasser bedeckten inzwischen weite Flächen des Sommerlandes. Die Bäume hatten ihre Blätter verloren und das Gras der letzten verbliebenen Wiesen auf den höchsten Hügeln wurde braun.

„Ich wünschte, unsere Freunde wären hier", meinte Fee schluchzend. „Sie wüssten vielleicht, was zu tun ist."

Das Elfenmädchen versuchte mit ihren zarten Händen einen großen Steinbrocken an eine Stelle zu legen, an der erneut das Moor durchbrach. Die kleine Grasfläche, auf der sie mit Sinia Zuflucht gesucht hatte, drohte dadurch überflutet zu werden. Da der Himmel sich stark verdunkelt hatte, wurde es gleichzeitig immer schwieriger zu fliegen, denn das wenige Licht, welches durch den Nebel drang, reichte kaum dafür aus.

„Die Hoffnung sollte man nie verlieren", erwiderte Sinia ebenfalls betrübt. „Aber die Wahrscheinlichkeit, dass Sarah und Falomon schon tot sind, ist groß und was aus Aela geworden ist, bleibt ein Rätsel." Sie sprach diese Worte, um Fee nicht unnötig im Glauben zu lassen, dass es noch Rettung für ihre Freunde gab. Tief in ihrem Innersten zweifelte sie daran. Ihr Herz sagte ihr, dass ihre Zwillingsschwester nicht tot war, aber was half es, wenn sie nicht wusste, wo sie sich aufhielt? Der Brunnen,

Fee

dessen schwarzes Wasser Sarah und Falomon verschluckt hatte, war längst in der finsteren Flut untergegangen und somit jede Spur von Sarah und Falomon erloschen.

„Solange wir nicht endgültig wissen, was aus unseren Freunden geworden ist, gebe ich nicht auf", meinte sie trotzig. „Komm, Fee, wir machen weiter." Sie versuchte mit welken Grasbüscheln Löcher im Schutzwall zu stopfen, durch die immer wieder schwarzes Wasser auf die Grünfläche sickerte. Während Fee ihrer Freundin dabei half, flogen ihre Gedanken zu Falomon. Sie dachte an die schönen Stunden mit ihm und daran, wie sehr sie sich gefreut hatte, ihn nach Hause zu begleiten. Dann war alles ganz anders gekommen. Sie wollte spüren, wie ihre liebevollen Gedanken, die sie ihm sendete, eine Erwiderung fanden, aber da war nur Leere. Ihr Herz wurde schwer. Sie ließ kraftlos den Stein fallen, den sie in ihrer rechten Hand hielt. Wenn Falomon tot war, dann wollte auch sie nicht mehr leben.

Auch Minsaj war verzweifelt. Sie hatte gebetet, dass die Rückkehr ihrer Freunde Grimm, Norah, Aela, Leandra und Yuro zum Grimmforst den Untergang des Seenlandes aufhalten konnte, aber die Zerstörung schritt unvermindert voran. Die Seen versiegten. Ganze Wälder vertrockneten. Heißer Wind trieb Sand über das Land. An den wenigen verbliebenen Wasserflächen drängten sich durstige Tiere und Fabelwesen.
Minsaj hatte keine Zeit gehabt, sich in die Rolle als neue Herrin des Wasserschlosses einzufinden. Sie versuchte Jasmiras Weg weiterzugehen und gab unvermindert ihre Anweisungen im Kampf gegen die Dürre. Doch sie fühlte sich dabei einsam. Sie spürte, dass nur ein Wunder das Land retten konnte. Ihre vielen Helfer verloren den Mut, zumal sich im ganzen Land die Nachricht verbreitet hatte, dass Jasmira zu den weißen Einhörnern gegangen war. Zu dem aussichtslos erscheinenden Kampf kam so noch die Trauer hinzu, die das ganze Reich erfasste.

Manchmal hegte Minsaj den Gedanken, ob auch sie den Weg zu den weißen Einhörnern gehen sollte. Dann dachte sie daran, dass Jasmira ihr das Schicksal des Seenlandes in die Hände gegeben hatte und dass sie es ihr und dem ganzen Volk schuldig war, bis zum letzten Augenblick zu kämpfen.

Panthar und Farona, die beiden Königsdrachen, hatten sich auf die Suche nach Nagar gemacht. Zwar hatten sie kaum Hoffnung, ihren Sohn lebend wiederzufinden, aber solange noch die kleinste Aussicht bestand, wollten sie nicht aufgeben. Sie waren weit über das Land geflogen und hatten dabei die wachsende Zerstörung gesehen. Wo sie dabei mit ihrem Feuer helfen konnten, waren sie zur Stelle, aber gegen die Urgewalt der vernichtenden Kraft waren selbst sie machtlos. Auf ihrer Suche waren die beiden bis hoch in den Norden geflogen. Ihr Feuer schützte sie vor der Kälte und sie begegneten dabei vielen anderen Drachen, die aus den Bergen zurückgekehrt waren. Trotz der Angst um Nagar verspürten die Königsdrachen ein wenig Freude, dass Norahs Krönung und ihre Aussöhnung mit den Drachen den Norden wieder vereint hatten. Umso tragischer war es mitanzusehen, wie das Land im schwarzen Sumpf versank.

Die Drachen des Nordens hatten Panthar und Farona berichtet, dass es einen Ort gab, der auf ganz seltsame Weise dem Untergang trotzte. Es handelte sich dabei um den Vulkankrater Ilarias, der sich unweit des Zinnenpalastes befand, und wie ein Fels in der Brandung den schwarzen Fluten standhielt. In einem großen Bogen floss der stinkende Strom um den Krater herum.

Ilaria

Der Name erfüllte Panthar und Farona mit Wut, denn sie war es gewesen, die Nagar entführt und sein Verschwinden zu verantworten hatte.

Deshalb beschlossen die Königsdrachen zu ihrem Vulkan zu fliegen, in der Hoffnung, dort eine Spur ihres Sohnes zu finden.
Als sie den Vulkan erreichten, sahen sie, dass Ilaria nicht zuhause war.

Die
Königsdrachen

„Sicher ist die Zauberin unterwegs und verfolgt ihre finsteren Pläne, um Sajana endgültig zu zerstören", sagte Farona. „Nur ist es erstaunlich, welcher Zauber ihren eigenen Vulkan vor dem Untergang bewahrt."

„Lass uns sehen, ob wir eine Spur Nagars finden", erwiderte Panthar ruhig, obwohl er kaum seinen Zorn verbergen konnte. „Wenn wir ihn wiederfinden sollten, dann werde ich Ilaria so lange jagen, bis ich sie gefunden und ihre böse Macht für immer zerstört habe. Das verspreche ich dir."

„Ich weiß nicht, ob uns dazu noch genügend Zeit bleibt", meinte Farona traurig. „Das Verderben schreitet rasch voran und bald wird es die höchsten Berge des Nordens und das Drachenherz erfassen. Dann ist kein Platz mehr für uns zum Leben."

Panthar schwieg, denn leider hatte Farona Recht. Sie flogen in den Krater hinein, dessen Öffnung gerade groß genaug war, um die Drachenflügel darin ausbreiten zu können. Bald wurden die Gänge deutlich enger, so dass die Königsdrachen nur die obersten Gewölbe des Kraters durchsuchen konnten.

So genau sie auch nachsahen, nichts war zu entdecken, was auf den Verbleib ihres Sohnes hingewiesen hätte. Traurig wendeten sich die Drachen ab, als Panthar für einen Moment innehielt.

„Hörst du das?", flüsterte er. „Es klingt wie ein Singen oder ein Grölen, das aus der Tiefe des Vulkans kommt!"

Auch Farona vernahm es. Die Geräusche drangen aus einem kleinen Krater, der sich in der Mitte der Vulkanhallen befand und dazu diente, die Räume zu beheizen.

Die Königsdrachen lauschten.

„Es sind die wilden Gesänge der Trolle", meinte Panthar. „Sie feiern den Untergang des Elfenreiches und hoffen, selbst bald die Herrscher über

das ganze Land zu werden." Wütend stieß Panthar sein Feuer in den kleinen Krater, aber das genügte nicht, um es tief genug züngeln zu lassen und die Trolle zu verbrennen.

„Ich befürchte, sie könnten Recht behalten", meinte Farona matt. „Wenn die Zerstörung so schnell fortschreitet wie in den letzten Tagen, dann könnte ihr finsterer Wunsch bald Wirklichkeit werden."

„Lass uns von hier fortfliegen", erwiderte Panthar. „Ich ertrage die Boshaftigkeit dieser Wesen nicht. Leider habe ich nicht alle von ihnen erwischt, als es am Berg der Wahrheit zum Kampf kam. Wir sollten zum Drachenherz zurückkehren und noch einmal nach einer Spur suchen, die uns einen Hinweis darauf gibt, was mit Nagar geschehen ist. Erst wenn die letzte Hoffnung gestorben ist, werde auch ich aufgeben."

Die Königsdrachen erhoben sich in die Luft und machten sich auf den Weg zurück zum Drachenherz.

Leandra, Yuro und Norah hatten vor Angst und Entsetzen geschrien, als sie von dem Sog am Berg der Wahrheit in die Tiefe gerissen wurden. Sie hatten sinnlose Versuche unternommen, mit ihren Flügeln den Sturz zu bremsen. Die Wächterelfen waren hingegen ganz ruhig geblieben und auch Grimm hatte sich in sein Schicksal gefügt.

Die Elfen fielen immer tiefer. In Norah blitzte der Gedanke an ihren Sturz ins Drachenherz und ihre Reise zur Mondsichel auf. Auch hier war sie gefallen, aber dennoch verschont und am Leben geblieben, um kurz darauf in die Fabelwelt der Mondelfen zu gelangen. Das machte ihr etwas Hoffnung.

Bald sahen die Elfen kleine Lichter funkeln. Rauschen war aus der Tiefe zu hören. Sie spürten, wie ihr Fallen etwas gebremst wurde, als ob der

Schall den Sturz auffing. Dann waren erste Worte aus dem Rauschen heraus zu vernehmen und das Lichterfunkeln wurde stärker.

Drachenfeuer... Elfenland... der Mond... die Seen... Königsblut... Drachenfels... Trollgeschlecht...

Die Worte huschten zusammenhanglos an ihnen vorbei. Der Sturz verlangsamte sich weiter und Norah glaubte zu erkennen, dass die Worte immer dann besser zu hören waren, wenn gerade ein Licht an ihr vorbeizog.

Aus den einzelnen Lichtern wurde bald ein dichtes Flimmern und das Rauschen wandelte sich zu einem Stimmengewirr. Gesteinsbrocken, die mit in die Tiefe gerissen wurden, durchschnitten gleichzeitig das Feuerwerk der Lichter und das Gewirr der Stimmen, um sich im nächsten Augenblick selbst in Lichterglanz zu verwandeln.

Plötzlich spürten die Elfen Boden unter den Füßen. Es war kein gewöhnlicher Boden, sondern fühlte sich wie ein weicher Flaum an, über den man eher schwebte, als dass man auf ihm stand.

Dieser Boden bestand aus unzähligen Lichtpunkten, die wie ein Meer aus kleinsten Sternen zu ihren Füßen lagen.

„Wo sind wir gelandet?", fragte Grimm fassungslos und kniff die Augen zusammen, da das Flimmern des Lichtermeers ihn blendete. In dem Moment, als Grimm zu ihnen sprach, sahen die Elfen, wie kleine Lichtpunkte aus seinem Maul strömten. Gleichzeitig wurde der flaumige Boden unruhig, flimmernde Wellen bäumten sich auf und die Freunde drohten zu stürzen. Grimm verstummte sofort. Wie hatte er nur vergessen können, dass Sprechen am Berg der Wahrheit gefährlich sein konnte? Noch gefährlicher war es vermutlich hier, im Inneren des Berges, zu reden.

Die Wächterelfen gaben stumm zu verstehen, dass sich alle bei den Händen fassen und einen Kreis bilden sollten. Die Elfen befolgten die Anweisung und auch Grimm fügte sich in den Kreis mit ein.

Tuoron und Menefeja standen nebeneinander und ihre Stäbe berührten sich. Eine Stimme bildete sich im Zentrum der Elfen – lautlose Worte, die nur in ihren Herzen zu vernehmen waren. Es waren die beiden Wächterelfen, die zu Leandra, Yuro, Norah und Grimm sprachen:

„Wir sind hier bei der Stimme der Wahrheit. Hier ruht jedes Wort, das jemals von einem Wesen Sajanas gesprochen wurde. Jeder Laut ist ein winziger Lichtpunkt und der Lichterglanz reicht bis in die unendlichsten Tiefen unseres Reiches. Jede Weisheit, aber auch jede Torheit sind hier aufbewahrt. Der Berg selbst entscheidet, welche Worte nach oben dringen. Er spricht mit dem Wissen aller Generationen, die es jemals in Sajana gab. Er ist die Stimme der Gegenwart und der Vergangenheit. Nun ist der Berg für immer verschlossen und wir sind in ihm gefangen."

Kapitel 20

Alea und das Licht

Ilaria lachte über Aela, die sich bemühte, der schwarzen Wolke zu trotzen. Die Zauberin sah, wie der Sturm, der mit der Wolke über den Berg der Wahrheit fegte, an den Flügeln der Prinzessin riss. Schwarzer Nebel benetzte die Haut und das Kleid der Prinzessin. Aela sah bald aus wie ein dunkler zerschlissener Elfengeist.

Als die Spitze des Berges in sich zusammenbrach und den Krater versperrte, fluchte Ilaria, denn so war es schwierig, die Stimme endgültig zu vernichten.

Was hilft es den Elfen, dachte sie erbost. *Der Untergang des Reiches ist nicht mehr aufzuhalten. Selbst wenn die Stimme nicht endgültig vernichtet werden kann, so ist sie doch verstummt und der Berg wird fallen.*

„Ilaria! Wo bist du?", hörte sie Aela verzweifelt rufen. „Zeige dich mir! Wenn du Sajana schon zerstören willst, so blicke mir dabei wenigstens in die Augen!"

Die Elfenzauberin lachte erneut. Aelas Bemühungen erschienen ihr grotesk gegenüber der Übermacht des Moorkönigs. Er war es, der über alles bestimmte. Was wogen dagegen schon das Stimmchen und der Zorn einer lächerlichen Elfenprinzessin? Ilaria spürte eine große

Aela im
schwarzen Regen

Genugtuung. Nie war sie von den Elfen wirklich akzeptiert worden. Sie hatte ein Leben als Außenseiterin geführt und nun war endlich die Stunde gekommen, in der sich alles ins Gegenteil wenden sollte.
Sie harrte eine Weile aus und beobachtete vom höchsten Punkt der Sturmwolke aus, wie der Wald am Fuße des Berges überrollt wurde und große Felsbrocken vom Berg aus in die Tiefe stürzten.
Schwarzer Regen fiel aus den Wolkentürmen.

„Du willst mich sehen, Aela?", rief sie dann und richtete sich auf. Aela hatte Mühe, die Zauberin zu erblicken. Der Wind riss an ihren Haaren und der Regen drückte sie nach unten. Ihre Wimpern waren verklebt. Sie blinzelte und stemmte sich unvermindert gegen den Sturm. Jetzt sah sie die Zauberin. Ihre Gestalt erschien groß und mächtig über der Wolke, aber zugleich transparent wie aus Glas. Die Prinzessin erkannte, dass es ein Zauber sein musste, der Ilaria diese Gestalt verliehen hatte und sie vor der unbändigen Kraft des Regensturms beschützte. Bedrohlich und zugleich zerbrechlich stand Ilaria am Himmel. Dort schwebte sie und lachte Aela aus.

„Was willst du, Prinzessin?", rief die Zauberin erneut und in dem Wort *Prinzessin* lagen ihr ganzer Spott und ihre ganze Verachtung. „Es ist vorbei! Sajana wird untergehen und mit ihm alle Elfenvölker, Königsdrachen und Fabelwesen. Ich werde es sein, die mit dem Moorkönig ein neues Reich erschaffen wird."

Aela wusste, dass dies der Plan der Zauberin war. Gleichzeitig spürte sie eine unbeschreibliche Wut in sich aufsteigen. Viele schlimme Dinge waren in der Vergangenheit geschehen und es war das Recht des Moorkönigs, sich zu rächen. Nur ausgerechnet in Ilaria seine Verbündete zu suchen, war für Aela unfassbar. Ein neues Reich mit ihr als Herrscherin würde ein Reich der Einsamkeit und des Verderbens werden. Der Moorkönig war nicht aufzuhalten, aber vielleicht bot sich eine letzte Gelegenheit, die Macht der Zauberin zu brechen.

Aela stemmte sich gegen den Wind. Mit aller Kraft, die ihr geblieben war, versuchte sie, Ilaria zu erreichen, um ihren Schutzzauber zu durchbrechen. Sie wusste nicht, wie dies geschehen sollte, aber Aela glaubte an das Wunder.

Der Wind fegte über die Prinzessin hinweg. Sie war nun fast blind, da ein dicker schwarzer Schleim in ihrem Gesicht und an ihrem ganzen Körper klebte. Die Flügel wurden immer schwerer. Wie ein ertrinkendes kleines Tierchen, das mit letzter Kraft nach dem rettenden Ufer zu greifen versucht, reckte Aela mühsam ihren rechten Arm nach vorne. Sie taumelte und verlor im Flug das Gleichgewicht. Dann stürzte sie ab.

Der kleine Schmuckanhänger an ihrem Handgelenk öffnete sich und die wenigen Goldplättchen darin wirbelten in die Luft. Aela sah aus ihren geschundenen Augen noch, wie sich eine glitzernde Staubwolke um sie herum bildete. Der Anhänger fiel in die Tiefe. Dann war plötzlich Ruhe.

Aela fühlte, wie sie im Sturmwind unterging. Etwas von ihr löste sich und schwebte nun über dem Geschehen. Sie konnte alles genau beobachten wie ein Zuschauer in einem Theaterstück. Ihr Körper wand sich im schwarzen Regen, versuchte sich aus der Umklammerung des Sturms zu lösen. Dann fiel er leblos hinab. Sie beobachtete von oben alles regungslos, als ob die Gefühle in ihr erstarrt wären. Sie erkannte in dem Bild ihres eigenen Untergangs gar die Schönheit der ewigen Wiederkehr aus Freud und Leid und aus Gut und Böse.

Bald wurde das Bild des vernichtenden Sturmregens blasser, verlor sich in Bedeutungslosigkeit wie eine einsame Welle in einem riesigen Ozean, um dann ganz zu verschwinden. Gleichzeitig breitete sich Wärme aus. Es war nicht die Wärme eines schönen Sonnentages, sondern eine Wärme, die viel erhabener war, die einem nicht auf der Haut brannte, sondern nur ein allumfassendes Glück erzeugte. Hier war alles im Lot. Es war alles gut, so wie es geschehen war und noch geschehen würde.

Quelle dieser Wärme war ein Licht, welches aus der Ferne weiß und unwirklich strahlte. Es war nicht grell. Es blendete nicht. Es war einfach nur da und überstrahlte alles.

Aela fühlte dieses Glück. Es war das Einzige, was sie noch spürte. Jede Last und jedes Leid waren von ihr abgefallen. Sie sah sich selbst von allen Seiten, schwebend und weiß wie ein Engel in der Wärme des Lichts. Ihre Haare, ihre Haut, ihre Flügel und auch ihr Gewand strahlten in diesem unschuldigen Weiß. Alles schien aus Licht geformt und gleichzeitig Teil dessen zu sein.

Das Licht zog die Engelsgestalt, die einmal Aela gewesen war, magisch an. Wie von selbst strömte sie auf den Ursprung der Wärme und des Glücks zu und nichts stand dem im Weg.

Ich bin ALEA. Ich bin Teil des Lichts und des Glücks,
kam es dem weißen Engel in den Sinn.

Hier ist alles ins Gegenteil gekehrt – Körper und Namen, Freud und
Leid, ja selbst Raum und Zeit.

Weiße Schneeflocken bildeten sich. Doch schwebten sie nicht herab, denn einen Boden, auf den sie hätten fallen können, gab es hier nicht. Alles war unendlich, alles war weit. Die Flocken trieben langsam durch den erleuchteten endlosen Raum und glänzten im Licht. Dort, wo *Alea* war, bildeten sie einen weißen Tunnel, der direkt auf das Licht zuführte. Hin und wieder senkte sich eine Flocke an die Beine des Engels herab und umspielte die Füße. Berührte eine der Flocken die transparente Haut, so war nichts zu spüren, denn die Flocken waren, wie der Engel selbst, Teil der Wärme und des Lichts.

Licht hat keinen Körper und dennoch sieht man es,
kam Alea der Gedanke.

Und manchmal hat es sogar eine Gestalt, auch
wenn man sie nicht greifen kann.

Die Schneeflocken
an Aleas Bein

Sie dachte an Feuer, an Mondlicht und an den Glanz der Sterne.

Mit der Berührung einer Flocke wuchsen für einen kurzen Moment feine Ranken auf der weißen Haut und zeichneten schöne Ornamente, um im nächsten Augenblick gleich wieder zu verschwinden. Alea sah bei jeder Berührung Bilder entstehen. Sie kamen aus dem Nichts, erzählten kurze Geschichten, um mit dem Schmelzen der Flocke wieder zu verschwinden.

Die ersten Bilder zeigten die Geschichte einer Bergelfe und eines Sommerelfen. Sie rannten nachts am Rande des Grimmforstes entlang. Beide schienen dabei voller Angst und ein dunkler Schatten folgte ihnen. Die Elfenfrau hatte ein Bündel im linken Arm, das sie fest an ihre Brust drückte. Der Elf hatte sie bei der rechten Hand gepackt und versuchte, sie mit sich zu ziehen. Beide Elfen waren der

Erschöpfung nah, denn der dunkle Schatten kam immer näher. Dann war ihr Weg zu Ende. Eine tiefe Schlucht tat sich vor den beiden auf, denn an diesem Abgrund endete auch der Wald. Hastig blickten sich die Elfen um, doch die Gefahr kam immer näher. Die Elfenfrau zögerte und legte dann das Bündel unter die Wurzeln eines der letzten Bäume am Rande der Schlucht. Dann sprang sie mit ihrem Begleiter in die Tiefe. Die beiden taumelten. Es gab kein Licht zum Fliegen und sie wurden von der Dunkelheit der Schlucht verschluckt.

Das Bündel bewegte sich. Kleine Händchen und zwei winzige Flügel lugten heraus. Funkelnde Augen leuchteten aus dem Schatten der Bäume. Kurz darauf traten drei Wölfe ins Freie. Einer davon beschnupperte das fremde Ding unter der Baumwurzel. Nach kurzem Zögern fasste er den Stoff des Bündels mit seinen scharfen Zähnen und trug es mit sich fort.

Andere Bilder zeigten eine wunderschöne blühende Landschaft. Eine Elfenfrau, deren Haar mit bunten Blumen geschmückt war, stand im Garten ihres Hauses und goss Blumen. Ein kleines Elfenmädchen spielte zu ihren Füßen. Die beiden waren sich so ähnlich, dass es sich nur um Mutter und Tochter handeln konnte. Ein roter Vogel kam herbeigeflogen und hielt in seinem Schnabel eine kleine Pergamentrolle. Die Mutter nahm sie, öffnete das Siegel und las, was darin geschrieben stand. Dann schlug sie die Hände vor das Gesicht und weinte.

Sie nahm ihre kleine Tochter und führte sie ins Haus. Ganz sanft strich sie über die Haare der Kleinen und versuchte dabei zu lächeln. Dann ging sie wieder ins Freie. Sie hob die Arme und schloss die Augen. Ihre Lippen bewegten sich. Vögel kamen aus allen Himmelsrichtungen herbeigeflogen und setzten sich auf ihre Schultern und zu ihren Füßen. Mit ihnen schien die Elfenfrau zu reden und deutete dabei immer wieder zu ihrem Haus, in dem sich die kleine Tochter befand. Dann schwankte sie, als ob sie eine große Last zu Boden drückte. Die Elfe flog auf und bald darauf verschwand sie am Horizont.

Dann sah Alea einen alten Elfenkönig durch den Wald reiten. Sein Körper war gebeugt, als ob er müde wäre. Immer wieder rief er etwas zwischen die dichten Bäume, doch niemand schien ihn zu hören.
Er ritt tiefer in den Wald hinein. Geisterhafte Gestalten huschten um ihn herum, zogen an seinem Gewand oder zerrten am Schweif des Pferdes. Das Gesicht des Königs war voller Gram und Verzweiflung. In seinen Augen spiegelte sich der Wahnsinn wider, der von ihm Besitz ergriff. Er nahm die Zügel fester in die Hände und befahl seinem Pferd stehenzubleiben. Immer mehr Dämonen scharten sich um ihn und bald verschwanden er und sein Pferd ganz zwischen den Schattengestalten.

Die nächsten Bilder zeigten, wie eine finstere Gestalt am Rande eines Vulkankraters stand. Sie ähnelte einer Elfe, doch waren ihre Beine kräftiger, nackt und behaart wie die eines Trolls und ihre Flügel schuppig wie die eines Drachen. Ein fetter Troll stand an ihrer Seite. Der elfische Dämon hatte den rechten Arm in die Höhe gestreckt und eine Flamme züngelte über die Hand. Die Hitze schien der Gestalt nichts anzuhaben, denn ihr war weder Schmerz noch eine andere Gefühlsregung anzumerken. Über der Flamme tanzte ein Feuerball, dessen Glühen manchmal rot, dann wieder violett, grün oder gar türkis war. In dem Ball bewegte sich etwas. Manchmal kam eine kleine Hand zum Vorschein, dann wieder ein Bein, manchmal gar ein kleiner Flügel.
Dann legte das Wesen den Feuerball auf den Rand des Kraters, so dass dieser zu rollen anfing. Immer schneller wirbelte er um die Öffnung des Vulkans, bis plötzlich ein heller Blitz vom Himmel fuhr und den Feuerball in die Tiefe stieß.

Alea spürte, dass diese Bilder etwas mit ihr zu tun hatten und immer wieder kamen neue Geschichten hinzu. Manche waren traurig, andere wiederum lustig, doch nichts davon verdrängte das allumfassende Glücksgefühl, welches der Engel spürte, seit er Teil der Wärme des Lichts geworden war. Freud und Leid – alles war im Einklang, alles war Bestandteil des wundervollen ewigen und sich immer wiederholenden Lebens. Nun, da Alea ein Engel war, konnte sie das spüren, ohne an der Trauer einer einzelnen Geschichte oder eines einzelnen Schicksals zugrunde zu gehen.

Sie schwebte weiter durch den Tunnel der Schneeflocken. Immer neue Bilder und Geschichten lebten auf und verschwanden wieder. Immer tiefer wurden die Empfindungen und immer fester das Bewusstsein, dass sie hier zuhause war.

Kapitel 21
Das Ende des Paradieses

Die Stunde, in der die Gäste zur Feier kommen sollten, rückte näher. Sarah lief durch den Garten und sammelte Blumen, um damit die Tische zu dekorieren. Den ganzen Tag freute sie sich schon auf diesen Abend. Es würde ein rauschendes Fest werden! Falomon war mit Nagar ebenfalls losgegangen, um frische Früchte zu sammeln und klares Wasser zu schöpfen. Er pfiff gutgelaunt ein Lied und der kleine Drache sprang munter neben ihm her.

Es war ein herrlicher Tag. Die Sonne neigte sich langsam glutrot über den Horizont. Die ganze Landschaft wurde dadurch in ein zartes Rosa getaucht und Falomon verspürte ein großes Glücksgefühl.

Er kam an einen Bach, der sich anmutig durch die üppige Pflanzenwelt des Elfen-Paradieses schlängelte, und wollte Wasser in zwei Gefäße schöpfen, die er von zuhause mitgenommen hatte. Die Erfrischung wollte er den Gästen anbieten, denn dieses Wasser war das klarste, das er kannte.

Als sich Falomon über den Bach beugte, erschrak er. Für einen kurzen Moment meinte der Elf gesehen zu haben, wie sich das Wasser schwarz verfärbte. Ein stinkender beißender Geruch stieg ihm in die Nase.

Doch im nächsten Moment war der Spuk vorbei und Falomon rieb sich verwundert die Augen. Es duftete wieder wie zuvor nach Blüten, frischem Gras und Farnen. Falomon schöpfte das Wasser.

„Hast du das eben gesehen?", fragte er Nagar, obwohl er wusste, dass der kleine Drache ihn nicht verstand. Dieser spielte mit einer seiner Vorderpfoten in den plätschernden Wellen des Baches und schien bester Laune zu sein.

„Ich glaube, ich habe schlecht geschlafen und bin noch müde", sagte Falomon zu sich selbst und kurz darauf hatte er die seltsame Erscheinung vergessen.

Als es langsam dunkel wurde, war alles bereit, um die Gäste zu empfangen. Die Tische waren feierlich gedeckt. Auf einer großen Tafel hatten Falomon, Sarah, König Baromon und seine Frau die feinsten Speisen servieren lassen. Drei junge Elfenmädchen machten Musik.

Die große Festtafel

Die ersten Gäste kamen und ihre Pferde wurden in die Ställe geführt. Sarah und Falomon freuten sich, denn es handelte sich um Falomons Eltern *Albajon* und *Tamona*. Lange hatte Falomon sie nicht mehr gesehen und er umarmte sie herzlich. Doch gerade seine Mutter, die immer sehr liebevoll war, lächelte nur kurz, drückte ihren Sohn für einen Moment an ihre Brust, um dann gleich wieder von ihm abzulassen. Dann überreichten sie Falomon und Sarah ein Geschenk, das sie schön verpackt von zuhause mitgebracht hatte. Die beiden Beschenkten freuten sich sehr und wickelten das schwere Geschenk aus. Das Abendlicht fiel auf die glänzende Oberfläche einer großen edlen Schale aus reinem Elfensilber. In deren Mitte war kunstvoll ein kleiner Brunnen eingearbeitet. Wenn man die Schale auf den Tisch oder Boden stellte, fing der Brunnen sofort an zu sprudeln und das Wasser umspielte dunkelblaue Duftkerzen.

Falomon und Sarah waren begeistert und wollten Albajon und Tamona voller Dankbarkeit umarmen. Diese nickten jedoch erneut nur beiläufig und wandten sich gleich wieder ab.

„Seltsam, was ist denn mit meinen Eltern los?", flüsterte Falomon Sarah zu. „Sie machen auf mich einen etwas verwirrten Eindruck, fast so, als ob sie gar nicht wirklich angekommen wären."

„Ich weiß es nicht", erwiderte Sarah, der dies auch aufgefallen war. „Vielleicht ist es die Anstrengung der Reise und sie sind erschöpft. Schließlich kommen sie…"

Die Elfe brach mitten im Satz ab. Ihr wollte in diesem Moment nicht mehr einfallen, wo Falomons Eltern zuhause waren. Falomon lachte, küsste sie auf die Wange, aber die Wahrheit war, dass auch er sich nicht mehr daran erinnerte.

„Was feiern wir heute eigentlich?", fragte Sarah bewusst beiläufig, denn auch der Grund für das große Fest wollte ihr einfach nicht mehr in den

Sinn kommen. Sie blickte sich irritiert um, sah die wundervoll gedeckten Tische, die üppigen leckeren Speisen und weitere Gäste, die inzwischen eintrafen.

„Aber meine Liebe!", erwiderte Falomon gespielt fröhlich. „Wenn du das nicht weißt, dann muss ich mir fast Sorgen um dich machen." Die beiden lachten nun gemeinsam und nahmen sich fest in die Arme. Nein, Sarah wusste nicht mehr, was das Fest zu bedeuten hatte, aber sie wollte nicht weiter nachfragen, da es ihr peinlich war. Sicher war es ein großer Anlass und die Lücke in ihrem Gedächtnis würde sich bald schließen.

In Wahrheit wusste auch Falomon nicht, was der Grund für diesen feierlichen Abend war und weshalb so viele Gäste gekommen waren. Für einen Moment kehrte die Erinnerung an das Ereignis am Bach zurück – an das schwarze Wasser, das plötzlich vor seinen Augen erschienen und sofort wieder verschwunden war. Deshalb hatte er die Gewissheit, dass der Spuk dieser Gedächtnislücke ebenfalls bald vorüber sein musste und die Erinnerungen zurückkehren würden.

Die letzten Gäste trafen ein. Jeder bekam zur Begrüßung einen Kelch mit frischem Quellwasser und Bachblütensirup gereicht. Dann spielten die drei Elfenmädchen auf ihren Instrumenten fröhliche Musik und das Fest nahm seinen Lauf. Die Gäste schienen gut gelaunt zu sein, es wurde getanzt und gelacht und von den herrlichen Speisen gegessen. Eines fiel Falomon jedoch bald auf, was ihn sehr verwunderte: Die Gäste sprachen nicht miteinander. Sie waren im selben großen Festraum, amüsierten sich prächtig, aber es wurde kein Wort gewechselt. Es erweckte den Eindruck eines Schachspiels, in dessen Verlauf jede Figur nur eine Rolle spielte. Falomon dachte daran, die Musikerinnen zu bitten, für einen Moment mit dem Musizieren auszusetzen, denn dann musste sich das merkwürdige Schweigen bemerkbar machen. Sicher war außer dem

Klirren des Geschirrs und dem Tapsen der Schritte dann nichts mehr zu hören. Da alle Gäste so gut gelaunt waren und auch seine und Sarahs Eltern ganz offensichtlich glücklich waren, beließ es Falomon dabei und erwähnte auch Sarah gegenüber nichts.

Natürlich hatte Sarah bereits dieselbe Beobachtung gemacht. Sie spürte, wie sich ihr Herz verkrampfte, und lief ins Freie. Sie atmete tief die frische Luft ein und langsam wieder aus, aber die Beklemmung in ihrer Brust wollte sich nicht lösen. Zum ersten Mal, seit sie sich erinnern konnte, wirkten die kleinen Bäche, die um das Haus und durch den großen Garten flossen, nicht lieb und harmlos. In dieser Nacht kamen sie ihr wie schwarze pulsierende Adern vor und das Plätschern hörte sich wie ein leises hämisches Lachen an. Auch die Monde am Himmel waren seltsam blass, als ob sie krank wären, und Sterne, die normalerweise in großer Zahl hell am Himmel strahlten, zeigten sich nur ganz vereinzelt. Am Horizont, wo Sarah die letzte Abendröte erahnte, zogen erste Wolken auf.

Sarah ging wieder hinein zu den Gästen und schaute sich nach Falomon um. Sie musste eine Weile suchen. Er saß etwas abseits des festlichen Geschehens und starrte vor sich auf den Boden. Sarah ging zu ihm hin und legte sanft ihre rechte Hand auf seine Schulter.

Ein seltsames Gefühl durchströmte ihren Körper. Es überkam sie genau in dem Moment, als sie Falomon berührte. Plötzlich spürte sie, wie die Liebe zu ihm in ihr zerbrach. Gleichzeitig bemerkte Sarah verwundert, dass dennoch ein tiefes Gefühl der Zuneigung blieb. Doch war es jene Empfindung, die sie seit jeher kannte und die man einem engen Freund und nicht einem Geliebten entgegenbrachte. Das unvergleichliche Kribbeln des Verliebtseins war verflogen.

Falomon blickte langsam zu ihr auf. Sarah sah, dass auch in seinen Augen der Glanz der Liebe verschwunden war.

„Was geht hier vor, Falomon?", flüsterte sie erschrocken. „Was geschieht mit uns beiden?"

„Ich weiß es nicht", erwiderte Falomon verunsichert. „Es scheint mir, als ob ich aus einem Traum erwache. Alles ist unwirklich. Nichts ist echt. Nur du bist noch da."

„Sieh nur, der Brunnen!", rief Sarah in diesem Augenblick und deutete auf die Silberschale, welche sie von Falomons Eltern geschenkt bekommen hatten. Schwarzes Wasser sprudelte hervor und lief über den Rand.

Die silberne
Schale

Die Duftkerzen waren bereits erloschen und lagen am Boden. Falomon bemerkte, wie sein ganzes vermeintliches Leben und die damit verbundenen Traumgebilde in sich zusammenbrachen. Erinnerungen, wie bunte Bilder auf dünnen Glasscheiben, zerbarsten in tausend Scherben. Finstere Ahnungen an Untergang, Verderben und Tod stiegen in ihm auf. Seine Hände zitterten. Sein Atem wurde schneller und der Pulsschlag dröhnte in seinem Kopf.

Fee,

zuckte ein Name durch seine Gedanken. Es fühlte sich für Falomon an, als ob ein Pfeil schmerzhaft sein Herz durchbohrte und ihn innerlich bluten ließ.

Auch Sarahs Gedanken lösten sich von den Eindrücken des Elfen-Paradieses und die Erinnerung an das Böse, das sie an diesen Ort geführt hatte, kehrte in ihr zurück.

Die beiden Elfen mussten mitansehen, wie die Farben aus dem prachtvoll geschmückten Raum verflogen, ebenso wie aus der Kleidung, der Haut und den Haaren ihrer Gäste. Die Umrisse der Besucher verschwammen mehr und mehr und bald zerfielen die ersten Elfen, Möbelstücke und selbst die umgebenden Wände aus Felsen, Blattwerk und Blüten zu Staub. Nur der kleine Brunnen sprudelte weiter sein schwarzes Wasser und bald war der ganze Boden damit bedeckt.

„Komm, schnell, wir müssen weg von hier!", schrie Falomon voller Entsetzen. Er erinnerte sich wieder an alles – an den Brunnen im Sommerland, an den Abschied von Fee und Sinia und wie er mit Sarah in den Schacht hinabgestiegen war.

„Aber wohin?!", rief Sarah und spürte, wie die Angst in ihr wuchs. „Wohin sollen wir fliehen?"

Alles um sie herum zerfiel und eine dichte Staubwolke bildete sich, die das Atmen schwer machte. Das schwarze Wasser des Brunnens, welches einerseits in einem Strahl in die Höhe schoss und andererseits am Boden unaufhaltsam anstieg, stand den beiden bis zu den Knien.

„Ich weiß es nicht!", erwiderte Falomon verzweifelt. „Wir müssen einfach fort von diesem Ort, sonst sind wir verloren!" Er fasste nach Sarahs rechter Hand und zerrte sie mit sich. Der Staub brannte in seinen Augen, so dass er kaum sah, wohin er rannte. Das Wasser war bald so hoch, dass es fast bis zu den Hüften reichte.

Die Elfen stolperten mühsam vorwärts. Sie spürten den aufgeweichten und lehmigen Boden unter ihren Füßen und fragten sich, wo sie sich befanden. Das Licht, welches noch vor wenigen Augenblicken den Festraum erleuchtet hatte, war beinahe erloschen. Es verblasste ebenso wie alles, was einmal das Elfen-Paradies ausgemacht hatte.

Bald herrschte völlige Finsternis. An ein schnelles Fortkommen war nicht mehr zu denken. Falomon tastete sich an feuchten Höhlenwänden entlang. Oft kam er ins Stolpern oder seine Finger glitten an der glitschigen Wand ab. Sarah versuchte, ihm zu folgen, aber es wurde immer schwieriger. Sie hielt sich krampfhaft an Falomons Rock fest, damit sie sich nicht verloren. Der schwarze Schlamm reichte den beiden Elfen jetzt über die Hüften und drang heiß und stinkend an ihre Haut.

Da ertastete Falomon einen Felsvorsprung, der sich unmittelbar vor seinem Kopf befand. Etwas Hoffnung keimte in ihm.

„Komm, Sarah, hier können wir hinaufklettern", sagte er mit zitternder Stimme. „Wenn wir Glück haben, steigen das Wasser und der Schlamm nicht weiter und wir sind erst einmal sicher."

Er zog sich geschickt an dem Fels nach oben. Dann reichte er Sarah die rechte Hand und half ihr, sich ebenfalls aus dem Sumpf und auf den

Felsvorsprung zu retten. Dort kauerten die beiden und hielten sich bei den Händen. Zu ihren Füßen hörten sie das Glucksen des ansteigenden Schlamms.

Plötzlich fiel Falomon etwas ein. Seine linke Hand zuckte nach oben und er griff an die Brusttasche seines Rocks. Diese war noch trocken und der Elf erinnerte sich, dass er und Sarah Elfenlichter mitgenommen hatten, als sie in den Brunnenschacht gestiegen waren. Im Elfen-Paradies hatte er die kleine Glasperle an dem Band gedankenverloren in seine Brusttasche gesteckt und vergessen. Falomon griff in die Tasche. Tatsächlich war das Elfenlicht noch da!
Er nahm es heraus und sofort fing die Glasperle schwach an zu leuchten. Auch Sarah suchte nach ihrem Licht. Sie fand es jedoch nicht. Das Leuchten von Falomons Perle wurde etwas stärker und die Umgebung dadurch deutlicher sichtbar. Die Elfen erkannten, dass sie in einem engen Höhlengang waren. Der Schlamm strömte zu ihren Füßen und stieg stetig an. Sie selbst saßen auf einem kleinen Felsvorsprung, gerade so groß, dass zwei Elfen darauf Platz fanden. Über ihren Köpfen wurden weitere kleinere Vorsprünge sichtbar. Es erweckte den Eindruck einer unregelmäßigen und kaum begehbaren Fels-Stiege. Nach oben hin verlor sich das Licht in der Dunkelheit, so dass Falomon und Sarah nicht erkennen konnten, wo die Höhle endete.
„Wir müssen versuchen, weiter zu klettern", sagte Sarah bestimmt. Sie schöpfte ebenfalls wieder etwas Hoffnung. „Wenn wir hier ausharren, dann versinken wir im Schlamm."

Es gab keine andere Wahl. Das wusste Falomon. Sie befanden sich tief unten in der Erde, wo sich normalerweise kleine Seen mit klarem Wasser befanden. Es war dasselbe Wasser, welches man aus dem Brunnen im

Sommerland schöpfen konnte, in den die beiden Elfen hinabgestiegen waren.

Falomon blickte nach oben. Man musste ein sehr guter Kletterer sein, um hier zu bestehen, und es schien ihm unmöglich, auch nur die ersten vier im Elfenlicht sichtbaren Felsvorsprünge zu erreichen. Da der Schlamm unaufhaltsam näher kam, gab es jedoch keine andere Wahl. Er richtete sich langsam auf, um nicht in die Fluten zu fallen. Dann griff Falomon nach dem Fels über seinem Kopf und versuchte sich hochzuziehen, aber ein Stück davon brach ab und er stürzte zurück.

Beim zweiten Versuch hatte er mehr Glück. Es gelang ihm, sich mit all seiner Kraft nach oben zu ziehen. Falomon atmete schwer. Auf dem zweiten Vorsprung war kaum Platz für ihn allein. Er bückte sich dennoch, um Sarah zu helfen. In beiden wuchs die Gewissheit, dass ihr Versuch zu entkommen zum Scheitern verurteilt war. Kampflos wollten sie sich trotzdem nicht ergeben. Sie schwiegen und kletterten weiter.

Kapitel 22
Ilarias List

Sinia und Fee erschien es, als ob ihr Kampf gegen den Untergang des Sommerlandes aussichtslos war. Sie hatten die letzten tapferen Helfer fortgeschickt, damit sich diese in höhergelegene Gebiete in Sicherheit bringen konnten, solange noch genügend Sonnenlicht vorhanden war, um fliegen zu können. Nun waren sie die Letzten, die ausharrten, um sich gegen das drohende Ende zur Wehr zu setzen. Der Himmel war ebenso schwarz geworden wie der Boden, aus dem überall das Moor hervorbrach und Bäume und Sträucher mit sich fortriss. Die beiden Elfen hatten mit ihren Helfern einen Wall aus Holz und Steinen errichtet, aber längst war diese Arbeit sinnlos geworden und der Wall ragte nur noch wie eine kleine langgezogene Insel aus dem Sumpf heraus.

Sinia lief nervös auf und ab. Sie wollte nicht wahrhaben, dass alle Bemühungen, das Sommerland zu retten, vergebens waren und versuchte zu begreifen, was der Grund für den Untergang war.
Fee hingegen saß ruhig auf einem flachen Stein und blickte in die Ferne, als ob sie dort etwas suchte. Ganz hinten am Horizont sah sie einen

Die Strahlen am Himmel

Lichtstrahl, der durch die Wolken brach. Nur noch selten gelang es der Sonne, die dunkle Wolkenwand zu durchstoßen. Umso mehr wunderte es Fee.

Ihre Gedanken kehrten zu Falomon zurück und sie dachte an die schönen Stunden, die sie mit ihm verbracht hatte. Wir gerne wäre sie mit ihm nach Hause geflogen! Ein starker Schmerz breitete sich in ihrer Brust aus, der dem Elfenmädchen die Tränen in die Augen trieb und zugleich auf unerklärliche Weise angenehm war. Es fühlte sich an, als ob der Schmerz ihr etwas sagen wollte. Es war ein Zeichen oder eine Botschaft, dass noch nicht alles verloren war – weder ihre Freunde noch ihre Liebe noch das Elfenreich. Fee überlegte, ob es andere Elfen in Sajana gab, die

mit ihr und Sinia kämpften, um den Untergang des Sommerlandes zu verhindern.

Erneut spürte sie den Schmerz in ihrer Brust und sprang auf.

Falomon lebt, dachte sie und eine merkwürdige Gewissheit machte sich in ihr breit. *Er lebt und er liebt mich!*

Waren alle ihre Wünsche und Gebete, die sie ihm in Gedanken geschickt hatte, seit dem Abschied am Brunnen immer ins Leere gelaufen, so spürte sie nun, wie sie auf schmerzhafte Weise erwidert wurden.

„Sinia!", rief sie. Ihre Freundin schichtete trotzig große Steine aufeinander, um den Schutzwall zumindest an einer Stelle weiter zu erhöhen. Sinia blickte auf.

„Falomon lebt!", fuhr Fee mit bebender Stimme fort. „Ich spüre es in meinem Herzen. Lange schien er mir verloren, als ob es ihn nie gegeben hätte. Jetzt wird meine Sehnsucht wieder erwidert. Falomon ist in mir zurückgekehrt." Sinia wischte sich mit dem Handrücken über die Stirn.

„Seltsam, dass du das sagst", entgegnete sie. „Auch ich habe manchmal das Gefühl, dass meine Zwillingsschwester Sarah noch leben könnte. Manchmal spüre ich es nur schwach und für einen kurzen Augenblick. Gerade jetzt fühle ich es wieder deutlich. Ich wollte dir nichts davon erzählen, um dir nicht unnötig Hoffnung zu machen. Was glaubst du, Fee, weshalb ich nicht aufhöre, gegen den Untergang zu kämpfen? So lange ich Hoffnung habe, Sarah, Falomon und Aela wiederzusehen, gebe ich nicht auf!"

Fee schloss ihre Freundin in die Arme. Sie wurde von ihren Gefühlen überwältigt und schluchzte.

„Was können wir tun?", fragte sie verzweifelt. „Ich kann unmöglich hier verweilen und warten, bis der Tod mich holt, während unsere Freunde vielleicht ebenfalls in Gefahr sind."

„Das ist wahr", bestätigte Sinia. „Wenn wir nur warten, ist ohnenhin alles

verloren. Unsere Kraft reicht nicht aus, um gegen die Übermacht der Natur zu bestehen."

„Sieh mal!", rief Fee in diesem Augenblick aufgeregt. „Das Sonnenlicht am Horizont wird heller! Ein wenig mehr davon und wir können vielleicht fliegen."

Sinia hatte die Strahlen ebenfalls entdeckt. Das Loch in den Wolken wurde immer größer und man konnte bereits den blauen Himmel dahinter erkennen.

„Ich glaube, wir sollten es tatsächlich probieren", meinte Sinia nachdenklich. „Noch ist es ziemlich schattig und wir würden nicht weit kommen. Aber falls es heller werden sollte, kommen wir möglicherweise fort von hier."

„Einige Bäume ragen aus dem schwarzen Sumpf heraus. Die Strömungen haben sie nicht zerstört", gab Fee zu bedenken. „Wir könnten versuchen, von einem Baum zum nächsten zu fliegen. Es wäre zwar langsam, aber so kämen wir voran."

Das Loch in der Wolkendecke wurde immer größer und Sinia schöpfte neuen Mut. Vielleicht war alles nur ein fürchterliches Naturereignis und bald würde das Moor wieder versickern und das Sommerland freigeben. „Gut, lass uns losfliegen", sagte sie bestimmt. „Es bleibt uns ohnehin keine andere Wahl. Richtung Norden scheint mir die Zerstörung am weitesten fortgeschritten zu sein. Deshalb fliegen wir besser in den Süden, auch wenn wir erst vor kurzer Zeit auf so sonderbare Weise daran gescheitert sind. Vielleicht haben wir heute mehr Glück."

Sie breitete die Flügel aus und tatsächlich gelang es ihr, sich von dem Wall zu lösen.

„Es strengt sehr an... das Licht ist schwach, aber es geht!", rief Sinia Fee zu. Fee hörte, dass ihre Freundin etwas außer Atem war. „Versuche es einfach selbst. Da vorne ist die erste Baumgruppe, zu der wir fliegen können." Sie deutete in eine Richtung, wo tatsächlich vier kräftige Bäume dem Moor standgehalten hatten. Ihre dicken Stämme ragten aus dem Sumpf heraus und verzweigten sich zu kräftigen Ästen.

Fee breitete ihre Flügel aus und spürte einen leichten Wind. Mit etwas Mühe gelang es ihr ebenfalls, sich vom Boden zu lösen und loszufliegen. Es kostete ihre ganze Kraft und Überwindung, aber sie wollte sich nichts anmerken lassen und folgte Sinia tapfer.

Von oben erkannten die beiden Elfenmädchen das ganze Ausmaß der Zerstörung. In alle Himmelsrichtungen und bis zum Horizont hatte sich der Moorteppich bereits ausgebreitet. Sinias Hoffnung auf Rettung schwand so schnell, wie sie gekommen war, aber jetzt, da sie bereits losgeflogen waren, wollte sie nicht gleich wieder aufgeben. Der Schutzwall, der wie eine winzige Insel in einem alles vernichtenden schwarzen Ozean lag, würde ohnehin bald überflutet werden, so dass ein Ausharren darauf unweigerlich das Ende bedeutet hätte. Gleichzeitig – und darin bestand die einzige wahre Hoffnung der beiden Elfenmädchen – breitete sich das Blau am Himmel immer weiter aus.

Bald hatten sie die erste Baumgruppe erreicht und setzten sich auf einen der stärksten Äste, um etwas auszuruhen. Fee blickte nach unten und bekam es mit der Angst zu tun, denn die dunkle zähe Strömung zerrte an den Stämmen.

„Wir können nicht lange bleiben", meinte sie bedrückt. „Auch diese Bäume werden bald fallen."

„Da vorne sind weitere Stämme, die aus dem Moor ragen", erwiderte Sinia und versuchte dabei ruhig zu bleiben. „Es ist weit, aber bis dorthin müssten wir es schaffen."

Der Baum, auf dem die beiden saßen, fing unter dem Druck der Fluten an zu ächzen. Er neigte sich bedrohlich zur Seite. Keinen Augenblick zu früh flogen die beiden Elfenmädchen los, denn im nächsten Moment gab es einen lauten Knall und der Stamm zerbrach. Äste stürzten in die Tiefe und das Holz wurde von dem schwarzen Strom davongetragen.

Sinia und Fee waren noch nicht weit gekommen, als sie mit großer Sorge beobachteten, wie es am Himmel dunkler wurde. Das Loch, das gerade noch groß und deutlich am Himmel zu sehen gewesen war und

Das berstende Holz

viel Sonnenlicht durchgelassen hatte, war wieder verschleiert. Die Strahlen wurden zu weißem milchigem Nebel, der unter der dichten Wolkendecke hing.

„Es ist nicht mehr weit", machte Sinia Fee Mut. „Da vorne ist unser Ziel und wir können wieder ausruhen."

Jeder Flügelschlag schmerzte bei dem schwächer werdenden Licht und Fee zweifelte daran, ob sie die rettende Baumgruppe erreichen würden.

Da hörte Sinia ein finsteres Lachen, das vom Himmel schallte. Sie musste nicht lange überlegen, woher sie das Lachen kannte.

„Ilaria!", rief sie erbost. „Dir haben wir das also alles zu verdanken!" Sinia spürte einen großen Zorn in sich aufsteigen.

Die Zauberin schwebte in derselben Gestalt über den Wolken, wie sie schon Aela und ihren Freunden am Berg der Wahrheit erschienen war. Nachdem Ilaria den Untergang der Prinzessin miterlebt hatte und auch die Spitze des Berges der Wahrheit in sich zusammengebrochen war, hatte sie beschlossen, sich mit ihrer zerstörenden Kraft dem verhassten Sommerland zuzuwenden.

Mit Hilfe der Sturmwolke war sie über das Land gejagt und mit großer Genugtuung sah die Zauberin, wie das Werk des Moorkönigs nahe der Vollendung war.

„Ja, ich bin es, Sinia", hallte die Stimme erneut aus den Wolken heraus. „Ihr dachtet wohl, dass ihr mich besiegt hättet. Aber wie du siehst, bin ich am Leben und stärker denn je. Aela bekam bereits meine Macht zu spüren, aber sie ist Vergangenheit und ihr Name soll nie wieder über meine Lippen kommen. Auch mit ihren Freunden ist es vorbei, denn der einstürzende Berg der Wahrheit hat sie mit sich in die Tiefe gerissen. In ihm sind sie für alle Zeiten begraben." Sie lachte erneut.

„Du hast Aela getötet!", schrie Fee, die kaum noch in der Lage war, sich

in der Luft zu halten. „Wie feige du bist und wie erbärmlich deine Mittel!" „Schweig!", herrschte Ilaria sie an. „Du weißt nicht, wovon du redest! Aela ist unbedeutend, denn die Aufgabe ist viel größer als ihr armseligen kleinen Elfen es euch vorstellen könnt. Ihr hattet eure Möglichkeiten, Sajana nach eurem Wunsch zu gestalten, aber der Moorkönig zürnt den Elfen und Fabelwesen. Neid und Missgunst waren es, die das Leben über Generationen geprägt haben. Wo ein Ende ist, da gibt es einen neuen Anfang! Das neue Reich wird ein Land der Trolle, Geister und Dämonen sein. Unser Schattenreich wird viel heller erstrahlen als euer verfluchtes Sommerland. Der Moorkönig, der Schöpfer über allem, wird wiederkehren und ich werde ihm zur Seite stehen."

Sinia taumelte im Flug. Die Worte Ilarias trafen sie wie ein Schlag. Jetzt erkannte sie die ganze Macht der Zerstörung. Gegen dieses Ausmaß waren sie und Fee hilflos, ebenso wie alle Elfen Sajanas. Gab es den Moorkönig tatsächlich und war er der Schöpfer des gesamten Reiches, so war es sein Recht, sich wieder in Erinnerung zu rufen und sich das zurückzuholen, was ihm gehörte. Nur fragte sich Sinia, wie es Ilaria gelungen war, seine Verbündete zu werden. Diese Frage konnte sie für sich nicht beantworten. Ilarias Lachen schallte erneut aus der Wolke heraus.
„Wie einfältig ihr seid!", rief sie voll boshafter Freude. „Ein wenig Zauber genügt, ein paar Sonnenstrahlen am Himmel und ihr fliegt in euer Unglück."
„Du hast das Loch und den blauen Himmel in die Wolkendecke gehext! Du willst uns ins Verderben schicken", zischte Sinia die Zauberin an. „Und wir sind auf deine List hereingefallen."
Sie bemerkte, wie Fee immer schwächer wurde. Vor ihnen lagen die Bäume, die sie unbedingt erreichen mussten. Doch was nutzte es, wenn der Himmel sich wieder verdunkelte und es kein Weiterkommen mehr

gab? Bald würden diese Bäume ebenfalls den Fluten zum Opfer fallen.

Mit letzter Kraft erreichten die beiden Elfenmädchen ihr Ziel und klammerten sich an einem der Äste fest. In der Ferne hörten sie Ilarias Lachen. Die Zauberin hatte genug gesehen, ließ sich von der Sturmwolke weitertreiben und überließ Sinia und Fee ihrem Schicksal.

Kapitel 23
Minsaj in der Blütenwelt

Minsaj wuchs bei ihren Aufgaben als Herrin des Seenlandes über sich hinaus. Es war bewundernswert, mit welchem Fleiß, Willen und mit welcher Kraft sie daran festhielt, das Schicksal noch zum Guten zu wenden. Alle waren froh darüber, in ihr eine starke Herrin über das Wasserschloss zu haben, und versuchten, ihr zur Seite zu stehen und zu helfen, wo immer es ging.

Die Trockenheit im Land breitete sich in rasender Geschwindigkeit aus. Es gab kaum einen Ort, der davon verschont blieb, und selbst in dichten Wäldern verloren die Bäume ihre Blätter.
Minsaj hatte eine Nachricht verfasst, welche sie allen Freunden zukommen ließ. An allen Seen, Bächen und Flüssen, wo noch ausreichend Wasser vorhanden war, sollten sich Elfen, Fabelwesen und Tiere sammeln. Wer noch genügend Kraft hatte, dessen Aufgabe war es, Brunnen zu graben. In den Tiefen der Erde, so hoffte sie, musste es mehr Trinkwasser geben als an der dürren Oberfläche.
Wenn Minsaj allein war, spürte sie, wie der Glaube an eine Rettung in ihr schwand. Sie hatte die Hoffnung gehabt, dass ihre Freunde in der

wahren Welt Sajanas etwas bewirken konnten, aber mit jedem Bach, der versiegte, und jedem See, der austrocknete, verlor sie ihre Zuversicht. Wer wusste, ob Sajana nicht längst untergegangen war?

Im Schloss wurde das Wasser ebenfalls knapp. Die fließenden Wände des zauberhaften Gebäudes wurden immer dünner, dafür grau und milchig, so dass weniger Licht ins Innere drang.

Minsaj seufzte tief. Es würde nicht mehr lange dauern, bis die letzten Seen vertrocknet waren.

Wie sehr wünsche ich mir, dass Jasmira jetzt bei mir wäre, dachte sie. *Jasmira wüsste vielleicht, was wir noch tun könnten. Ich wollte, ich hätte sie an meiner Seite. So schwindet meine Kraft und ich sollte ebenfalls zu den weißen Einhörnern gehen.*

Minsaj wischte mit einer Handbewegung diesen Gedanken beiseite, denn sie konnte unmöglich ihre Freunde und das Seenland im Stich lassen. Da kam ihr eine Idee. Diese hatte sie seit einiger Zeit schon in sich gespürt, aber nie richtig fassen können, da der Kampf gegen die Dürre ihre ganze Aufmerksamkeit erforderte.

Am Wald der Geschichte gibt es einen zweiten Baumstumpf, erinnerte sie sich. *Der eine ist zerborsten, als Leandra ihn berührte und die Stimme des Moorkönigs zu uns sprach. Aber was ist mit dem anderen auf der gegenüberliegenden Seite des Waldes? Sicher birgt er ebenfalls ein Geheimnis und vielleicht erfahre ich etwas, was uns weiterhelfen könnte.*

Minsaj fasste den Beschluss, zum Wald der Geschichte zu fliegen und den Baumstumpf genauer zu untersuchen. Die Elfen im Wasserschloss rieten ihr davon ab oder boten an, sie zu begleiten, doch die Herrin lehnte es ab. Keiner sollte sich ihretwegen in Gefahr begeben und jeder würde gebraucht, für den Fall, dass ihr etwas zustoßen sollte.

Sie ging ins Freie hinaus. Beim Durchschreiten der fließenden Wände des Wasserschlosses perlte das Wasser inzwischen nicht mehr fröhlich ab und Minsaj musste sich schütteln, damit die Feuchtigkeit nicht sofort durch die Kleidung auf ihre Haut drang. Dann flog sie los.

Der Herrin des Wasserschlosses bot sich von der Luft aus ein trauriger Anblick. Durch die Dürre war der Boden überall rissig geworden. Selbst die Äste der Bäume im Wald der Geschichte, deren Wurzeln bis tief in die Erde reichten, fingen an kahl zu werden. Manche Bücher fielen ab, bevor sie reif wurden und lagen ausgetrocknet am Boden. In Minsaj erweckte es den Eindruck, dass mit dem Sterben der Bäume und der Bücher die gesamte Geschichte des Seenlandes vergehen würde.

Der zweite Baumstumpf

Bald stand die Elfe vor dem zweiten Baumstumpf. Dieser sah anders aus als der erste. Er war deutlich niedriger, dafür hatte er einige dünne Äste, die so aussahen, als ob der abgestorbene Baum immer wieder aufs Neue versucht hatte, frische Triebe wachsen zu lassen. Vorsichtig kam Minsaj näher. Sie fasste ihren Mut und legte behutsam die rechte Hand auf das Holz. Sie befürchtete, dass der Baumstumpf ebenfalls bersten und die Erde in sich zusammenstürzen würde. Aber nichts dergleichen geschah. Stattdessen bemerkte sie verwundert, wie das Grau der Rinde langsam verschwand und die natürliche Holzfarbe zurückkehrte. An den dürren Ästen sah sie kleine Knospen, die schon im nächsten Moment aufsprangen. Blätter wuchsen und der Baumstumpf bildete weiter neue Triebe, die rasch in die Höhe schossen. Minsaj war so überrascht von diesem wundervollen Schauspiel, dass sie überhaupt nicht wusste, wie ihr geschah. Bei allem Verderben, das seit langer Zeit ihr Leben bestimmte und gegen das sie kämpfen musste, war das Ausbrechen dieser schönen Natur etwas, das ihr Herz höher schlagen ließ.

Bald hatte sie ein Geflecht aus dünnen biegsamen Ästen und saftigen grünen Blättern umsponnen. Minsaj genoss den Duft der Pflanze und spürte, wie sehr sie das betörte. Sie schloss für einen Moment die Augen, ohne die Hände von der Rinde des Baumstumpfs zu nehmen. Neue Kraft pulsierte durch ihre Adern und die Trauer fiel von ihr ab.

Als sie die Augen wieder öffnete, hatte sich das Geflecht um sie geschlossen und sie befand sich in einem kleinen Blätter-Raum, der zum Himmel hin offen war. An den grünen Wänden brachen neue Knospen auf und wunderschöne große Blüten bildeten sich. Sie strahlten in einem kräftigen Violett, welches zur Blütenmitte hin hellblau wurde. Diese wiederum war gelb wie die Sonne und verströmte goldenes Licht. Die einzelnen Blütenblätter hatten jeweils drei Spitzen. Jedes der Blätter war so lang wie das Horn eines Einhorns und der Duft der Blüten drang so lieblich und intensiv in Minsajs Körper, dass sie darüber fast die Besinnung verlor.

Hier will ich bleiben, dachte sie. *Einen schöneren Ort habe ich noch nie gesehen.* Immer neue Blüten wuchsen an den Blätterwänden. Das feine Licht der Sonne und der Blumen tauchte den Raum in einen goldenen Glanz.

Dann hörten die Ranken plötzlich auf zu wachsen und es formten sich keine neuen Blüten mehr. Völlige Stille kehrte ein, wäre da nicht... Minsaj stutzte, denn ein feines helles Zirpen drang an ihr Ohr. Sie blickte sich verwundert um, aber sie endeckte nichts, was der Ursprung des leisen Geräusches sein konnte. Oder doch?
Minsaj hielt immer noch ihre Hand auf dem Baumstumpf, denn sie fürchtete, dass sonst die ganze Zaubernatur verschwinden würde. Dabei machte sie eine Beobachtung: Die Blüte, die sich genau neben ihr aus einem starken Trieb gebildet hatte, bewegte sich. Es war nicht die natürliche Blätterbewegung einer Pflanze bei schwachem Wind, sondern eher ein leichtes Vibrieren.

Minsaj beugte sich so weit nach vorne, wie es ging, und betrachtete die Blüte ganz genau. Voller Verwunderung sah sie, dass sich auf den Blättern winzig kleine Tierchen befanden. Sie musste noch genauer hinsehen, um mehr erkennen zu können. Jetzt konnte sie auch das Zirpen besser hören. Sie lauschte. Tatsächlich! Es waren einzelne Worte, die an ihr Ohr drangen. Es redete jemand zu ihr, auch wenn das Stimmchen so hell und leise war, dass man es kaum verstehen konnte.
„Minsaj, da bist du ja! Wie sehr ich mich freue!", zirpte es.
„Du kennst meinen Namen?", fragte die Seenland-Elfe verwundert und beugte sich immer weiter vor, um noch besser sehen und hören zu können. „Aber wer bist du?", fuhr sie fort. „Ich sehe niemanden, bis auf die winzigen Tierchen auf der Blüte."

Die zauberhafte Blüte

„Du musst genauer hinsehen", erwiderte das Stimmchen. „Sonst wird sich dir *die Blütenwelt* nicht erschließen."
Minsaj blinzelte und versuchte zu erkennen, wer zu ihr sprach.

War es tatsächlich so, wie sie es zu sehen glaubte, oder spielten ihr ihre Augen einen Streich? Minsaj war sich dessen nicht sicher, denn was sie sah, erfüllte sie mit großem Erstaunen. Sie entdeckte eine winzig kleine Elfe, kaum größer als ein Staubkorn, die am vorderen Rand eines Blütenblattes stand. Jetzt meinte Minsaj auch zu erkennen, weshalb die Blütenblätter vibrierten. Die Minielfe war nicht allein. Hinter ihr wuselte es in alle Richtungen. Einhörner, ebenfalls kaum größer als ein Staubkorn, galoppierten in der Blütenmitte. Drachen, klein wie Samenkörnchen, flogen von Blatt zu Blatt und viele weitere Wesen, die Minsaj nicht kannte, bewegten sich zwischen glitzernden Tautropfen.
„Ein Mini-Elfenland!", rief die Herrin des Wasserschlosses begeistert und überrascht zugleich. „Es scheint so, als ob man das ganze Seenland in eine Blüte gesteckt hätte."
„Freut mich, dass du uns entdeckt hast", erwiderte die winzige Elfe. Minsaj spitzte ihre Ohren, um besser zu verstehen. „Nur wenige Elfen haben so scharfe Augen. Aber du täuschst dich. Unser Land ist nicht so klein. Im Gegenteil, es ist unermesslich groß."
„Aber ich sehe doch, dass ihr alle kaum größer als Staubkörner seid", widersprach Minsaj. „Es ist Zufall, dass ich euch überhaupt entdeckt habe."
„Es mag dir so erscheinen, weil deine Augen es dir so sagen", fuhr die winzige Elfe fort, „aber *die Wirklichkeit* ist eine andere."
„Wovon sprichst du und was ist die Wirklichkeit?", fragte Minsaj neugierig nach. „Und vor allem, wer bist du und wie ist dein Name?"
„Nun, ich denke, niemand kennt mich besser als du", entgegnete die kleine Elfe. Hier heiße ich *Simaraj.* Ich hatte auch schon andere Namen.

Unser Land hingegen hat eigentlich keinen Namen. Es ist nicht wirklich ein Ort, sondern einfach die Wirklichkeit, *das einzig Wahre.* "

Simaraj... der Name kam Minsaj auf seltsame Weise bekannt vor.

„Ich versteh nicht, was du sagst", erwiderte Minsaj verwirrt. „Es muss doch ein Land geben oder einen Ort, an dem ihr lebt. Sonst könnte ich euch nicht sehen."

Simaraj lachte kaum hörbar.

„Dein Irrtum liegt bereits in dem Wort *leben*, Minsaj", meinte sie dann. „In Sajana, im Seenland und in den Fabelwelten leben Wesen aller Art, selbst wenn sie manchmal wie Geister erscheinen mögen. Wir leben nicht. Wir sind einfach nur da – hier und dort und überall. Was du siehst, ist nur das, was deine Augen daraus machen. Ein anderes Wesen würde uns vielleicht im Wasser eines Baches erkennen oder in den Wolken am Himmel. Die wenigsten finden überhaupt eine Verbindung zu uns. Du wirst dies nicht begreifen, denn einem lebendigen Wesen ist es unmöglich, das zu verstehen, was ich dir sage. Du kannst es nur akzeptieren, so wie es ist, und dankbar sein, dass wir uns an diesem Ort gefunden haben."

„Ich bin dankbar für alles", erwiderte Minsaj. Sie verstand tatsächlich wenig von dem, was ihr die winzig kleine Elfe sagte. „Ich bin dankbar für das Grün und die Blumen an diesem Ort. Ich freue mich über den wunderbaren Duft und das magische Licht und natürlich darüber, dass ich euch entdeckt habe. Unser Land geht unter. Ich glaube, es bleibt dem Seenland nicht mehr viel Zeit. Ich bin sehr traurig darüber und meine Kräfte lassen nach."

Minsaj beobachtete, wie sich Simaraj von der Blüte löste und das Elfenstaubkorn auf sie zuschwebte. Sie streckte ihre Hand aus. Als die winzig kleine Elfe die Hand berührte, spürte Minsaj ein unbeschreibliches

Die winzig
kleine Elfe

Gefühl. Es war weder Glück noch Leid noch Freude oder Trauer. Es war einfach da und sie war ein Teil davon. Das Seenland schien in eine weite Ferne gerückt, als ob es nicht mehr Teil von ihr wäre. Simaraj kannte ihren Namen. Was sie gerade noch verwundert hatte, erschien Minsaj jetzt ganz normal. Die winzig kleine Elfe bewegte sich langsam über die Handfläche und blieb dann in der Mitte stehen.

„Höre mir gut zu", sagte sie mit ihrer leisen Stimme. „In dem Moment, in dem das Seenland untergeht, macht euch auf den Weg zu den weißen Einhörnern. Jeder muss bereit sein für diesen Augenblick. So werdet ihr die Fabelwesen finden. Schicke die Nachricht durch das Land. Alle sollen es wissen. Niemand wird ausgeschlossen und für jeden bleibt dieser Weg."

„Ich möchte nicht, dass meine Freunde zu den weißen Einhörnern gehen", erwiderte Minsaj traurig. „Ich möchte, dass sie leben. Den Tod meiner Freundin Jasmira werde ich nie überwinden."

„Höre auf meine Worte und tue, was ich dir sage", entgegnete Simaraj eindringlich. „Wenn die letzte Aussicht auf Rettung schwindet, dann ist das euer letzter Weg."

Die winzig kleine Elfe flog wieder auf und zurück zu ihrem Blütenblatt. Minsaj wollte etwas sagen, aber im selben Moment schloss sich die Blüte wie von selbst und das winzige Elfenreich war verschwunden. Auch die anderen Blüten zogen sich wieder in ihre Knospen zurück, ebenso wie die Blätter und Zweige. Minsaj blieb nur noch der graue Baumstumpf, auf dem ihre Hand lag. Langsam ließ sie los und blickte sich um. Nichts erinnerte mehr an den zauberhaften Blätter-Raum. Alles war verflogen wie ein flüchtiger Traum. Die Erinnerung daran blieb jedoch bestehen und Minsaj wusste jedes Wort Simarajs. Sie beschloss, ihren Rat zu befolgen und die Nachricht zu verschicken, auch wenn sie die Hoffnung auf eine Rettung des Seenlandes nicht aufgeben wollte.

Sie grübelte erneut über den Namen nach.

Simaraj   Rasmiaj   Jasmari
Jasmi...

Plötzlich wusste sie, weshalb ihr die winzig kleine Elfe, ihr Name und ihre Worte so vertraut vorgekommen waren.

Kapitel 24

Norah und der Pakt

Norah, Leandra, Yuro und Grimm hatten die Worte der Wächterelfen vernommen. Es war für sie schwer zu begreifen, dass in dem flimmernden Lichterglanz zu ihren Füßen das ganze Wissen Sajanas verborgen lag und dieses bis in unendliche Tiefen unter dem Berg reichte. Keiner wagte ein Wort zu sprechen. Tuoron und Menefeja standen wie zu Stein erstarrt und erweckten den Eindruck, als ob sie die Hüter über ein mächtiges Grab wären.

Leandra und Yuro blickten Grimm fragend an. Sie hofften, der alte Wolfself hätte eine Idee, wie sie sich aus den Tiefen des Berges befreien konnten. Aber Grimms Blick war traurig und er schien ebenfalls ratlos zu sein.

Norah dachte an Aela, überlegte, wie es ihr wohl ergangen sein mochte und ob sie bei ihrem Versuch, Ilarias Zauber zu durchbrechen, ihr Leben gelassen hatte.

In dem Augenblick, als sie das dachte, sah die Königin, wie sich einige der Lichtpunkte vom Boden lösten und um ihren Kopf schwebten. Dann näherten sie sich ihren Augen und bevor Norah wusste, wie ihr geschah,

Die Lichtersterne

drangen die kleinen Lichtersterne ein. Norah schloss die Augen, da sie das Flimmern nicht ertragen konnte, aber es half nichts. Dafür sah sie, wie sich aus dem Funkeln eine Gestalt abzeichnete. Sie kannte sie gut, denn es war niemand anders als Aela, die wie ein schwarzer Schatten und gezeichnet vom Kampf gegen Ilaria in die Tiefe stürzte. Ihr Gewand war zerrissen und verschmutzt, ihre Haut und ihre Flügel geschunden. Im Sturz wandelte sich plötzlich Aelas Äußeres. Goldener Staub umspielte sie und reinigte ihr Kleid, ebenso wie ihre Haut und ihre Haare. Anstatt zu stürzen schwebte sie im hellen Raum und war zu einem Engel geworden.

Norah öffnete erschrocken und zugleich fasziniert die Augen. Das Licht hatte Aela geholt, genauso wie es die Prinzessin gewünscht hatte. Dessen war sich die Königin jetzt sicher. Im Berg der Wahrheit war offenbar das ganze Wissen Sajanas verborgen und wem eine Frage auf der Seele brannte, dem wurde die Antwort durch die Lichtersterne gegeben.

Gleichzeitig bemerkte Norah, wie sie mit ihren Beinen ein ganzes Stück in dem Lichterflaum eingesunken war.

Sie sah sich verwirrt um. Grimm war verschwunden und auch Yuros Körper steckte bis zur Hüfte in der funkelnden Watte, ebenso wie Leandra. Lediglich die Wächterelfen hielten ihren Posten.

Wir werden alle in dem endlosen Wörter-Meer versinken, hatte Norah plötzlich die Gewissheit. *Nie mehr werde ich Aela wiedersehen, denn sie ist beim Licht. Es geht ihr bestimmt gut, aber für uns und für Sajana ist sie verloren.*

Norahs Gedanken schweiften ab – in ihre Heimat, zum Zinnenpalast und zu ihrer Mutter. Auf ihrer Seele brannten viele Fragen und sie wusste, dass sie hier die Antworten bekommen konnte. Gleichzeitig würde sie für immer in den Tiefen versinken, bis sie selbst nur noch ein winziger Teil dieser Geschichten war.

Grimms Mut hat ihn viele Fragen stellen lassen, weshalb er bereits versunken ist, dachte Norah. *Aber ich habe Angst vor dem, was mit mir geschieht!*

Sie sah in Yuros und Leandras Augen, dass auch die Freunde Angst hatten. Gleichzeitig erkannte sie bei ihnen aber auch den Glanz der Erleuchtung, denn vermutlich hatten beide erfahren, was mit ihren Eltern geschehen war.

Der Pakt mit den Drachen, kam Norah in den Sinn. *Bald werde ich wissen, weshalb er gebrochen wurde. Ich werde versinken, aber ich erfahre wenigstens noch alles über dieses dunkle Kapitel.*

Als sie diesen Gedanken zu Ende gedacht hatte, lösten sich wieder kleine Sterne aus dem Lichterflaum und schwebten zu ihren Augen. Ein Schwarm aus leuchtenden Punkten drang durch ihre Pupillen und Norah schloss erneut die Augen.

Norah sah einen Palast, größer und schöner als es der Zinnenpalast jemals gewesen war. Er befand sich nahe der Glasberge, einen halben Tagesritt südlich ihrer Heimat. Die Bergspitzen waren verschneit und die Sonne strahlte.

Der Palast bestand aus verschieden großen, in sich verschachtelten und hoch in den Himmel ragenden Gebäuden. An der nördlichen Seite war ein prächtiges Tor mit aus Stein gemeißelten und edel verzierten Bögen. Am Himmel über dem Palast kreisten hoheitsvoll vier Königsdrachen und auf den steinigen dürren Wiesen vor dem Tor spielten Elfenkinder mit niedlichen Hausdrachen.

Der größte der vier Königsdrachen löste sich von den anderen. Er flog hinab und gesellte sich zu einer Gruppe Elfen, die gemeinsam um eine große Tafel im Palasthof saß. Es handelte sich dabei zweifellos um Elfen-fürsten und ihre Gefolgschaft, denn ihre Kleidung war fein und der Tisch reich gedeckt. Jeweils zur Rechten und zur Linken der Tafel brannten große Feuer, die immer wieder von Hausdrachen geschürt wurden. Es war ein harmonisches und schönes Bild und bald kamen weitere Bergel-fen hinzu. Es wurde getanzt, gelacht und gegessen.

Am Kopfende der Tafel saß ein Bergelf, dessen Gewand an Schönheit die Gewänder der anderen übertraf. Als Kopfschmuck hatte er eine Krone, die ihn als König unter den Elfenfürsten auszeichnete. Sorgsam bemüh-te er sich um alle Gäste, damit es allen gut ging und jeder genug zu essen und zu trinken bekam. Als Einziger konnte er die Drachensprache, denn er unterhielt sich meist scherzend, aber ebenso respektvoll mit dem großen Königsdrachen.

Unbemerkt von den anderen, schlich sich einer der Gäste, der zweifellos keiner der Fürsten war, von der Tafel weg. Sein Mantel war seltsam aus-gebeult, was er mit einem weiten Umhang geschickt vor den anderen

Anwesenden verborgen hatte. Zunächst schlenderte er teilnahmslos zwischen den zahlreichen Elfen umher, um dann rasch hinter einer verborgenen Ecke zu verschwinden. Dort warteten ein finsterer fetter Troll und eine elfenähnliche Gestalt mit borstigen Beinen und Flügeln auf ihn. Sie tuschelten und sahen sich immer wieder vorsichtig um, offensichtlich, da sie befürchteten, entdeckt zu werden. Der Elf schob seinen Umhang und seinen Mantel etwas beiseite und ein Ei wurde darunter sichtbar. Es handelte sich dabei zweifelsfrei um eines der äußerst seltenen Königsdracheneier, denn es war auffallend groß und ein Flammenmuster zierte die Schale. Das Ei gab er den beiden finsteren Gestalten, verschwand dann schnell, um gleich wieder bei den Fürsten an der Tafel zu sitzen. Dies war der Moment, als Neid und Verrat ins Elfenland Einzug hielten, denn es war pures Machtstreben, das den Eierdieb zu dieser Tat bewogen hatte.

Der Troll und sein dämonischer Gefährte brachten das Ei unauffällig in die Gemächer des Königs und legten es auf das Bett zwischen die edlen Samtkissen.

Das Drachenei

Der Troll, der an seinem breiten Gürtel eine schwere Axt trug, nahm diese zur Hand und hieb damit auf das Ei. Die Schale war hart und Funken sprühten in alle Richtungen. Der Boden unter dem Palast bekam Risse und heulender Wind, gleich einer säuselnden Stimme, erhob sich. Dann gab die Schale nach und zersprang in tausend Stücke. Eine Feuersäule schoss hinauf zur steinernen Decke des Gemachs und schmolz diese wie Wachs. Das Feuer stieg in den Himmel und breitete sich in einem Flammenmeer aus.

Der Troll und sein Gefährte flohen vor dem Feuer. Ihr Werk war vollbracht und das Unheil nahm seinen Lauf. Der mächtige Königsdrache wusste sogleich, was die Feuersäule zu bedeuten hatte, flog auf und sah durch die Decke des zerstörten Gemachs, was geschehen war. Wütend kehrte er zur Tafel zurück, um den König zur Rede zu stellen. Dieser war selbst erschüttert und wusste nicht, was er sagen sollte. Seine Versuche, den Drachen zu beruhigen, schlugen fehl, denn der Schmerz über den Verlust des Eis war bei dem Feuerwesen zu groß. Der Drache flog auf und ein fürchterlicher Schrei, der tief aus seiner Brust kam, dröhnte über das Land. Drachen kamen aus allen Richtungen herbeigeflogen und stießen ihre Flammen hinab. Die Königsdrachen führten sie an und bald schmolz der ganze Palast unter ihrem Feuer dahin. Dem König und den Fürsten blieb nur die Flucht. Immer wieder hatten sie versucht, die Drachen zu beruhigen, aber der Zorn war zu groß. Als der Tag zu Ende ging, war von dem Palast nichts mehr übrig bis auf glühende Steinmassen, die sich heiß und bedrohlich in den Glasbergen widerspiegelten.

Was damals geschah, geriet im Laufe der Zeit in Vergessenheit. Kein Bergelf traute sich davon zu berichten, aus Furcht, es könne sich wiederholen. Die Freundschaft und der Pakt zwischen den Bergelfen und den Drachen waren jedoch gebrochen. Die Feuerwesen zogen sich mehr und mehr zurück und der Norden verfiel in Neid und Missgunst. Familien zerbrachen und nur noch wenige Kinder kamen zur Welt.

Der Familie des Ei-Diebes gelang es hingegen, über Generationen hinweg den Reichtum zu mehren und im Wohlstand zu leben – nicht zuletzt durch die Hilfe der schleichenden Trolle und finsteren Dämonen. Ihre Macht wuchs und sie unterwarfen alle Fürstenfamilien im Norden Sajanas, um selbst Fürsten zu werden. Die Söhne der Familie führten das Bündnis ihrer Vorfahren mit den finsteren Mächten fort, um nicht in Ungnade zu fallen.

Einzig die Geburt einer Tochter blieb ihnen lange Zeiten versagt, bis eines Tages endlich ein Elfenmädchen zur Welt kam. Ihr Vater hatte mit der Tradition seiner Ahnen gebrochen und eine Sommerelfe geheiratet. Somit war die Macht des Fluchs erloschen.

Die Trolle, welche die Geschichte des gestohlenen Dracheneis an ihre Nachkommen überliefert hatten, und der dämonische Elf mit den Drachenflügeln forderten nun ihren Tribut. In der Stunde des Verrats hatten sie den Preis für das Zerstören des Dracheneis ausgehandelt. Als Lohn für ihr zerstörerisches Werk forderten sie die Herausgabe der ersten Tochter, die zur Welt kommen würde. Mit ihr als Opfer hofften sie, die Mächte der Trolle und Schattenwesen Sajanas zu mehren. Nun, Generationen später, sollte das Versprechen eingelöst werden.

Die Eltern des Elfenmädchens weigerten sich, ihr Kind herzugeben und die Geschichte der Palast-Zerstörung wiederholte sich. Trolle und Dämonen kamen in Scharen und rissen das falsche Fürstenschloss ein. Den Elfen gelang es zu fliehen, aber die Tochter fiel in die Hände des mächtigsten Trolls und des elfischen Dämons mit den Drachenflügeln.

Bald standen der Anführer der Trolle und der Dämon am Rande eines Kraters und hielten das Kind in den Händen. Ein magischer Feuerball aus kalten Flammen schützte das Baby. Die bösen Gefährten lachten und hielten den Feuerball in die Höhe. Dann warf ihn der Dämon auf den Rand der Krateröffnung. Immer schneller rollte der Ball an der Kante entlang, bis er in die Tiefe stürzte.

Norah riss die Augen auf. Sie hatte genug gesehen. Jetzt wusste sie, wie es zum Bruch des Paktes gekommen war. Ein einziger machtgetriebener Verräter hatte die Intrige geschmiedet und das Ei unbeobachtet in das Gemach des Königs bringen lassen. Sie dachte an den alten König Naramon, der ihr bei Panthar und Farona im Drachenherz erschienen war, und an Aelas Vater Baromon. Gütige und gute Könige hatten Sajana regiert, aber ihr Leben war immer wieder zerstört worden.

Die Geschichte des gestohlenen Dracheneis machte sie tief traurig, denn wie Recht hatte der Moorkönig, das Elfenreich zu zerstören und all den Neid und die Missgunst für immer auszulöschen. Die Königin wusste nun, dass der einzige Weg, die Drachen wieder zu versöhnen und den Pakt zu erneuern, die Rettung des letzten Königsdracheneis durch ihre Mithilfe gewesen war. So konnte Nagar schlüpfen. Ein wenig machte es sie stolz, doch es half nichts. Im Zuge der schlimmen Taten vergangener Zeiten war ihr Bemühen nicht mehr gewesen, als ein verglühender Funken in der Kälte des Nordens.

Das entführte Elfenmädchen in den Händen des Trolls und des Dämons erinnerte sie an ihre Mutter, die Sarah ebenfalls der Familie König Baromons entrissen hatte. Die Vergangenheit des Elfenlandes war durchseucht von diesen Geschichten. Jetzt hatten sie Sajana endgültig zerstört.

Norah war inzwischen mit dem ganzen Körper tief im Lichterglanz eingesunken. Das Flimmern wurde unerträglich, aber die Königin vermied es, die Augen erneut zu schließen. Ebenso versuchte sie, keine weiteren Fragen mehr in sich aufkommen zu lassen, da sie fürchtete, noch tiefer zu versinken. Leandra, Yuro und Grimm konnte sie nirgendwo erblicken. Sicher war es ihnen ebenso ergangen. Was würde geschehen? Waren sie hier für immer im Inneren des Berges gefangen? Norah versuchte mit den Flügeln zu schlagen und sich mit den Armen und Beinen aus dem Lichterglanz zu befreien. Es half nichts. Die einzelnen Lichtsternchen schwirrten wirr um ihren Körper und die Königin hatte das Gefühl, als ob sie durch jede Pore eindrangen. Seltsame Gedanken kamen in ihr auf und Geschichten vermischten sich miteinander. Bald wusste Norah nicht mehr, wo oben und unten war. Wahnsinn ergriff Besitz von ihr. Das Flimmern wurde immer stärker und löste sich in hellem Licht auf. Aus den einzelnen Sternchen formten sich weiße Schneeflocken, die sanft davongetragen wurden. Bald würde auch Norah sterben.

„Aela!!", schrie sie mit letzter Kraft. Blaue Lichtersternchen strömten aus ihrem Mund, wandelten sich zu weißen Flocken und bahnten sich den Weg nach oben.

Kapitel 25

Der gefallene Engel

Während Aelas Freunde den Tod vor Augen hatten, näherte sich der Engel Alea dem Licht, der Quelle der Wärme, des Glücks und der Ewigkeit. Immer mehr Geschichten drangen in Alea ein und erzählten von vergangenen Zeiten. Je mehr Geschichten es wurden, umso mehr vermischten sich die Ereignisse, formten sich zu einem großen Gesamtbild und machten den Engel wissend und weise. Auf seltsame Art wandelte sich dabei das Bewusstsein von Gut und Böse und von Lüge und Wahrheit. Was sich in einer Geschichte als wahr und klug darstellte, wurde in den nächsten Bildern zu Verrat. Ebenso wuchs aus dem Bösen neue Kraft und formte sich zu Leben.

Alea war nun selbst in diesem Strom der Zeit, in dem sich jedes noch so bedeutende Ereignis im Rauschen der Ewigkeit verlor. Das Licht holte sie zu sich, um selbst Teil davon zu werden.

Als Alea vor dem Licht schwebte, wurde sie überwältigt von der Schönheit und Erhabenheit des Strahlens. Eigentlich hätte die unfassbare Helligkeit zur Blindheit führen müssen, aber genau das Gegenteil geschah. Das Licht verströmte Erleuchtung, Glück und Ruhe. Es fühlte sich für Alea

Alea und
das Licht

an, als ob sie ein Leben lang durch einen finsteren Wald geirrt wäre und nun das erste Mal das Sonnenlicht erblickte.

Bei genauem Betrachten erkannte der Engel Gesichter, Köpfe und Körper. Sie waren Teil des Lichts und gehörten wie selbstverständlich zu der mächtigen Erscheinung. Manche der Gestalten kamen Alea bekannt vor und waren Teil ihrer eigenen Vergangenheit. Andere wiederum waren erst mit den Geschichten, die sie hierhergeführt hatten, zu ihr gekommen.

Alea wunderte sich nicht, als sie Worte hörte, die sich an sie richteten. Eine Stimme bildete sich aus unzähligen Stimmen, als ob alle Gestalten des Lichts gleichzeitig zu ihr sprachen. Es war ein Gewirr an Worten und Sätzen und doch einfach zu verstehen.

Kind Sajanas, du bist mir willkommen. Goldstaub war es,
Tochter König Baromons, Tochter der Erde Sajanas, hier
der uns vereinte. Hier bist du zuhause, hier ist deine Ewigkeit.
geht dein Weg zu Ende. Hier verliert sich jede Spur. Hier sind nur die
Bei mir finden sich alle – die Treuen, die Dienenden,
Edelsten und Vollkommensten, doch es gibt Hoffnung für jeden,
die Heiligen. Das Licht führt sie zusammen, damit sie strahlen.
selbst für die Vergessenen,

die Vertriebenen

und die Verlorenen.

Alea hörte die Worte und meinte für einen Moment im Licht eine Gestalt zu erkennen, die einmal ihr Vater gewesen war. Sie wollte etwas fragen, aber die Antwort kam von selbst.

Das Licht ist nicht nur hier, es ist überall.
Wir sind das Reich der Seelen, der Ahnenwald und auch die
Manchmal ist es hell, manchmal erscheint es als Schatten und
Wirklichkeit. Der Weg an diese Orte öffnet sich für den Suchenden,
manchmal als nichts. Das Licht führt uns zusammen.
doch oft verschließt er sich ohne Grund. Geister, Engel und Dämonen
In ihm wird alles gleich. Wer meint, das Gute zu kennen, wird
kommen und gehen. Manchmal sind sie wahrhaftig, doch oft auch
sehen, wie er dem Bösen folgt. Wer das Böse verachtet, der
Schatten ihrer selbst. Wer nur das Leben sieht, der erkennt nicht
verneint das Leben.
den Tod,
Kein Glück ohne Pech.
das Schicksal,
Keine Freude ohne Leid.
die Trauer und
Kein Leben ohne Tod.
die Ewigkeit.
Alles ist eins und für immer verbunden. Wer dem Tod nicht begegnet, der
Gestalten irren vom Schatten zum Licht. Schicksale wandeln sich im
weiß nicht, was Leben bedeutet. Wer das Leid nicht erfahren hat, der wird
Augenblick eines Wimpernschlags. Nur die Demütigen wissen
auch niemals den Stern des Glücks erkennen.
das Glück eines hellen Moments zu schätzen. Feste werden gefeiert,
Das Licht strahlt über allem. Wo das Licht ist, entsteht neues Leben.
Augenblicke der Freude, der Trauer, der Liebe und des Hasses.
Der Tod ist die Erde, auf der alles wächst, auch die

Freundschaft.

Freundschaft. Beim Klang dieses Wortes spürte Alea einen leichten Schmerz in ihrer Brust. Sie wunderte sich, denn seit sie ein Engel geworden war, hatte sie solche Gefühle nicht mehr gehabt.

Ich habe gute Freunde, dachte sie. *Ich wollte sie schützen, aber mein Schicksal ließ es nicht zu. Nun bin ich hier, aber meine Freunde sind noch dort. Bald werden sie kommen, wenn der Moorkönig und Ilaria ihr Werk vollendet haben.*

Von der Ferne des Lichts aus schien ihr der Zorn gegen den Moorkönig und Ilarias Zauber unbedeutend, denn Zorn und Rache gab es hier nicht. Sajana würde vergehen und wieder entstehen. Und irgendwann würde auch Ilarias Schattenreich Vergangenheit sein. Aber der Schmerz beim Gedanken an ihre Freunde wollte nicht weichen.

Etwas in dir lebt, denn ein Hauch von Schmerz schwebt
Das Land ist verloren und mit ihm das dunkle
in der Unendlichkeit. Es geschieht nie und doch ist es da,
Schicksal vergangener Tage. Aus der Dunkelheit wird Neues
denn deine Freundschaft ist stärker als Leben und Tod.
entstehen, um irgendwann wieder zu vergehen.
In dem Engel Alea schlummert die Erinnerung an die
Der Schmerz dürfte nicht sein und dennoch leitete er dich
Sommerelfe Aela und an die großen Freundschaften.
zurück ins Leben und in die Vergänglichkeit.
Wird der Schmerz stärker, so erwacht auch Aela neu in dir.
Dein Weg ist nicht zu Ende, das Schicksal nicht erfüllt.
Das Unmögliche kann geschehen, das, was noch niemals
Du selbst bist Teil der Schöpfung und
zuvor geschehen ist. Doch wisse, vieles wird vergessen sein
sie wird dir gehorchen. Dein Weg zurück ist vorgezeichnet
und vieles wird verloren sein. Doch die Macht des Lichts
und die Wärme wird dich begleiten. So wird dir beigestanden
wird dich immer behüten. Aus dem Licht entsteht das Leben und
in der Stunde der Trauer und der Freude.
du trägst das Licht in dir.

Alea spürte Schmerz in sich, aber auch Gelassenheit und Zuversicht. Die Worte des Lichts hatten sie durchdrungen wie Sonnenstrahlen den Morgentau. Sie spürte, wie sich das Weiß ihres Körpers mit dem ewigen Strahlen verband und sich gleichzeitig ein Teil von ihr löste.
Der Schmerz blieb und mit ihm die Erinnerung an ihre Freunde, die Alea auch im Angesicht der Unendlichkeit nicht vergaß.

Der Moorkönig,

dachte Alea. Die Stimme des Lichts erhob sich erneut.

Das Moor, die Erde, der Moorkönig – sie sind Schöpfer
Führt dich dein Weg zurück, so werden sie dich begleiten.
und Geschöpf in einem. Sie werden geleitet von ihren Gedanken.
Die Pforten gehen auf und das Alleinsein endet, wo es begonnen hat.
Doch ohne das ewige Licht verliert sich alles in Dunkelheit.
Nimmst du das, was dir gegeben, findest du die letzte Insel,
Kein Leben wird entstehen, kein Zauber kann es erwecken,
den Keim des Lebens und die Zelle
denn selbst das Moor, das Feuer und die Magie sind vergänglich.
der Schöpfung. Die Wärme der Unschuld wird dich leiten und
Das Licht bist nun auch du. Sein Schein strahlt über allem
Bilder werden entstehen. Die Kraft des Feuers
und nichts wird erwachen ohne die ewige Kraft
ist an deiner Seite. Wo sie ist, hat das Alte ein Ende.
seiner Wärme. Du wirst die Wärme in dir tragen.
Wo die Flammen brennen, wird das Licht zur Wirklichkeit,
Du wirst es sein, die sie neu vergibt. Suche die UNSCHULD in
wird das Leben neu erwachen
dir und die UNSCHULD des Feuers,
und die Freundschaft kehrt zurück.
dort, wo der Baum des Lebens steht.

Dies waren die letzten Worte des Lichts. Alea spürte, dass es Worte des Abschieds waren und sie versuchte zu begreifen, was es für sie bedeutete. Eine große Sehnsucht kam in ihr auf – ein Gefühl, das sie schon vergessen hatte. Sie wollte zum Licht, sie wollte *nach Hause,* sie wollte nicht mehr umkehren, um an einen Ort zurückzukehren, wo es Trauer und Leid gab.

Gleichzeitig brannte der Schmerz immer stärker in ihr. Wie Feuerblumen wuchs er in ihrem Engelskörper und breitete sich aus. Das Blumenfeuer erfasste Arme, Beine und Flügel und bald schien ihr ganzer weißer Körper in Flammen zu stehen.

Die Feuerblumen

Das Licht entfernte sich von Alea. Oder war es umgekehrt und der Engel wurde fortgetragen? Dort, wo Alea durch einen weißen Tunnel gekommen war und sich sanfte Schneeflocken gebildet hatten, wartete nun ein mächtiger Schlund auf sie, in den der Engel unwiderstehlich hineingezogen wurde. Kleine spitze Flämmchen, aber auch Eis und Schnee trieb es von den Seiten herbei. Das Feuer und das Eis berührten Aleas Haut. Und mit jeder Berührung hatte der Engel das Gefühl, als ob sich die Geschichten, die Erinnerungen und die Gestalt des Lichts von ihr lösten.

Bald war das Licht ganz verschwunden und der Eisfeuer-Schlund trieb Alea mit sich fort. Alte Gedanken und altes Leid stiegen in ihr auf. Gleichzeitig aber auch schöne Gefühle, Erinnerungen an ihre Kindheit im Sommerland, an unbeschwertes Leben und an eine schöne Natur.
Freunde und Familie kehrten in ihr Herz zurück und ein anderes Glücksgefühl als das des Lichts erfasste ihre Gedanken.

Aela

dachte der gefallene Engel und die neu geborene Sommerelfe.

Ich bin Aela.

Kapitel 26

Im Moment des Untergangs

Aela bemerkte, wie nach und nach alle Erinnerungen zurückkehrten. Sie dachte an das, was mit ihr geschehen war, bevor sie das Licht erblickt hatte. Gerade war sie noch schwerelos gewesen. Jetzt spürte sie, wie Arme, Beine und ihr ganzer Körper schmerzten. Sie wurde langsam wieder die Elfe, die den Kampf gegen Ilaria aufgenommen hatte und im schwarzen Regen gestorben war.

Trotz der Schmerzen sah Aela, dass die Wunden und Risse an ihren Flügeln verheilt waren. Das blütenweiße Engelsgewand durfte sie behalten und Aela war dankbar für diese Gabe des Lichts. Sie freute sich, denn das weiße Gewand war ganz leicht und der Stoff fein und fest.

Trotz des Eises und des Feuers verbrannten weder die spitzen Flammen noch die eisigen Kristalle die Haut der Prinzessin. Es waren lediglich die Erscheinungen, die sie bei der Verwandlung vom Engel zur Elfe begleiteten und ihr Bewusstsein erneut veränderten. Immer noch spürte sie die Wärme des Lichts in ihrem Herzen und hoffte, das Gefühl würde nie mehr vergehen.

Bald lag das Licht weit hinter ihr und die Erinnerungen verblassten mehr

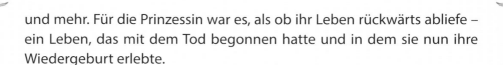

und mehr. Für die Prinzessin war es, als ob ihr Leben rückwärts abliefe – ein Leben, das mit dem Tod begonnen hatte und in dem sie nun ihre Wiedergeburt erlebte.

Ich werde heimkehren, aber ich bin vielleicht ganz allein, dachte Aela. *Sajana, unser geliebtes Elfenreich, gibt es wohl nicht mehr und das Schicksal meiner Freunde steht in den Sternen.*
Aela spürte das erste Mal, seit sie dem Licht begegnet war, wieder ein Gefühl der Trauer. Ungewissheit und Sorge belasteten ihr Herz. Aber eines hatte sich dennoch verändert: Hatten früher diese Gefühle ihr ganzes Herz und ihre ganze Seele belastet, so wurden sie jetzt von anderen Gefühlen begleitet. Mit der Trauer schwang auch etwas Freude in ihr mit und mit der Sorge etwas Zuversicht. Die *Waage der Empfindungen* in ihrem Innersten blieb im Lot und wurde auf ganz sonderbare Weise von dem Gefühl der Wärme ausgeglichen.

Falomon und Sarah hatten lange auf dem Felsvorsprung ausgeharrt, den sie erklommen hatten, und dabei beobachtet, wie die schwarzen Fluten unaufhörlich anstiegen. Sie reichten inzwischen bis zu ihren Füßen und bald würden sie die beiden Elfen ganz erfassen. Falomon hatte Sarah bei den Händen gefasst und beide schwiegen, denn sie wussten, dass ihre Lage hoffnungslos war.
Falomon schloss die Augen. Wenn er sterben musste, dann sollte sein Leben wenigstens mit schönen Gedanken zu Ende gehen. Er dachte an Fee und die Liebe zu dem Elfenmädchen strömte in sein Herz. Er stellte sich vor, wie sie gemeinsam in den Süden flogen und wie er mit ihr auf den Wiesen bei den Flüssen spazieren ging. Fee war das Mädchen, das

er heiraten wollte. Zuhause hätte er den Mut gefasst und sie gefragt, ob sie seine Frau werden mochte.

Falomon sah ein rauschendes Fest vor seinen Augen. Elfen aus dem ganzen Sommerland waren gekommen, um mit ihnen zu feiern. Selbst Bergelfen hatten den langen Weg auf sich genommen, um dabei zu sein. Falomon liebte Kinder. Es war immer sein Wunsch gewesen, viele davon zu haben. Der Gedanke zu sterben, ohne sich diesen Wunsch erfüllt zu haben, schmerzte ihn neben der Trennung von Fee am meisten.

Auch Sarah hing ihren Gedanken nach. Das Schicksal hatte es nicht gut mit ihr gemeint. Entführt und bei einer falschen Mutter aufgewachsen, hatte sie ihre Kindheit und ihre Jugend verloren. Endlich war ihr nach der Flucht wahres Leben und Glück zuteil geworden. Nun ging es schon wieder zu Ende. Sie spürte einen Kloß im Hals und wollte etwas sagen, als sie plötzlich eine Entdeckung machte.

„Falomon!", rief sie. „Da vorne treibt etwas auf uns zu!" Tatsächlich war dort ein grüner Gegenstand oder Körper. Falomon hatte es inzwischen ebenfalls bemerkt und richtete sich vorsichtig auf. Sarah versuchte, ihm Halt zu geben, so dass er sich nach vorne beugen

Falomons Hände

konnte. Dann packte er geschickt zu und zog das, was im Wasser trieb, zu sich heran.

„Es ist… es ist ein kleiner Drache!", rief er atemlos und überrascht zugleich. Der Elf zog das leblose Bündel hoch. Da es auf dem Felsvorsprung sehr eng und der Stein inzwischen nass und glitschig war, legte Falomon das Bündel Sarah in den Schoß. Sie wischte mit ihrem feuchten Kleid vorsichtig über das Gesicht des Feuerwesens.

„Bei allen Elfengeistern!", rief sie. „Das ist Nagar, der kleine Königsdrache! Wie ist er nur hierhergekommen?" Falomon musste erst einmal seine Gedanken sammeln.

„Es scheint so, als ob er ebenso wie wir nicht Teil der Trugbilder im Elfenparadies gewesen ist", vermutete der Elf. „Offensichtlich wurde er auch dorthin verbannt und sollte sterben."

„Er ist schon tot", meinte Sarah traurig und nahm eine Pfote Nagars behutsam in die Hände. Sie stutzte. Hatte sie eben ein leichtes Zucken eines Augenlides bei Nagar beobachtet? Sie legte ihren Kopf auf seine Brust.

„Falomon, er lebt!", rief sie aufgeregt. „Sein Herz ist nur schwach zu hören, aber es schlägt."

Der kleine Drache drehte jetzt seinen Kopf etwas zur Seite. Sarahs Hände zitterten vor Aufregung. Dann zuckte Nagar am ganzen Körper, bäumte sich etwas auf und spuckte einen Schwall aus schwarzem Schlamm und Feuer aus. Er hustete und Sarah musste aufpassen, dass die kleinen Flämmchen, die er dabei ausstieß, sie nicht verbrannten. Dann schlug er die Augen auf.

Falomon ballte seine Fäuste. Sie hatten Nagar gerettet, aber was half es, wenn in wenigen Augenblicken der unterirdische Sumpf alles verschlingen würde? Er blickte nach oben. Dort war der nächste Felsvorsprung, der viel zu klein war, um darauf Halt zu finden.

Sinia und Fee hatten die rettenden Bäume erreicht, die wie letzte Boten eines untergehenden Reiches aus dem Moor herausragten. Ilaria war verschwunden und der Himmel hatte sich wieder verdunkelt. Fliegen konnten sie nicht mehr und die Hoffnung auf Rettung schmolz dahin. Fee hatte sich bereits aufgegeben. Ihr innigster Wunsch, Falomon wiederzusehen und ihn in die Arme zu schließen, war ebenso groß wie aussichtslos. Jetzt, da alles zu Ende ging, fühlte sie trotz allem Schmerz eine merkwürdige Ruhe in sich. Sie summte eine Melodie.

„Was ist das, was du da singst?", wollte Sinia wissen. Ihr fiel es schwer zu begreifen, dass sie machtlos waren. Zweimal hatte sie versucht, aufzufliegen und war dabei beinahe in die Fluten gestürzt, um sich im letzten Moment wieder auf den Baum zu retten.

„Das ist nur ein kleines Lied, das mir Falomon beigebracht hat", erwiderte Fee. „Die Eltern singen es in seiner Heimat den Kindern vor dem Schlafengehen. Es geht so:

Wenn es dunkel wird im Elfenland,
gehen alle Kinder schlafen.
Ein Traum nimmt sie dann bei der Hand,
die Frechen wie die Braven.

Der Mond am Himmel leuchtet hell,
im weiten schönen Sternenschein.
D'rum kommt ins Traumland alle schnell,
gemeinsam woll'n wir glücklich sein.

Sinia, es wird dunkel im Elfenland und ich frage mich, welcher Traum uns erwartet, wenn alles vorbei ist."

Sinia blickte in die Ferne, wo der Tag sich neigte und das Schwarz der Nacht sich mit dem der Wolken vereinte.

„Ich weiß es nicht, Fee", sagte sie leise. „Aber schlimmer als das, was wir gerade erleben, kann es nicht sein. Es fällt mir schwer, hier oben zu sitzen und nichts tun zu können. Lieber würde ich bis zum Ende kämpfen."

Fee horchte auf, denn in der Ferne hörte sie ein Rauschen. Auch Sinia hatte es schon vernommen. Bald wurde es stärker und die beiden Elfen sahen, wie es am Horizont unruhig wurde. Eine weiße schwankende Linie zeichnete sich schwach von der schwarzen Umgebung ab. Sinia fing an zu begreifen, was es war.

„Das ist eine Flutwelle!", rief sie entsetzt. „Sie ist größer und mächtiger als alles, was wir bisher gesehen haben!" Sie fasste Fee bei den Händen. Die Welle kam in rasender Geschwindigkeit näher.

„Dann ist jetzt der Augenblick gekommen", erwiderte Fee und ihre Stimme war seltsam ruhig und gelassen, als ob sie nichts mehr belasten konnte.

Als die Welle über die beiden und die letzten Bäume hereinbrach, versuchten sich Sinia und Fee aneinander zu klammern. Es war zwecklos. Die Gewalt der Flut war zu groß und sie wurden einfach fortgerissen. Was die beiden nicht wussten: Es war der Tränenbach, der sich inzwischen so gewaltig ausgebreitet hatte, dass er das ganze Land überflutete. Was sich seiner Macht entgegenstellte, wurde einfach ausgelöscht, als ob es niemals da gewesen wäre.

Fee war es gelungen, im letzten Augenblick nach einem Stück des berstenden Baumstamms zu greifen. Sie klammerte sich daran fest. Sinia hatte weniger Glück. Die Elfe war in die Fluten gefallen und ruderte

Fee in den Fluten

verzweifelt mit ihren Armen, Beinen und Flügeln. Sie spürte, wie ihre Kräfte sie verließen.

Ich kann nicht mehr, dachte sie. Ihre Gedanken schweiften zu ihrer Zwillingsschwester ab, während sich die Flutwellen unaufhaltsam brachen. *Ich wollte, ich hätte meine geliebte Schwester noch einmal gesehen, bevor ich sterbe.* Dann dachte sie an Aela, ihre große Schwester.

Was ist nur mit ihr geschehen? Die Wellen peitschten Sinia ins Gesicht. *Vielleicht sehe ich sie gleich im Reich unserer Ahnen wieder.*

Der Kampf gegen die Fluten hatte Sinias unbändigen Willen gebrochen. Sie beschloss, sich nicht mehr zu wehren, denn sie fühlte, ihr Ende war nah.

Minsaj hatte lange überlegt, alles gegeneinander abgewogen, sich mit Freunden beraten und die letzten Möglichkeiten gesucht, das Seenland noch zu retten. Am Ende musste die Herrin des Wasserschlosses erkennen, dass nichts mehr half und nichts mehr übrig blieb, als zu den weißen Einhörnern zu gehen.

Breite Risse zogen sich durch das Land. Die Trockenheit hatte die tiefsten Seen versiegen lassen und alle Wesen des einstmals zauberhaften Schicksalsreiches litten unter fürchterlichem Durst. Die wenigen Brunnen, die blieben, reichten nicht mehr aus, um alle zu versorgen, und sicher würden auch diese bald austrocknen.

Die letzte Nachricht, die Minsaj senden konnte, verbreitete sich rasch übers Land. Darin stand:

Liebe Freunde,

unser Weg ist hier zu Ende. Lange hatten wir Hoffnung auf Rettung, lange haben wir alles versucht, aber unser Reich wird vergehen. Unser gemeinsamer Weg führt zu den weißen Einhörnern. Habt bitte keine Angst, denn es ist der Weg, den bereits unsere Herrin Jasmira gegangen ist, ebenso wie manches Wesen aus vergangenen Zeiten. Eine Stimme hat mich erreicht. Ein winziges Elfenwesen war bei mir. Es hat uns alle zu sich gebeten in dem Augenblick, in dem keine Hoffnung für das Seenland mehr besteht.

Fasst euren Mut und tragt die weißen Einhörner in euren Herzen. Dann werden wir uns dort wiedersehen, wo alles wahr und wirklich ist.

Eure Minsaj

Die Herrin des Wasserschlosses hatte ihr schönstes Gewand angezogen. Es leuchtete in einem hellen Sonnengelb und ein feines Muster mit blauen Blüten und goldenen Ranken verzierte den Saum. Sie kämmte ihre Haare und ließ sich dabei viel Zeit. Ein letztes Mal betrachtete sie sich im Spiegel und lächelte. Dann ging sie hinaus ins Freie. Sie musste dabei durch keine Wasserwände mehr schreiten, denn die letzten waren vor kurzer Zeit vertrocknet.

Barfuß schritt sie über die Wiesen vor dem Schloss. Früher war das Gras weich wie ein Flaum gewesen, nun hatte die Trockenheit die Halme zu scharfen Nadeln werden lassen. Minsaj spürte den Schmerz dieser Nadeln nicht mehr. Ihre Gedanken flogen fort von diesem Ort. In der Ferne sah sie auf einer wundervoll grünen Lichtung weiße Einhörner stehen. Freunde kamen hinzu und schritten an ihrer Seite. Bald würden sie die Einhörner erreicht haben.

Kapitel 27

Gimayon

Irgendwann öffnete sich der Schlund, durch den Aela getrieben wurde. Die spitzen Flammen und das Eis verschwanden und freier Himmel wurde sichtbar. Es war Nacht und unzählige Sterne leuchteten.

Aela schwebte im Himmel. Sie fühlte sich ganz leicht und schwerelos. Ihre Flügel trugen sie wie von selbst und das weiße Kleid wehte leicht im sanften Wind. Unter sich erkannte die Prinzessin nichts – kein Land, keine Berge und auch keine Wälder oder Seen. Bis auf den fahlen Schein der Sterne war es grenzenlos dunkel, als ob der nächtliche Himmel unendlich wäre.

Aela genoss diesen Augenblick der Freiheit, des Sternenzaubers und des Windhauchs auf ihrer Haut. Lange war es her, als sie sich das letzte Mal so gut gefühlt hatte. Obwohl die Erinnerungen an das Licht in ihr verblasst waren, fühlte sie, dass alles Teil ihres neuen Lebens war. Sie musste nur der Wärme in ihrem Herzen folgen und den schönen Gedanken, die sie leiteten.

Der Mond hob sich blass von dem dunklen Himmel ab. Die Prinzessin bemerkte es und flog auf die große runde Scheibe zu. Der sanfte Schein wurde stärker und glitt über ihr weißes Kleid und ihre Haut. Ein wohliger Schauer durchströmte sie. Da entdeckte sie ein Gesicht, das sich zunächst schwach, dann immer deutlicher von der Mondfläche abhob. Es war das schöne Gesicht eines jungen Elfenmannes. Er blickte sie direkt an und ein Lächeln schien über seine Lippen zu huschen. Die Prinzessin spürte, wie ihr schwindelig wurde.

Gimayon

Irgendwie kam ihr dieses Gesicht bekannt vor. Es war ihr vertraut und gleichzeitig fremd. Aela fasste ihren Mut und rief:

„Sei gegrüßt! Ich bin Aela. Wer bist du? Und wie kommt dein Gesicht in den Himmel?"

Das Gesicht im Mond lächelte erneut, aber der junge Elfenmann schien überrascht zu sein. Dann hörte Aela leise Worte, die aus großer Ferne zu ihr drangen.

„Hallo Prinzessin, ich bin Gimayon. Ich weiß nicht, was uns zueinander geführt hat. Nicht *mein* Gesicht erscheint *dir* im Mond, sondern es ist *dein* Gesicht, welches *ich* im Mond sehe."

„Du siehst mein Gesicht im Mond?", fragte Aela verwundert. „Aber wie ist das möglich? Ich schwebe hoch oben im Himmel und nun sehe ich dich im Antlitz des Mondes. Wo bist du gerade? Bist du ein Geist oder ein Dämon?"

Der Elf lachte und Aela spürte einen leichten Stich in ihrem Herzen.

„Nein, ich bin kein Geist", erwiderte Gimayon. „Ich stehe vor einer Höhle, hoch oben in den Bergen am südlichen Rand des Reiches der Bergelfen. Viele Elfen sind hierher geflohen, als das Moor Sajana zerstört hat. Kinder und Frauen sind hier, ebenso einige tapfere Männer, die uns allen bei der Flucht geholfen haben. Aber lange wird es nicht mehr dauern, dann wird auch dieser Berg fallen. Ich war unruhig und bin vor die Höhle gegangen. Dann habe ich dein Gesicht im Mond entdeckt."

Sajana war zerstört. Aela hatte es bereits gefühlt und jetzt war es Gewissheit. Elfen waren geflohen, hatten sich zurückgezogen wie einst die Drachen, als der Pakt gebrochen wurde. Aber auch die Orte der Zuflucht würden bald fallen.

„Ist es nicht furchtbar kalt bei euch?", fragte sie, denn es war bekannt, dass ein Leben auf den hohen, oftmals verschneiten Bergen des Nordens für Elfen unmöglich war.

„Zwei Königsdrachen stehen uns zur Seite", erwiderte Gimayon. „Ohne ihr Feuer könnten wir nicht überleben. Sie heißen Panthar und Farona und halfen bereits, als es darum ging, die vielen Elfenkinder zu retten. Sie kämpften wie wild, vielleicht um den Schmerz über das Verschwinden ihres eigenen Sohnes zu vergessen. Wir sind ihnen zu ewigem Dank verpflichtet."

Panthar und Farona waren bei den Elfen! Das war die beste Nachricht, seit der Untergang seinen Lauf genommen hatte.

„Sag mir, Gimayon, kennen wir uns?", fragte die Prinzessin, denn nach wie vor meinte sie, das Gesicht des jungen Elfenmannes schon einmal gesehen zu haben. Gimayon war verlegen. Er zögerte, bevor er antwortete:

„Ja, Prinzessin, wir sind uns bereits begegnet", erwiderte er. „Es ist lange her. Ich war damals noch ein Elfenbub. Bei einem Ausritt haben wir uns getroffen. Du warst bei deinem Vater und ich bei meinen Eltern. Ich erinnere mich, dass es ein schöner Tag war und ich mich darüber wunderte, weshalb dein Vater so traurig aussah. Lange hat er sich mit meinem Vater unterhalten. Es ging dabei um die Suche nach deiner entführten Schwester Sarah. Wie glücklich war ich, als ich kürzlich erfuhr, dass sie gerettet wurde! Aber damals hatte ich nur Augen für dich. Ich erinnere mich, wie dein Haar in der Sonne glänzte und wie du mich schüchtern angelächelt hast. Kein Wort habe ich herausgebracht. Und niemals würde ich es wagen, dir persönlich zu sagen, dass ich damals nächtelang nicht geschlafen habe. Nur hier, im Angesicht des Mondes und im Bewusstsein, dass das Elfenreich und wir alle untergehen, wage ich es, dir davon zu erzählen."

Die Prinzessin dachte nach. Sie erinnerte sich an den Tag. Sie war voller Freude gewesen, denn ihr Vater hatte sie zu einem Ausritt mitgenommen. Dann waren sie Gimayon und dessen Eltern begegnet. Was als

fröhlicher Ausritt begonnen hatte, wurde wie so oft zu einer verzweifelten Suche nach Sarah. Gerne hätte Aela ihren Vater für sich gehabt. Aber es war nicht möglich. Sie war traurig gewesen und hatte deshalb den kleinen Jungen nicht wirklich beachtet, der verlegen auf seinem kleinen Pony gesessen hatte und alles dafür gegeben hätte, wenn sie ihm ein Lächeln geschenkt hätte. Sie wollte Gimayon etwas erwidern, doch das Gesicht im Mond war plötzlich verschwunden. Dennoch hörte sie erneut eine Stimme, die zu ihr sprach. Es war die Stimme des Mondes.

Wahre Liebe bleibt oft unerkannt, manchmal ein Leben lang.
Sie ruht in den Bildern meines Angesichts und liegt verborgen
in einer Kammer des Herzens. Manchmal öffnet sich diese
und die Liebenden finden sich im sanften Schein der Nacht.

Aela fühlte, wie ein Teil ihres Herzens sich mit Liebe füllte. Gimayon war jünger als sie. Damals hatte sie ihn nicht beachtet, denn für ein junges Elfenmädchen war der kleine Bub uninteressant gewesen. Wie hätte sie auch spüren können, dass es der Tag war, an dem sich zwei verwandte Seelen begegneten? Sajana war zerstört und gleichzeitig ihre Liebe erwacht. Wieder fühlte Aela die Wärme in sich und das Gefühl des ewigen Spiels zwischen Freud und Leid.

Die Prinzessin flog weiter durch den Nachthimmel. Sie dachte an Gimayon, an die Elfen in Not und an Panthar und Farona. Sie fragte sich, ob ihre Schwestern Sinia und Sarah sowie Norah, Leandra, Yuro, Falomon, Fee und Grimm in einer ähnlich gefährlichen Lage oder gar gestorben waren. So wie Aela ihre Freunde kannte, hatten sie bis zum letzten Atemzug gekämpft – Norah, Yuro, Leandra und Grimm am Berg der Wahrheit und Sinia, Sarah sowie Falomon und Fee mit Gewissheit zuhause im

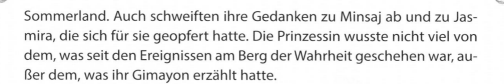

Sommerland. Auch schweiften ihre Gedanken zu Minsaj ab und zu Jasmira, die sich für sie geopfert hatte. Die Prinzessin wusste nicht viel von dem, was seit den Ereignissen am Berg der Wahrheit geschehen war, außer dem, was ihr Gimayon erzählt hatte.

Das Mondlicht hinter Aela wurde schwächer. Dafür erblickte sie eine blaue Sichel, die sich kaum sichtbar vom Schwarz des Nachthimmels abhob.
Die Prinzessin flog darauf zu. Oder war es der leichte Wind, der sie dorthin führte? Sie war sich dessen nicht sicher.
Bald hatte sie die blaue Sichel erreicht. Diese war groß wie ein ganzer Planet. Sie schimmerte in einem dunklen Blau und war gleichzeitig so transparent, dass sie sich kaum vom Schwarz des Himmels abhob. Aela wollte einen Moment ausruhen und setzte sich auf die vorderste Spitze der blauen Sichel.
Der Untergrund gab nach und es fühlte sich für Aela an, als sitze sie auf einer weichen Wolke. Sie schaute sich um. Alles war in tiefes Blau getaucht und gleichzeit so transparent und unwirklich, als ob es gar nicht da wäre. Etwas stieß sie leicht gegen die Hüfte und Aela blickte verwundert zur Seite. Dort saß plötzlich ein kleines Wesen, das sie nur zu gut kannte.
„Hallo!", rief sie überrascht. „Wie schön, dich wiederzusehen..." Aber was war das? Der Name des Wesens wollte ihr wieder nicht einfallen.
„Hihihi... freut mich ebenfalls, dich zu sehen, Prinzessin", erwiderte das kleine Wesen. Das Lachen klang traurig. Aela überlegte, denn es war ihr peinlich, den Namen vergessen zu haben. *Sternen...* kam ihr wieder in den Sinn. Sie erinnerte sich an den ersten Augenblick, als sie aus dem Schlund ins Freie gelangt war, und versuchte es einfach auf gut Glück.
„Was machst du denn hier, *Sternen... zauber?"*

Aela und Sternenzauber

Die Mondelfe blickte überrascht nach oben. Sie lachte erneut und dieses Mal klang es deutlich fröhlicher.

„Hihihi…, *Sternenzauber*, das gefällt mir! Das ist ein schöner Name für eine Mondelfe!"

Aela atmete auf. Zum Glück hatte sie nicht den falschen Namen gesagt.

„Wie kommt es, dass wir uns gerade hier begegnen, Sternenzauber?", fragte sie weiter und bemerkte, wie die Mondelfe wieder ernst und traurig wurde.

„Ich hab es euch gesagt, hihi", fing das kleine Wesen an zu erzählen. „Norah und du solltet euch beeilen. Aber alles ist zu spät, nichts hat es genutzt. Das Seenland ist vertrocknet… hihihi… und der Tränenbach hat

250

alles erfasst... hi. Das Moor regiert nun über Sajana. Kein Platz mehr für Mondelfen. Alle Wäldchen, unser Zuhause, alles weg! Was bleibt, ist die Sichel. Hat dir Norah nie davon erzählt? Hihi."

„Doch, ich erinnere mich an das, was mir Norah von eurer Begegnung berichtet hat. Hier oben bei dir ist sie gesessen und hat beobachtet, was mit Sarah und uns allen damals geschah. Dann ist sie über eine verwunschene Wendeltreppe hinabgestiegen. Gibt es die Treppe noch?"

„Nein", erwiderte Sternenzauber. „Die Fabelwelten vergehen wie auch die wahre Welt Sajanas. Alles ist zu Ende. Die Stufen sind verschwunden. Bald werden auch wir Mondelfen uns im Nichts auflösen... hihihi."

„Nein, das darf nicht sein", erwiderte Aela ruhig, denn die Wärme gab ihr Sicherheit. „Ich bin zurück und werde nach Sajana heimkehren."

„Du kommst zu spät, Prinzessin", meinte Sternenzauber betrübt. „Andere Mächte herrschen jetzt. Es ist kein Platz mehr für dich in Sajana, hihi... Unsere Fabelwelt vergeht mit dem Elfenreich ebenso wie das Seenland. Schau dich nur um. Alles ist vorbei. Alles nähert sich dem Nichts. Aber höre. Du sollst nicht allein sein, wenn du zurückkehrst, hihihi. Nimm das hier." Die Mondelfe gab Aela eine kleine Strähne ihres blauen Haares. „Halte sie fest in deiner Hand, hihi. Sie wird dich müde machen. Dann wirst du träumen. Welchem lebendigen Wesen du auch immer im Traum begegnest, es wird mit dir erwachen – egal an welchem Ort und zu welcher Zeit."

Sternenzauber legte die Strähne behutsam in Aelas Hände. Die Prinzessin spürte, wie das kleine Wesen zitterte.

Mondelfen können also auch Angst haben, dachte sie. *Sie wirken oft so lustig, so gefestigt in ihrem Wissen und ihrer Weisheit. Aber niemand ist frei von Angst.* Wieder war es die Wärme in ihr, die sie spüren ließ:

Wo keine Angst ist, gibt es keinen Mut. Das eine braucht das andere wie der Tag die Nacht.

Sie lächelte die Mondelfe an und Sternenzauber lächelte mühsam zurück. Dann legte sie sich mit dem ganzen Körper auf die weiche Sichel und schloss die Hand um die Haarsträhne. Sternenzauber legte sich neben sie und Aela nahm die Mondelfe bei der Hand. Beide schauten sie noch eine Weile wortlos in den Himmel und beobachteten die vorbeihuschenden Sternschnuppen.

Dann spürte Aela wie sie müde wurde. Die Augenlider wurden schwer und kurz darauf war die Prinzessin eingeschlafen.

Kapitel 28

Die Umrisse im Drachenfeuer

Prinzessin Aela spazierte auf einem schmalen Pfad durch einen dichten Wald. Der Duft frischen Laubs und gesunder Erde stiegen ihr in die Nase und sie atmete tief ein. Manchmal sprangen Haubenhörnchen über den Weg, hielten kurz an, reckten ihre Köpfe, um dann schnell wieder im Unterholz zu verschwinden. Hin und wieder tauchten Sonnenstrahlen von den Baumwipfeln hinab auf den Waldboden und malten geheimnisvolle Lichtbilder. Die Bäume des Waldes waren alt und knorrig. Ihre Rinde hatte meist tiefe Risse und die Äste beugten sich weit über den Boden.

Aela spazierte den Weg entlang. Die Prinzessin wusste nicht, wohin der schmale Pfad sie führte, aber sie genoss es, zwischen den Waldschatten und Sonnenstrahlen zu wandeln. Bei einem besonders alten Baum blieb sie stehen, denn die Rinde hatte noch tiefere Furchen und ein auffallenderes Muster als die anderen. Sie betrachtete die von den Rissen und Furchen gezeichnete Oberfläche genau und merkte, wie geheimnisvolle Bilder daraus entstanden. Aela kannte dieses Spiel, seit sie klein war. Damals war sie oft mit Freunden auf der Wiese gelegen und hatte in den Wolken zauberhafte Wesen gesehen, ebenso wie in den Wellen eines

Baches oder den kleinen Blüten einer Blumenwiese. Es hatte immer gro-
ßen Spaß gemacht, den Tag auf diese Art zu verträumen, und wer bei
Sonnenuntergang die meisten und aufregendsten Figuren in der Natur
entdeckt hatte, fühlte sich als Sieger und ging gut gelaunt nach Hause.
Je genauer Aela den Baum betrachtete, desto mehr zogen sie die Zeich-
nungen auf der Rinde in den Bann. Erkannte sie im ersten Moment das
Gesicht eines Elfenmädchens, dann war es im nächsten Augenblick ein
Flatterling oder ein Einhorn.

Die Baumrinde

Plötzlich bemerkte die Prinzessin, wie sich die Zeichnungen auf der Baumrinde wandelten. Waren es gerade noch willkürlich anmutende Konturgestalten gewesen, so hatten die Abbildungen jetzt Gesichter und Körper von Wesen, die Aela kannte.

Als erstes war es Ilaria, deren Umrisse sich in der Baumrinde abzeichneten. Wäre die Prinzessin früher beim Anblick der bösen Zauberin wütend geworden, so konnte sie ihre Gefühle nun nicht mehr eindeutig bestimmen. Neben einem Anflug von Angst und Hass verspürte sie Demut, Gelassenheit – ja, sogar ein Hauch von Mitleid schwebte über allem.

„Auch sie ist ein Wesen Sajanas", murmelte die Prinzessin. „Auch sie hat ihre Geschichte und ihr Schicksal. Der Zorn des Moorkönigs ist gerecht und sie ist seine Helferin."

Während die Rindenbilder anfangs verschwanden und sich erst dann neue bildeten, verging das Bild der Zauberin nicht, sondern löste sich von der Rinde ab. Die Umrisslinie, welche die Körperform zeichnete, stand bald frei neben dem Baum und fing langsam an, sich zu bewegen. Aela wich zurück. Im selben Moment erkannte sie eine neue Gestalt in der Rinde, dieses Mal das Abbild eines dicken Trolls. Er löste sich ebenfalls vom Baum und machte Platz für das Bild eines kleinen giftigen Zwergdrachen.

Aela hatte genug gesehen. Sie wandte sich ab und lief jetzt schneller den Pfad entlang. Die Prinzessin bemerkte dabei, wie ein seltsames Gefühl der Kälte in ihr aufstieg. Es schien nicht aus ihr selbst zu kommen, sondern schlich sich von außen an sie heran und in ihren Körper hinein. Die allumfassende Wärme stand wie eine Mauer zum Schutz vor der eindringenden Kälte, aber bald spürte sie, wie diese Mauer Risse bekam – Risse, die von den bedrohlichen Rindengestalten des knorrigen Baums verursacht wurden.

Aela lief schneller. Immer wieder drehte sie sich um und sah die Konturen Ilarias sowie die einer Horde Trolle und Zwergdrachen.

„Bald ist der Wald zu Ende", sprach sie sich Mut zu. „Bald ist dieser Spuk vorbei."

Die Umrisse kamen manchmal näher, dann ließen sie die Prinzessin wieder etwas Abstand gewinnen, um gleich wieder heranzurücken. Es war so, als ob sie Aela niemals ganz erreichen wollten und dennoch eine ständige Bedrohung ausübten.

Aela fröstelte – ein Gefühl, das die Prinzessin nur von ihrem alten Leben kannte und das sich jetzt wieder in Erinnerung rief.

„Ich wollte, die Königsdrachen wären hier", sprach sie weiter zu sich selbst. „Ihr Feuer würde die Umrisse vertreiben. Selbst Nagars zartes Feuer wäre ausreichend. Ja, mit Nagar an meiner Seite müsste ich nicht davonlaufen. Seine Flammen sind klein, aber spitz und heiß genug, um die Gestalten zu vertreiben. Gleichzeitig ist Nagars Feuer nicht so mächtig, um die Bäume des Waldes zu gefährden."

Der Pfad wurde breiter und Sonnenstrahlen drangen vermehrt durch die Baumwipfel zu Boden. Da öffneten sich plötzlich die Reihen der Bäume und gaben den Blick auf eine kleine Waldlichtung frei. Aela war überrascht. Sie blieb unvermittelt stehen, denn die Umrisse waren plötzlich verschwunden. Sie schöpfte Hoffnung, jedoch nur für einen kurzen Augenblick. Dann sah sie, wie die Gestalten von allen Seiten aus dem Wald auf die Lichtung kamen und sich ihr langsam näherten. Das klare Wasser eines kleinen Weihers, auf dessen Oberfläche sich eben noch das Sonnenlicht gespiegelt hatte, wurde schwarz und bedrohlich. Aela erstarrte. In ihr tobte inzwischen ein Kampf zwischen der eigenen inneren Wärme und der Kälte, die von außen ihren Körper befiel.

Genau in diesem Moment näherte sich vom Himmel ein Wesen. Es war der kleine Königsdrache Nagar, der geflogen kam, als ob er Aelas Wunsch erhört hätte. Kurz darauf stand er neben der überraschten Prinzessin. „Nagar, du bist hier!", freute sich Aela. „Und du kannst fliegen! Wer hat es dir beigebracht?"

Nagar wackelte mit dem Kopf und ein verschmitztes Grinsen ließ sein kleines Drachengesicht noch niedlicher erscheinen, als es ohnehin schon war. Dann wandte er sich den Umrissen zu, die unaufhaltsam näher kamen. Feine Flämmchen zischten aus seinem Maul und trafen die Gestalten. Berührte das Feuer des Königsdrachen einen der Umrisse, setzte sich diese Rindenlinie in Brand und die Flamme züngelte wie bei einer Zündschnur die Linie entlang, bis die ganze Spukgestalt zu Asche zerfiel.

Eine Gestalt nach der anderen wurde Opfer von Nagars Flammen. Aela musste weiter nichts tun, als abzuwarten, bis der Königsdrache sein Werk vollendet hatte. Mit jedem Umriss, der zu Asche zerfiel, verschwand auch die Kälte in Aela und das Wasser des Weihers wurde wieder klar.

„Der Himmel hat dich geschickt, Nagar, oder...", sagte sie zu dem Drachen und zögerte, denn sie sah aus dem Augenwinkel heraus, dass eine Strähne ihres Haares sich am Ende blau verfärbt hatte. Irgendein Zusammenhang bestand zwischen der Strähne und dem Erscheinen Nagars. Das wusste die Prinzessin, ohne es wirklich zu begreifen.

Der Königsdrache hatte großen Spaß daran, die Umrisse zusammenschnurren zu lassen, und quietschte vor Vergnügen. Aela wunderte sich, da die Rindengestalten nicht versuchten zu fliehen. Ebenso, wie sie nie versucht hatten, die Prinzessin wirklich einzufangen, machten sie keine Anstalten zum Rückzug, sondern ergaben sich in ihr Schicksal.

„Nagar, bitte bleib an meiner Seite", flüsterte Aela dem kleinen Drachen zu. „Mit dir fühle ich mich gut und sicher."

„Nagar... bitte... bleib da und geh nicht... wieder weg."

Der Wald, die Lichtung und der Weiher verschwammen vor Aelas Augen. Ihre Arme zuckten, ebenso ihre Beine. Dann wachte die Prinzessin auf. Verwirrt rieb sie sich die Augen, versuchte sie zu öffnen, aber immer wieder fielen sie ihr zu.

Sternenzauber... die Sichel... und die Haarsträhne, erinnerte sie sich. *Das muss es sein, was diesen Traum gerufen hat. Natürlich. Ich bin mit der Mondelfe auf der Sichelspitze eingeschlafen. Es stimmt also, was Sternenzauber über die Haarsträhne gesagt hat.*

Endlich gelang es der Prinzessin, die Augen offen zu halten.

Wohin hat es mich nur verschlagen?, dachte Aela weiter und blickte sich ungläubig um. *Ist der Traum zu Ende?*

Die Prinzessin sah, dass sie auf einer kleinen Insel war, die sich mitten in einem endlosen schwarzen Ozean befand. Der Himmel war ebenso schwarz und wolkenverhangen und hing bedrohlich über der untergegangenen Landschaft. Weit in der Ferne und ganz im finsteren Nebel konnte die Prinzessin erahnen, dass noch weitere Bergspitzen aus dem schwarzen Ozean herausragten. Ein einzelner kleiner Baum wuchs auf der Insel und das Grün seiner Bätter hob sich bizarr von dem Schwarz der Umgebung ab. Langsam dämmerte es Aela, dass es kein Traum war, was sie vor Augen hatte. Es war ihr Land, es war ihre Heimat, es war Sajana, das untergegangene Elfenreich. Erinnerungen fügten sich in ihrem Gedächtnis zusammen:

Die Einhörner und das Land der Seegrasdreihörner.
Der Tod Jasmiras und der Untergang des Seenlandes.
Die Rückkehr zum Grimmforst.
Ilarias vernichtende Rückkehr zum Berg der Wahrheit.
Der aussichtslose Kampf gegen die Sturmwolke.
Ihr eigener Tod.

Die Insel

An diesem Punkt stockten Aelas Gedanken. Sie versuchte, sich zu erinnern, was dann geschehen war, aber es wollte ihr nicht gelingen. Einzig das allumfassende Gefühl der Wärme und der Dankbarkeit durchströmte ihren Körper.

Das muss es gewesen sein, was mir ein neues Leben geschenkt hat, dachte Aela. *Irgendetwas hat mich an diesen Ort der Zerstörung zurückkehren lassen. Aber warum nur?* Sie erinnerte sich weiter:

Feuer, Eis und ein nächtlicher Sternenhimmel.
Gimayon.
Die Stimme des Mondes.
Die Begegnung mit Sternenzauber auf der Sichelspitze.
Die Haarsträhne und der seltsame Traum.
Die bedrohlichen Umrisse und Nagars Feuer.

Nagars Feuer? Aela sprang auf, denn es kam ihr wieder in den Sinn, was Sternenzauber zu ihr gesagt hatte:

„Welchem lebendigen Wesen du auch immer im Traum begegnest,
er oder sie wird mit dir erwachen –
egal an welchem Ort und zu welcher Zeit."

Aelas Herzschlag setzte für einen Moment aus. Tatsächlich! Da lag er unter dem Baum, Nagar, der kleine Feuerdrache. Wie hatte sie ihn bisher übersehen können? Die Prinzessin beugte sich über ihn und hörte sein leises Atmen, bei dem kleine graue Rauchwölkchen aus seiner Schnauze entwichen.

„Wenn das Panthar und Farona sehen könnten!", rief Aela und fragte sich, wie es ihnen bei Gimayon und den anderen Elfen auf dem hohen Berg am südlichsten Rand des Nordens ergangen war.

Die Prinzessin legte sanft ihre Hand auf den Bauch des Feuerwesens. Er zuckte leicht zusammen und drehte sich zur Seite, wie ein kleines Kind, das weiterschlafen und nicht aufstehen mochte. Aela kitzelte den Kleinen. Ein leises Schnauben war zu hören. Aela kitzelte etwas kräftiger und krabbelte mit der anderen Hand am Hals direkt unter seiner Schnauze. Der kleine Königsdrache warf sich quietschend hin und her. Irgendwann gab er auf und öffnete die Augen.

„Hallo Nagar!", begrüßte ihn Aela erfreut. „Wie schön, dass du bei mir bist! Ich dachte, ich sei allein."

Der Königsdrache rappelte sich hoch. Sein Blick war verschlafen. Dann sprang er mit einem Satz auf Aelas Arme, so dass die Prinzessin beinahe umgefallen wäre. Sie musste lachen. Man merkte dem Kleinen an, dass er noch verspielt war und nicht wirklich wusste, was um ihn herum geschah. Aela wurde ernst und seufzte.

„Schau dich um, Nagar, was aus unserer Heimat geworden ist! Der Moorkönig und Ilaria haben ihr Werk vollbracht. Sajana ist untergangen. Nichts ist davon übrig geblieben, bis auf unsere kleine Insel."

Nagar verstand natürlich nicht, was die Prinzessin sagte. Vielmehr faszinierte ihn die blaue Haarsträhne und er versuchte sie mit seinen Pfoten zu erhaschen.

Er ist ganz unschuldig, dachte Aela. *So wie es Sajana einmal war. Wenn ich nur wüsste, was ich tun kann. Wir sind gefangen auf dieser Insel. Hier können wir nicht mehr weg.*

Nagar ließ einen kleinen nach Schwefel stinkenden Drachenpups und amüsierte sich köstlich darüber.

Kapitel 29
Kringor, der Drachenelf

Die Sturmwolke war weiter Richtung Norden gezogen und mit ihr die Elfenzauberin Ilaria. Sie sah, dass ihr Werk fast vollendet war und lachte über die Elfen, die in die Berge flohen, um den schwarzen Fluten zu entkommen. Bald würden auch diese Berge fallen. Das Moor nagte bereits an ihrem Gestein und ganze Berghänge brachen in die Tiefe. Einzig Ilarias Krater trotzte weiterhin der Naturgewalt und stand wie eine uneinnehmbare Festung im Meer der Zerstörung. Ilaria konnte es kaum erwarten, bis sie dem Moorkönig im unterirdischen Steinwald gegenüberstehen würde und ihm berichten konnte, dass das Elfenreich untergegangen war.

Als die Zauberin ihren Vulkan erreichte, löste sie den Schutzzauber, der sie unverwundbar gemacht hatte, und flog von der Sturmwolke hinab an den Rand des Kraters. Alles sollte sich heute für sie erfüllen. Das war ihr großer Wunsch. Jedes Warten, jede Entbehrung und jedes Leid vergangener Zeiten sollten an diesem Tag ein Ende haben.
Schnell lief sie im Schein ihrer Zauberkugel in die Tiefe des Vulkangewölbes. Wo es möglich war, rannte Ilaria, denn sie war ungeduldig und

voller Vorfreude auf das, was kommen würde. Sie zwängte sich hastig durch die enger werdenden Höhlengänge hindurch, um so rasch wie möglich zum Steinwald zu gelangen – dorthin, wo alles für sie begonnen hatte.

Als sie die große Halle mit dem Steinwald erreichte, herrschte Totenstille. Sie schritt vorsichtig voran. Die Zauberkugel verströmte feines gelbes Licht, das mit dem natürlichen bläulichen Schimmer der Halle zu einem unwirklichen türkisfarbenen Glanz verfloss.

Ilaria sah, wie ein merkwürdiger Schatten zwischen den mächtigen Tropfsteinen umherhuschte! Sie fragte sich, ob ihre Augen sie täuschten, aber der Schatten zeigte sich erneut.

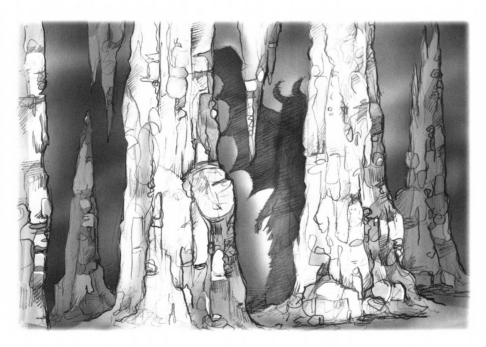

Der Schatten

Jemand ist mir gefolgt, dachte die Zauberin verwundert und spürte einen Anflug von Angst in sich aufsteigen. *Wer außer mir wagt es, in die Halle des Moorkönigs zu kommen?*

Das Gefühl der Beklemmung wuchs in ihr. Sie konnte es nicht begreifen, denn Angst hatte sie seit langer Zeit nicht mehr gespürt. Sie verlangsamte ihren Schritt und beobachtete argwöhnisch den huschenden Schatten, der sie mal links, mal rechts, dann wieder vorauseilend begleitete.

Endlich kam Ilaria an ihr Ziel. Sie näherte sich dem Ort, an dem sie die Stimme des Moorkönigs die letzten Male vernommen hatte. Der unterirdische Teich war leer, als ob er sie bereits erwarten würde. Die Zauberin blickte sich misstrauisch um, aber der geheimnisvolle Schatten war nirgendwo mehr zu entdecken. Sie trat an den Abgrund und hielt ihre Kugel über das gewaltige Loch im Steinboden, um besser sehen zu können. Dann rief sie:

„Moorkönig, ich bin es, Ilaria! Deine Dienerin ist zurückgekehrt. Ich habe dir gute Neuigkeiten mitgebracht, denn dein Werk ist nahe der Vollendung und das Elfenreich fast ganz zerstört."

Eine ganze Weile war nichts zu hören. Dann erhob sich plötzlich die Stimme des Moorkönigs lauter und mächtiger als jemals zuvor:

„Ilaria, Kind der Erde und der Finsternis, du bist zurückgekehrt und mit dir die Botschaft vom Untergang des verfluchten Elfenreiches."

„So ist es, Moorkönig", bestätigte die Zauberin. „Die letzten Berge werden fallen, die letzten Wälder fortgerissen. Dann erinnert nichts mehr an das, was einmal war. Die Zeit ist gekommen, ein neues Reich zu gründen. Dunkel soll es sein. Trolle und Dämonen aus meinem Vulkankrater werden mir helfen, einen gewaltigen schwarzen Palast zu erbauen. Lava soll wie heißes Blut über und unter der Erde strömen. Neue Wesen werden entstehen – Wesen, die deinen Gedanken entspringen und mächtiger sein werden als die elende Elfenbrut."

Kurze Zeit herrschte Stille in der großen Halle des unterirdischen Steinwaldes und Ilaria fragte sich verunsichert, ob der Moorkönig verärgert war. Vielleicht war sie bei der Verkündung ihrer Wünsche und Pläne zu forsch gewesen. Doch dann dröhnte erneut seine Stimme.

„Ilaria, mein Kind, du wirst es sein, die meine Gedanken trägt. Du sollst es sein, die das Reich regiert. Aber höre mir genau zu, denn eine einzige Frage ist noch offen. Es ist die Frage nach *dem Licht*, dem Funken des Lebens. Denn ohne das Licht kann kein neues Reich und kein neues Leben entstehen.

Ilaria fühlte einen Stich in ihrem Herzen. Ihr wurde bei der Erwähnung des Lichts schwindelig und beinahe wäre sie gestürzt.

Das Licht.

Nie hatte der Moorkönig mit ihr darüber gesprochen. Es war ihr fremd, aber gleichzeitig hörte die Zauberin am Klang der Worte, dass es um eine besondere Macht ging – eine Macht, die vermutlich über allem stand und vielleicht noch größer war als die des Moorkönigs. Ilaria wurde etwas misstrauisch, da der Moorkönig ihr gegenüber nie etwas erwähnt hatte, geradeso, als ob es sie nichts anginge. Erst jetzt, im Augenblick des Untergangs, sprach er ganz beiläufig vom Licht.

„Weshalb hast du mir nie davon erzählt?", fragte sie deshalb und versuchte ihre Gefühle zu beherrschen. „Es scheint mir, als ob es nicht ganz unwichtig gewesen wäre."

Ein Beben war zu spüren, als der Moorkönig mit donnernder Stimme weitersprach:

Mein Moor, meine Gedanken und das Feuer der
Königsdrachen waren die Erde, auf der alles gedieh.
Aber das Licht ist der ewige Funken, der Leben einhaucht.
Niemals konnte ich dir davon erzählen, denn das kleinste
Wissen über das Licht hätte dich von deinen Plänen abbringen
können. Wer den Gedanken der Zerstörung in sich trägt,
der darf sich nicht dem Licht des Lebens widmen.
Nun ist alles zerstört und das Licht findet keinen Boden mehr,
auf den es seine Strahlen senden kann. Einzig meine Gedanken
und mein Moor geben dem Licht noch Raum zu existieren.
Alles ist nun in meiner Macht! Lange habe ich auf diesen Augenblick
gewartet, den Moment, in dem das Licht auf die Gnade meiner
Gedanken hoffen muss. Nur auf meinem Moor kann es weiter
strahlen, sonst verliert es sich im Nichts. Der ewige Kampf zwischen
Erde, Feuer und dem Licht wird sich zu meinen Gunsten entscheiden.
Ich werde es sein, der von nun an über alles bestimmt!

Ilaria hatte Mühe, nicht die Fassung zu verlieren. Sie spürte, während der Moorkönig sprach, eine seltsame Wärme in ihrem Körper aufsteigen, die das Eis ihrer Gefühle schmelzen ließ.
Das Licht ist in mich eingedrungen, dachte sie für einen Moment. *Es überfällt meinen Körper wie der Morgen die Nacht.*
Sie wischte diesen Gedanken beiseite.
Ich war nichts anderes als ein Gedanke des Moorkönigs, kam ihr ins Bewusstsein. *Ich war sein „Gedanke der Zerstörung" – dafür hat er mich gebraucht. Aber es geht ihm gar nicht um mich oder ein neues Reich. Er*

möchte das Licht unterwerfen. Er möchte Herrscher über alles sein. Das ist sein wahres Streben. Er wusste, wonach meine Seele trachtet und er hat mir alles versprochen, um sein Ziel zu erreichen.

Ilaria rang um Beherrschung, als sie weitersprach:

„Ich habe dir gedient, Moorkönig. Aber was geschieht, wenn das Licht nicht deinem Willen gehorcht? Dein Moor ist ewig, aber was wird aus mir? Das, was von Sajana noch übrig ist, geht gerade unter und mit ihm auch die Königsdrachen. Wir besitzen nicht einmal mehr die Macht ihres Feuers, das zur Erfüllung deiner Gedanken so wichtig ist. Selbst Nagar, der kleine Königsdrache, ist in meinem verfluchten Elfen-Paradies zugrunde gegangen. Ich habe ihn dorthin verbannt und dann die Scheinwelt in sich zusammenstürzen lassen. Sein Feuer wird es nicht mehr sein, das uns dabei hilft, ein neues Land zu erschaffen."

Der Boden bebte immer stärker und erste schwere Gesteinsbrocken brachen herab.

„Ich brauche das Feuer der Königsdrachen nicht mehr."

Die Stimme des Moorkönigs hörte sich spöttisch an.

„Du hast den Schatten bereits gesehen, Ilaria. Er ist überall.
Sein Feuer ist nicht hell wie das der Drachen.
Seine Flammen sind schwarz wie die Nacht.
Ewig litt er unter der Herrschaft der Königsdrachen.
Er hat sie im Verborgenen bekämpft, ihre Eier zerstört
und den Pakt mit den Elfen zu Fall gebracht.
Einst war er selbst aus einem meiner Gedanken entstanden.
Das Feuer der Drachen erlischt und meine Gunst
wendet sich nun ihm zu. Seine Zeit ist gekommen.

Kringor,
der Drachenelf

**Meine Gedanken. Sein schwarzes Feuer. Und deine Magie.
Das sind die Säulen des neuen Reiches. Durch sie wird
es entstehen und das Licht muss uns dabei Diener sein.**

In dem Moment, als der Moorkönig diese Worte sprach, trat der Schatten zwischen den gewaltigen Tropfsteinen hervor und nahm Gestalt an. Das Wesen, das Ilaria erblickte, ähnelte einem Elf, doch waren seine Beine borstig und seine Flügel glichen jenen eines Drachen.

„Sei gegrüßt, Ilaria. Ich bin *Kringor, der Drachenelf*", stellte sich der Dämon mit zischender Stimme vor. Ein sonderbares Lächeln huschte über sein zerfurchtes Gesicht. „Ich kenne dich seit deiner Geburt und jetzt ist der Tag gekommen, an dem du *mich* kennenlernen wirst."

Wie zur Bekräftigung seiner Worte stieß Kringor eine heiße schwarze Flamme aus. Ilaria spürte, dass ihr Schicksal auf für sie noch unergründbare Weise mit dem Dämon verbunden war, doch traute sie sich nicht, danach zu fragen.

In dem Maße, wie sich die Wärme weiter in ihr ausbreitete, spürte Ilaria, dass ihr Argwohn und ihre Unsicherheit wuchsen. Sie fragte sich, ob sie seit der ersten Begegnung mit dem Moorkönig nur seinen Gedanken gefolgt war, ohne es wirklich verstanden zu haben. Vielleicht hatte er sie nur für seine Zwecke missbraucht. Sie wusste, sie durfte sich nichts anmerken lassen, und versuchte ruhig zu bleiben.

„Sei gegrüßt, Kringor", erwiderte sie deshalb kühl. „Ich freue mich auch, dich kennenzulernen. Ich nehme an, du hast ebenfalls die Worte des Moorkönigs gehört." Bevor der Drachenelf etwas entgegnen konnte, sprach der Moorkönig erneut:

> Kringor, Herrscher über das schwarze Feuer und Kind
> meiner Gedanken. Ilaria, Tochter der Erde und Herrscherin
> unter den Vergessenen und Verlorenen. Kommt jetzt zu mir.
> Der Augenblick ist da, an dem wir uns *vereinen*.
> Unseren Kräften und unserem Zauber kann das Licht
> nicht standhalten. Wir werden das neue Land erschaffen
> und das Licht wird uns gehorchen müssen. Tretet nun näher.

Ilaria verstand nicht gleich, was der Moorkönig meinte. Sie sah, wie der Drachenelf zum Abgrund schritt, wo sonst das spiegelglatte Wasser war. Er stellte sich weit vorne an die Kante, so dass die Krallen seiner klauenartigen Füße über den Rand ragten.

Wir sollen in den Abgrund springen, schoss es Ilaria durch den Kopf. *Das ist es, was der Moorkönig mit „vereinen" meint.*

Ein ungutes Gefühl stieg in ihr auf. Kringor grinste. Sein Blick war finster und in seinen Augen loderte schwarzes Feuer. Ilaria wusste, dass es für sie keine andere Wahl gab. Sie musste gehorchen, sonst würde der Zorn des Moorkönigs sie treffen.

Langsam schritt auch sie zum vordersten Rand des Abgrunds. Sie blickte nach unten. Dort war nichts zu sehen, außer einer gähnend schwarzen Tiefe. Viel hatte sie in den letzten Tagen gewagt, alles zerstört und bitter Rache genommen. Nun, da sie am Abgrund stand, nagten Zweifel an ihr. Sie sah den finsteren Dämon neben sich. Wie hatte er gesagt?

„Ich kenne dich schon seit deiner Geburt."

Wirre Erinnerungen mischten sich in Ilarias Gedanken – Bilder, die aus ihrem Unterbewusstsein kamen. Sie sah einen Bergelfen und eine Sommerelfe. Sie schrien und rannten. Ein Troll und ein Dämon mit borstigen Beinen und Drachenflügeln verfolgten sie.
Bald hatten die finsteren Gefährten die Elfen erreicht und entrissen der Elfenfrau ein Bündel, welches sie eng umschlungen in ihren Armen trug. Kleine Hände und Beine lugten aus dem Bündel heraus. Ilaria fing an zu begreifen.

Ein Feuerdämon... ein Troll... zwei verzweifelte Elfen... Schreie... ein Feuerball... der Vulkankrater... ihre Trollmutter...

Ihr ganzes Leben zog in blitzartigen Bildern an ihr vorbei und fügte sich gleichzeitig wie ein Puzzle zusammen. Ja, jetzt wusste sie, woher sie

Kringor kannte. Eine ihrer ersten Erinnerungen überhaupt war die an einen Feuerball, in dem sie gefangen gewesen und der von dem Drachenelf getragen worden war.

Kringor sah, dass Ilaria zögerte und dass sie ihn wiedererkannt hatte. Seine Augen funkelten gefährlich. Mit einem Satz sprang er an ihre Seite und griff fest nach ihrer Hand.

Die Zauberin versuchte sich loszureißen und schrie. Große Felsbrocken stürzten herab und drohten, sie zu erschlagen.

Ich muss hier raus, dachte sie. *Es ist alles nur eine Falle. Der Moorkönig wird mich verschlingen.* Da hörte die Zauberin eine Stimme, die sich aus der Wärme in ihrem Körper bildete. Es waren nur zwei Sätze:

Nicht nur die Tapferen und die Treuen sind willkommen.
Das Licht strahlt auch für die verlorenen Seelen.

Ein Hauch von glitzerndem Goldstaub wehte durch den Steinwald. Ilaria konnte sich nicht mehr wehren, denn Kringor war zu stark. Sie versuchte ein letztes Mal freizukommen, dann riss sie der Dämon in die Tiefe.

Kapitel 30

Der Baum des Lebens

N agar versuchte, eines der Blätter von dem kleinen Baum auf der einsamen Insel zu erhaschen, auf der er sich mit Aela seit dem gemeinsamen Aufwachen befand. Die Prinzessin musste trotz der schrecklichen Lage an diesem Ort der Zerstörung schmunzeln, denn dem kleinen Drachen war es offenbar langweilig. Er war einfach zu klein, um zu verstehen, was um ihn herum geschah. Nagar war völlig ahnungslos und unschuldig.

Nagar ist unschuldig.

Der Satz kreiste immer wieder in Aelas Gedanken. Sie spürte deutlich die vertraute Wärme in ihrem Körper und wie sich diese mit dem Klang des Satzes weiter ausbreitete. Plötzlich verstand die Prinzessin, was sie fühlte: Nagars Unschuld fand in ihrem Herzen ein Echo. Sie war gestorben und durch ein für sie unerklärliches Wunder zurückgekehrt. Aber Aela merkte, dass sich etwas verändert hatte. Sie war nicht mehr dieselbe Elfe wie früher. Etwas war mit ihr geschehen, was sie bisher nicht begreifen konnte. In diesem Moment kehrte die Erinnerung an die Ereignisse im Grimmforst zurück, als Aela mit ihren Freunden vor der Sturmwolke fliehen musste. Von Goldstaub war die Rede gewesen und Grimm hatte durch die Worte des weißen Wolfs vom Licht erzählt. Aelas Erinnerungen blieben vage, aber sie fragte sich, ob sie tatsächlich beim Licht gewesen war und dies die Wandlung in ihr herbeigeführt hatte. Fremde Worte kamen ihr in den Sinn. Sätze, die von sehr weit her zu kommen schienen und doch so nah bei ihr waren wie nichts anderes:

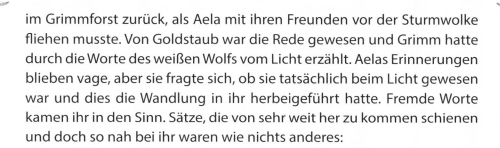

Wo die Flammen brennen,
Suche die UNSCHULD in dir
wird das Licht zur Wirklichkeit,
und die UNSCHULD des Feuers,
wird das Leben neu erwachen
dort, wo der Baum des Lebens steht.
und die Freundschaft kehrt zurück.

Aela fragte sich, ob es die Worte des Lichts waren, die in ihr widerhallten. Sie war sich nicht sicher, aber die Wärme in ihr erfasste ihren ganzen Körper bis in die Fingerspitzen.

Sie betrachtete den kleinen spielenden Nagar. Er war wahrhaftig unschuldig. Jetzt wurde ihr klar, dass auch ihr Herz rein war und ebenso unschuldig wie das eines kleinen Babys. Einzig in dem seltsamen Traum und durch die Kälte der Umrissgestalten waren längst vergessene Empfindungen für einen Moment zurückgekehrt, um durch Nagars Feuer gleich wieder ausgelöscht worden zu sein.

Sie lachte. Sie fühlte sich frei, denn ihr Herz und ihr Geist waren ebenfalls frei. Aela lief zu dem kleinen Königsdrachen.

„Nagar, lass mich mitspielen!", rief sie. Erst jetzt bemerkte sie, wie schön

der kleine Baum war. Seine Blätter waren saftig grün und der Stamm jung und stark. Noch einmal kamen Aela dieselben Worte in den Sinn:

... dort, wo der Baum des Lebens steht...
... die Freundschaft kehrt zurück.

Der Baum des Lebens – Endlich hatte Nagar eines der Blätter erhascht und lief freudig schnaubend um die Insel herum. Aela lief ihm hinterher. Sie schnappte das kleine Feuerwesen und rollte mit ihm lachend bis zum Rand der Insel.

„Weißt du was?", meinte Aela. „Ich nehme das Blatt und puste es über dem Wasser in die Höhe. Du musst dann versuchen, es mit deiner Flamme zu treffen. Triffst du es, hast du gewonnen, sinkt es auf das Wasser, habe ich gewonnen. Machst du mit?"

Nagar schaute Aela mit großen runden Augen an, ließ die Prinzessin aber gewähren und das Blatt aus seinem Maul nehmen. Aela legte es vorsichtig auf ihre rechte Handfläche, als ob eine ferne Macht sie steuerte. Dann hielt sie die Hand über das Wasser und pustete kräftig. Das Blatt wurde hochgewirbelt. Nagar hüpfte aufgeregt von einem Bein auf das andere. Das Blatt schwebte für einen Moment in der Luft.

Dann senkte es sich langsam herab. Nagar beobachtete alles genau und fixierte mit seinen Augen den Flug. Als es fast das Wasser erreicht hatte, stieß der kleine Königsdrache eine spitze heiße Flamme aus.

Das Feuer traf das Blatt und verbrannte es mit einem lauten Zischen. Ein Duft breitete sich aus – der Geruch nach frischem Grün, heißem Feuer und verdampfendem Wasser stieg in Aelas Nase. Sie dachte an das Sommerland, an die Sonne und an die wunderschönen Blumenwiesen und

Nagars
Feuer

Wälder und wünschte sich, sie könnte dort sein. Die Asche des Blattes rieselte auf die Oberfläche des schwarzen Wassers. Nagar hüpfte vor Vergnügen.

Plötzlich geschah etwas Sonderbares. Zunächst glaubte Aela ihren Augen nicht zu trauen, denn die feine Asche auf dem Wasser fing an zu glitzern. Es erinnerte sie an Sonnenstrahlen, die sich bei Sonnenuntergang auf einem See oder Fluss spiegelten. Die schwarzen Schwaden darunter huschten davon und das Wasser wurde klarer. Bald war es ganz hell und transparent und Aela konnte durch das Wasser hindurch auf den Grund blicken. Die Prinzessin wagte es, einige Schritte hineinzugehen. Warm und weich wie ein sommerlicher Windhauch umspielte sie das Wasser. Mit jedem Schritt, den die Prinzessin weiterging, wurde dieses Gefühl stärker und das Wasser transparenter. Bald war es nur noch feiner Nebel, der ihre Beine umgab. Dünnes frisches Gras wuchs zu ihren Füßen, dort, wo eben noch dunkler Schlamm gewesen war.

Nagar hatte das Wasser gescheut und gleichzeitig das Voranschreiten der Prinzessin freudig quietschend begleitet. Jetzt war das Wasser am Ufer der Insel zurückgewichen und eine zauberhafte und in magischen Nebel gehüllte Landschaft breitete sich aus. Nagar wurde mutiger und hüpfte zur Prinzessin.

„Sieh nur, mein Kleiner!", rief Aela erfreut. „Was für ein tolles Spiel haben wir beide angefangen? Die schwarzen Fluten schwinden. Sie verblassen wie ein böser Traum!"

Wo die Flammen brennen,

wird das Licht zur Wirklichkeit,

Nein, Nagar verstand nicht, was um ihn herum passierte. Er freute sich, dass er mehr Platz zum Spielen und Toben hatte. Aber Aela begann zu begreifen:

Alles war im Gleichgewicht. Alles war gut, bis zu dem Tag, an dem das Böse die Übermacht gewann. Doch am Ende siegt immer die Unschuld, denn das Böse vernichtet sich selbst.

*Ilaria hatte sie und ihre Freunde besiegt. Sie war im
Kampf gegen die Zauberin gestorben und zurückgekehrt.
Dann hatte sie Nagar gefunden, wie es ihr
auf der Mondsichel prophezeit worden war.*

*Die Unschuld ist es, die am Ende bleibt.
Denn sie steht am Anfang allen Seins.*

„Komm mit, Nagar", sagte sie zu dem kleinen Feuerwesen. „Ich möchte weiterspielen."
Der Drache lief hinter ihr her. Bald standen sie erneut am Baum und Nagar sprang in die Höhe, um ein weiteres Blatt zu erhaschen. Es dauerte lange und Nagar hüpfte und hüpfte. Dann hatte er endlich eines davon erwischt und hielt es stolz in seinem Maul. Aela klatschte in die Hände und beobachtete gleichzeitig mit Verwunderung, wie an dem Ast des gepflückten Blattes gleich ein neuer Trieb entstand.

Es ist tatsächlich der Baum des Lebens,
dachte die Prinzessin.
*Nichts kann ihn zerstören – nicht einmal der Moorkönig. Denn das
Leben ist ewig. Immer neue Triebe wachsen, wo alte Blätter vergehen.*

Die Insel, auf die es die Prinzessin und Nagar verschlagen hatte, war inzwischen keine Insel mehr. Das Land, das aus den zurückweichenden Fluten und dem frischen Nebel entstanden war, hatte sich ausgebreitet. Wiesen und Blumen blühten bereits und selbst kleine Bäume wuchsen langsam in die Höhe. Die Insel war lediglich der höchste Punkt, der Ort, von dem aus man die zauberhafte Wandlung am besten sehen konnte.
„Ich wünschte mir so sehr, dass meine Freunde bei mir wären und das

miterleben könnten", sprach Prinzessin Aela zu sich selbst. Ganz in ihren Erinnerungen versunken, legte sie das Blatt auf ihre Handfläche und pustete kräftig. Wieder flog es in die Höhe, schwebte für einen Moment, bis es langsam absackte. Nagar hüpfte von einem Bein auf das andere und starrte wie gebannt. Kurz bevor das Blatt den Boden berührte, stieß er erneut eine kleine Flamme aus. Asche sank herab. Feiner Rauch stieg auf. Ein sonderbarer Duft aus Vergangenheit und Gegenwart, aus Erinnerungen und Freundschaft lag in der Luft.

Norah, Yuro, Leandra, Falomon, Fee, Sinia, Sarah und Grimm hatten bis zuletzt gegen den Tod und gegen den Untergang Sajanas gekämpft. Als die letzte Hoffnung verloren war, hatten sie sich ihrem Schicksal ergeben. Feiner Goldstaub hatte sich gebildet, dort wo sich die sieben Elfen und der Wolfself gerade befanden. Das Licht wollte sie holen und die Freunde waren bereits auf dem Weg. Dann war der feine Goldstaub zu Asche zerfallen und Nebel umgab sie. Jetzt zeichneten sich ihre Körper langsam, aber immer deutlicher werdend im Rauch des verbrannten Blattes ab.

Aela sank auf die Knie. Sie sah, wie sich die Körper ihrer Freunde immer klarer abzeichneten. Die Prinzessin wurde von ihren Gefühlen übermannt und schluchzte.

Es... es sind meine Wünsche... und Nagars unschuldiges Feuer, die diese Wandlung bewirken, versuchte sie einen klaren Gedanken zu fassen. Bald würde sie ihre Freunde bei sich haben und in die Arme schließen können. Unzählige weitere Gedanken schossen ihr durch den Kopf:

Minsaj... das Seenland... Sternenzauber und die
Mondsichel... Panthar und Farona... das Sommerland...
die Völker der Bergelfen... Gimayon.

Die Gestalten im Rauch

Wie sehr wünschte sie sich, dass es allen gut ging! Aela hörte das leise
Rauschen der Blätter. Sie wusste, was sie zu tun hatte. Nagar sprang um
die Gestalten, die sich aus dem Rauch bildeten, herum und wartete nur
darauf, dass Aela weiter mit ihm spielte.

Gemeinsam suchten sie ein besonders schönes Blatt aus. Aela legte es
flach auf ihre Hand und betrachtete eine Weile. Dann pustete sie es
in die Höhe.

„Für das Seenland. Für meine Freundin Minsaj", sprach sie leise. Nagars
Flamme traf das Blatt und die Asche sank zu Boden.

Minsaj, die Herrin des Wasserschlosses, hatte die weißen Einhörner erblickt. Gemeinsam mit ihren Freunden war sie losgezogen, um den Weg zu gehen, den vor ihr schon Jasmira gegangen war. Nun lag das schöne Tal vor ihnen, auf dessen Wiesen die weißen Einhörner warteten. Sie spürte, wie sie ruhig wurde. Alles in ihr war im Reinen. Dies war der Weg, der vorgezeichnet war, und nun war der Augenblick gekommen, ihn zu begehen.

Doch plötzlich wurden die Einhörner unruhig. Sie richteten sich auf, reckten ihre Köpfe in die Höhe, als ob sie etwas witterten. Minsaj wollte weitergehen, aber sie stockte. Ein Riss bildete sich im Gras zu ihren Füßen. Zunächst war es nur ein schmaler Spalt, aber bald wurde er größer und breiter. Dann sprudelte Wasser hervor – kristallklares sauberes Wasser! Minsaj wunderte sich, woher die Quelle kam. Sie blickte wieder nach vorne, wo die Einhörner eben noch gestanden hatten, aber sie waren verschwunden. Stattdessen breitete sich dort ein in der Sonne glitzernder See aus.

Minsaj dachte an ihre Freunde in der wahren Welt Sajanas. Irgendetwas musste geschehen sein. In der Ferne erblickte sie weitere Quellen und Seen, die sich ganz langsam wieder füllten.

Minsaj hielt einen Moment inne. Dann kehrte sie mit ihren Freunden um. Der Tag, um zu den weißen Einhörnern zu gehen, war noch nicht gekommen.

Ende des dritten
Teils der Elfensaga.

Nachwort

Der Apfelkern

Düstere Träume erwarteten mich, wenn ich schlafen ging. Finstere schleichende Trolle lauerten mir auf und flüsterten mir böse Dinge ins Ohr, allen voran der fette Meistertroll und sein weißhaariger Helfer:

„Es ist vorbei mit deiner Elfenbrut!", zischten sie. „*Das Buch der Elfen* ist für immer geschlossen. Es ist im Moor versunken wie das ganze verfluchte Reich."

Der Meistertroll und der Weißhaarige hatten Recht behalten. Das Buch, dessen letzte Seite durch die am Berg der Wahrheit erwachte Freundschaft zwischen Aela und Norah neu geschrieben worden war, gab es nicht mehr. Es war in den Fluten im Sommerland untergegangen. Die alten Geschichten waren für immer verloren.

Lange hatte ich mich gegen das gewehrt, was sich in meinem Bewusstsein breit machte. Bis zum letzten Augenblick, als Aela Nagar auf der kleinen Insel im Ozean des Untergangs begegnete, war es einzig die Geschichte des unaufhaltsamen Untergangs des Elfenreiches gewesen,

die mir in den Sinn kam. Es gab keine andere Botschaft als die Macht des Bösen und die Kraft der Zerstörung durch den Moorkönig und seine Dienerin Ilaria.

Aber war dies tatsächlich die Wahrheit? Hatten die Elfen ihr Reich nicht selbst zerstört? Und waren es nicht sie selbst gewesen, die durch ihre Intrigen, ihren Neid und ihr Machtstreben die ganze Zukunft des wunderschönen Landes und der Fabelwelten bedroht hatten?

Auf seltsame Weise fühlte ich eine Seelenverwandschaft zu Ilaria, der *Verlorenen und Verstoßenen*, denn auch ich hatte Verrat, Lüge und Betrug schon erlebt.

Kringor, der Drachenelf, war es, der die Zauberin am Ende in den Abgrund gezerrt hatte.

Doch überall, wo das Böse herrscht, liegt auch ein Hauch Hoffnung oder ein wenig Goldstaub in der Luft – so auch für Ilaria.

Eigentlich war sie und nicht Aela *der gefallene Engel* – der grausame Engel der Rache und zugleich der wunderbare Engel des Neuanfangs. Was wusste ich schon von dem geraubten Elfenbaby, das zur mächtigen Zauberin aufgestiegen war? Ihr Schicksal war ganz anders als das von Sarah, die ebenfalls als Baby geraubt wurde, dann aber am Drachenfels die Erlösung fand.

Kannte ich Ilaria, die letzte Erbin der Verräterfamilie des Eierdiebes, wirklich? Ihr Schicksal fing an, mich zu beschäftigen, denn es war das Schicksal so vieler, die keine wahre Chance im Leben bekommen hatten.

Wenn mich diese Gedanken überkamen, lief ich rasch ins Kinderzimmer meiner Töchter. Die Mädchen schlafen zu sehen, machte mich ruhiger und zuversichtlicher. Zum Glück und trotz meiner gelegentlichen und